爆肝工程師的異世界狂想曲 16

Kadokawa Fantastic Novels

莉薩
橙鱗族少女。
波奇
犬耳族少女。
小玉
貓耳族少女。

娜娜
面無表情的魔造人。
蜜雅
喜歡音樂的寡言精靈。
露露
出身於庫沃克王國，
亞里沙的姊姊。
到越後屋商會的王都總店購物啦!!

亞里沙
前庫沃克王國公主，
前世為日本人。
戴金色假髮變裝中。
佐藤
闖進異世界的三十歲左右
程式設計師。
「賣一些具便利性的創意商品
也很有賣點喔？對了！
向一般民眾徵求創意怎麼樣？」
——為越後屋商會提供事業點子？

爆肝工程師的異世界狂想曲

16

愛七ひろ

Death Marching to the Parallel World Rhapsody

Presented by Hiro Ainana

Kadokawa Fantastic Novels

插畫／shri

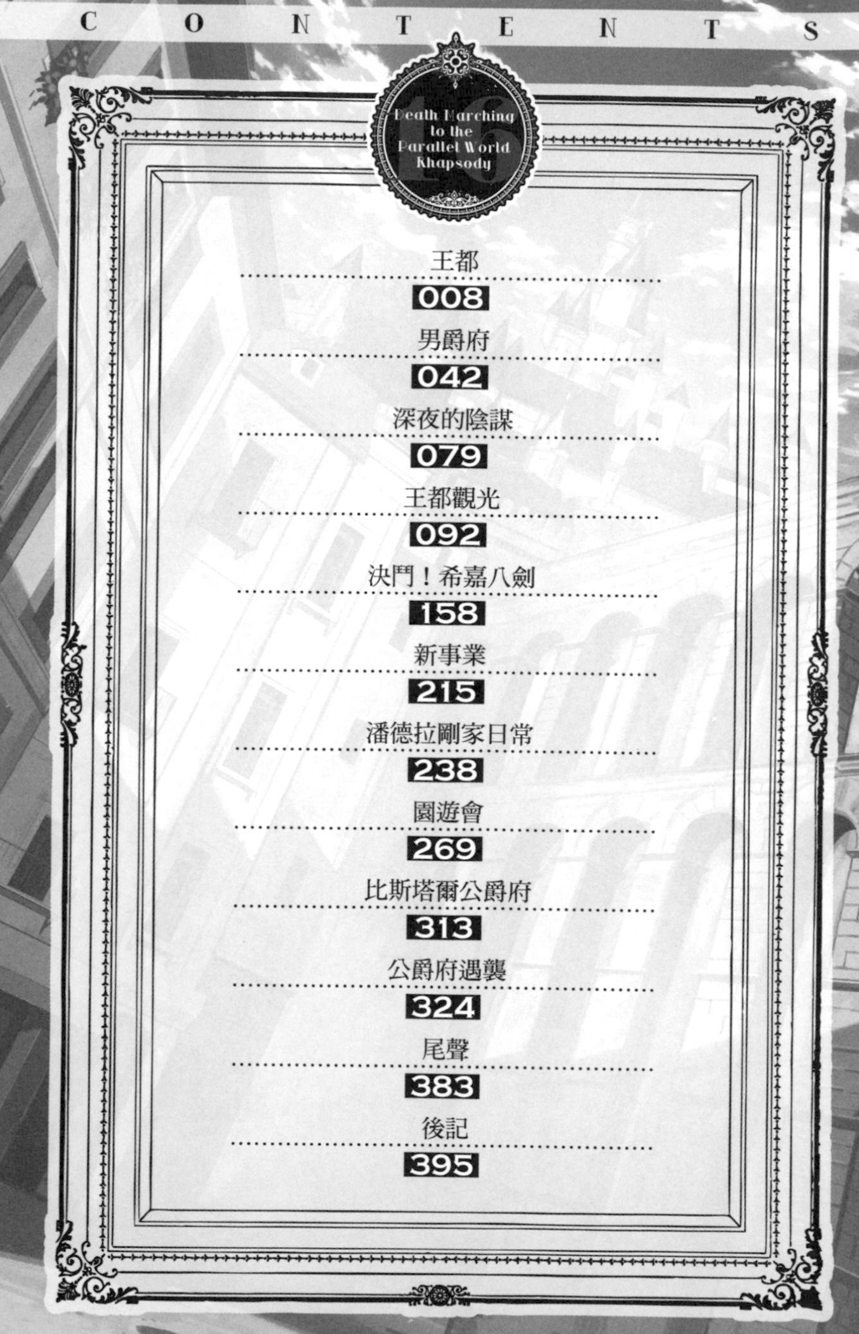

CONTENTS

王都

「我是佐藤。雖然旅途中碰到的麻煩是樂趣之一，但我可不喜歡捲入麻煩的漩渦中。要是路上麻煩太多，我真想到途中的神社驅個邪啊。」

「我乃希嘉八劍第一位，『不倒』的哲夫．祖雷堡，在此請『不見傷』的潘德拉剛卿與我打上一場！」

一位滿頭白髮的老騎士，面帶威嚴地說出一句令人不安的話。

他手上的長槍是魔槍，白槍柄配上藍色的真鋼合金槍尖，槍身既華麗又莊嚴的花飾，一看就知道是超一流鍊金術師與鏤金師的傑作。

我知道你鬥志高昂，但是抱歉喔，我完全不想奉陪。

不知道是哪個同伴從身後遞上妖精劍，我接了過來卻不想拔劍。

我才剛撐過恐怖分子暗殺比斯塔爾公爵的攻擊，還替受傷的船長等人操縱嚴重受損的飛空艇迫降，現在累得要命。

我往後看看迫降的飛空艇，希望對方能看看場合，但是對方只瞥了一眼就當沒這回事。

「我要上了！」

祖雷堡先生不等我回話就縱身下馬，以迅雷不及掩耳的速度往我刺上一槍。

——真危險！

千鈞一髮之際，我反射性地避開祖雷堡先生突如其來的攻擊。

周圍歡呼聲四起，我心想這下不妙，不過已經太遲了。

接下來祖雷堡先生又不斷使槍刺來，但我也不能故意中招，只好特意用大動作閃開，而非擦邊閃躲。

「了不起，難怪赫密娜要這麼大力推薦了。」

祖雷堡先生喃喃道，後面的希嘉八劍第五位，槍客赫密娜小姐激動地呵呵笑。

原來啊，就是妳幹的好事嗎——

「來，拔劍吧。難道你手上那把寶劍只是掛好看的？」

不好意思，就是掛好看的。

要是這裡不拔劍，感覺會讓祖雷堡先生受辱，於是我決定跟他過幾招，然後抓準時機輸得一敗塗地，免得他又來找我比試。

我緩緩拔劍，包圍我們的群眾立刻發出讚嘆。

不是我的問題，而是妖精劍太漂亮了。

「你總算想動手了。我讓你一招，來吧，潘德拉剛——」

「喂！住手、住手！」

祖雷堡先生舉起長槍，突然一個帶有鷹勾鼻且凶神惡煞的中年男子衝到他面前——那個人就是方才差點被廢嫡長子暗殺的比斯塔爾公爵。

「你沒看到那副慘狀嗎？陛下的飛空艇被擊落，我這位王國重鎮也差點被暗殺了啊！別在這種時候玩樂，還不快去追捕賊人，把我的小聖——呃，把我女兒給找回來！」

公爵喊得口沫橫飛。

——嗯？他口誤把女兒說成啥了？

既然是貴族的千金，或許有什麼公主之類的尊稱吧？

「哎哎，主人啊。」

用金色假髮蓋住紫髮的女童亞里沙從後面拉住我的袖子，並且呼喚著我。

「既然公爵的女兒被抓了，不就是我們『潘德拉剛』隊伍出馬的時候了嗎？」

她用水汪汪的大眼睛仰望著我，徵求我的同意。

「咱們上～？」

「緊急出蛋喲！」

亞里沙旁邊有兩人舉起小手同意，她們分別是貓耳貓尾白短髮的悠哉女童小玉，以及狗耳狗尾棕色鮑伯頭的活力十足女童波奇。

波奇是愛吃鬼，把緊急出動說成緊急出蛋也是稀鬆平常，等等再訂正吧。

「主人，幼生體有危險了嗎？」

兒童守護者金髮巨乳美女娜娜面無表情，口氣嚴肅地問我。

她是魔法人造生命體——魔造人，腦袋猶如新生兒，同時擁有高中生的外表。

「呃，其實這個呢——」

我要亞里沙發動空間魔法「戰術輪話」，只讓同伴們知曉事情細節。

比斯塔爾公爵領鬧內鬨，引發了飛空艇攻擊事件，然而就在事發之前，這個小女兒——也就是比斯塔爾公爵的么女索米葉娜小姐跟她的母親第一夫人，連同幾名護衛一同搭上逃生艇脫離險境。

當時我擔心這是一起綁架事件，便用空間魔法「眺望」確認狀況。儘管年幼的索米葉娜小姐看起來相當迷惘不解，她母親倒是從容不迫，彷彿早有計畫。

所以我認為攻擊事件的幕後黑手，是即將被廢嫡的公爵長子圖里葉以及他的同夥。

「原來如此啊。」

知道不是綁架，看久了就讓人心醉神迷的超級美少女露露也鬆了口氣。

如同表現她善良心地的潔白禮服，與沐浴在陽光下、豔麗地反射光芒的黑髮形成對比，襯托出她容貌的和風美。

「——主人。」

手腕和頸部長著橘色鱗片的橙鱗族莉薩緊張地呼喚了我。

我們悠閒交談的時候，她似乎依然保持警覺，舉著愛用的魔槍多瑪，警戒著希嘉八劍的祖雷堡先生。

「潘德拉剛卿，本人主動邀戰卻又要求延期實在魯莽，還請見諒。」

祖雷堡先生面容嚴肅地向我道歉。

我倒是希望別延期，而是直接取消比較好。

「你別跟什麼微不足道的士爵客套——」

「我等接下來必須前去奪回遭人搶奪的小聖杯才行。日後將派遣使者拜會，屆時請您務必全力以赴。」

祖雷堡先生這麼說完，就帶著手下聖騎士隊，以及希嘉八劍的同仁槍客赫密娜小姐，走往人群的方向離去。

比斯塔爾公爵大概感到心滿意足，於是回到夫人們所在的位置。

我身邊的「紅色貴公子」傑利爾先生，以及他的同伴「赤龍的咆哮」的主要成員，也不知道何時調配到馬匹，跟著祖雷堡先生一同離開了。

嘀咕祖雷堡先生話語中提到的那個詞的人，正是我的最後一個同伴，綁著淺綠色雙馬尾的精靈蜜雅。

「──小聖杯？」

她將代表精靈特色的微尖耳朵，用樸素的斗篷兜帽遮了起來，以抵擋人們的視線。

「會是什麼呢？」

我這麼回答蜜雅，這才想到先前比斯塔爾公爵大喊么女被抓，脫口說了「小聖」二字，應該就是說小聖杯吧。

「搞不好是可以用『祈願魔法』的祕寶喔！」

我知道亞里沙為什麼會把聖杯聯想到那個地方去，於是告誡她：「妳動畫看太多了。」

光用地圖搜尋，就發現王城地底的寶物庫，以及王都內的幾個地方，都有所謂的小聖杯；再看看詳細資訊的備註，便能得知這是能收集周圍瘴氣的祕寶。

由於王都外面沒有符合的搜尋結果，所以我這次試著用比斯塔爾公爵么女索米葉娜小姐的名字搜尋。

──比想像中要近。

看來離逃生艇發射的地點沒有很遠。

索米葉娜小姐的周圍並沒有小聖杯這個物品，但是她擁有「寶物庫」的技能，因此小聖杯十之八九是保管在她的道具箱裡。

——比起這點，我在搜尋索米葉娜小姐的過程中，發現了不能置之不理的狀況。

「蜜雅，不好意思，幫我召喚希爾芙，我要兩個——不對，三個。」

「嗯，了解。」

蜜雅不問理由就開始詠唱精靈魔法「風精靈創造」。

「怎麼了嗎？」

亞里沙小聲問我。

由於「戰術輪話」還在發動，而我又有順風耳技能，所以同時聽到兩個聲音。

「喔，其實呢——」

我解釋完的時候，蜜雅已用精靈魔法召喚出三個希爾芙來。

希爾芙形如半透明的女子，群眾看了驚呼連連，但是現在我得先解決緊迫的困境，就沒多加理會。

「要出發囉，我勇敢地宣告道。」

「希爾芙，走吧。」

希爾芙抱著娜娜、蜜雅跟我三人飛行，低空穿過樹林避免被人看見，沿著街道飛往迷宮都市的方向。

◆

「「「主人！」」」

七個相同長相的人同時呼喊著我。

她們既是娜娜的姊妹，同時也是魔造人，從一號到六號以及八號，都擁有像編號一般的名字。

她們過去服侍「不死之王」賽恩。賽恩升天之後就認我為主人，跟娜娜一樣都用「主人」稱呼我。

「我跟蜜雅也在，我這麼宣告道。」

雖然娜娜跟往常一樣面無表情，但是口氣聽來有點彆扭。

「「「七號！」」」

「現在名叫娜娜，我這麼訂正道。」

經她這麼抱怨，娜娜的姊妹們也改稱呼她為「娜娜」。

「「「公主！」」」

「我不是公主。」

蜜雅之前被關在賽恩主宰的「搖籃」裡時被稱為公主，現在她強硬地否定她們。

「蜜雅。」

「「「蜜雅大人。」」」

對於娜娜的姊妹們乖乖訂正的態度，蜜雅一臉滿足地點點頭。

「呃……？你認識這群美女嗎？」

「是啊。我的朋友這次似乎造成了您的困擾，還請您多多包涵。」

我向語帶遲疑向我搭話的中年商人致歉。

商人身後有好幾輛翻倒的馬車、口吐白沫跌倒在地的馬匹，以及大量散落在地的貨品。

由於馬車翻倒以及貨品散落，道路堵塞不通。

其前方道路與森林的交界處有隻巨大生物，牠長得像是螃蟹與蜘蛛的融合體，縮著手腳坐鎮在路邊。那個生物是被八號馴服成從魔的魔物，名為長腳蜘蛛蟹，等級三十左右。

從周遭的狀況看來，應該是娜娜的姊妹們從森林裡騎著長腳蜘蛛蟹，出現在行駛於道路上的中年商人車隊面前，商隊的馬匹與車夫嚇得想連忙停下馬車又想改變行進方向，結果變成這副慘狀了吧。

剛才用地圖搜尋比斯塔爾公爵么女索米葉娜小姐的時候，我發現了這個狀況，所以連忙趕了過來。

「由我來對主人解釋狀況。收拾工作就由二號負責指揮。」

經一號下令，二號便點頭開始工作。

「娜娜，妳跟姊妹們一起去幫忙恢復原狀吧。」

「是的，主人。」

娜娜腳步輕快地走向姊妹們。

重新聽一號簡單說明狀況，並對商人自我介紹後，我告訴對方會全額賠償娜娜的姊妹們造成的損失。

「——潘德拉剛士爵大人？莫非您與『海盜獵人』潘德拉剛酒侯大人有什麼關係嗎？」

「我還是初次聽聞『海盜獵人』這個稱號，但我確實有魔導王國拉拉基的酒侯爵位。」

當我還在南洋的砂糖航線上旅行時，為了確保投資的筆槍龍商會在航線上的安全，我用軍事戰略「搜索與殲滅」的氣勢，藉由搜索地圖逐一擊破搜尋到的海盜。

八成就是這樣才會有這個稱號。

「果然如此啊！閣下或許不記得了，我有個叔叔就是商船船長，您救了我叔叔和朋友的性命啊。」

商人說出我拯救過的人名，我用交流欄的筆記本搜尋救助人員名單，確實有這些名字。

我在砂糖航線上救過太多人，幾乎都不記得了。

「那可真巧啊。」說完我就此結束這個話題，改討論補償事宜。

「貨物全都包裝得很好，馬車的輪軸也沒斷，就不用您賠了。您可是我叔叔和朋友的救命恩人，能見到您自是有緣。我也會在王都待到過完年，若是您有什麼需要，雖說不敢算您免費，但我會盡力張羅過來，還請您務必光臨本商會。」

中年商人滔滔不絕地說。

看來就算我拿出相對的賠償金額，他也不會收了。

他似乎是在砂糖航線上做貿易的商人，應該會賣些有趣的東西，我打算找他採買一筆，讓他可以賺回損失的金額。

「「「哦哦哦哦哦哦哦哦！」」」

由於娜娜她們那邊大聲喧譁起來，我跟中年商人停止對話，轉頭看去。

看到娜娜和姊妹們扛起翻倒的馬車，商隊的人們與停下腳步的行人似乎都驚叫出聲。

看來這不需要我或蜜雅的魔法幫忙，很快就能讓因商隊馬車而堵塞的交通恢復原狀。

話雖如此，什麼忙都沒幫上實在閒得發慌，因此我將禮服上衣交給蜜雅保管，與中年商人一起前去幫忙確認抬起的馬車。

「——喂！是哪幫蠢才擋住去路啊！還不快點把馬車移去路肩，把路讓出來！」

停滯不前、受到堵塞的道路另一頭，傳來一陣怒吼聲。

只見一個騎著馬、身穿軍裝的年輕騎士拔劍吆喝，一邊威迫民眾一邊往這裡走來。還真危險啊。

那是之前保護比斯塔爾公爵么女的恐怖分子之一。

我本來就是在搜尋么女的時候發現娜娜的姊妹們，因此他們會來這裡並不意外。

「騎士大人請見諒，要不了三十分鐘就能開通大路，還請您稍候。這是一點心意，就當是給您賠罪——」

「你這混帳，是看扁我嗎！」

正當中年商人要將裝有賠禮的錢袋交給騎士時，憤怒的騎士就拿手上的劍砍向商人。

——我不准喔？

我一掌擋開揮下的劍身。

「哼！大膽！」

騎士面紅耳赤，揮劍朝我砍來。我拉住他的手腕，將他從馬上拉下制伏在地。

「這是幹什麼！沒看見比斯塔爾公爵家的家徽嗎！膽敢對我等動粗，就是跟比斯塔爾公爵家作對！」

一名穿著軍服的年輕貴族率領兩名騎士，趾高氣昂地走了過來，還把人群跟馬車都趕到路邊，他們後面還跟著一輛樸素的黑色馬車。

話雖如此，想不到企圖暗殺比斯塔爾公爵的歹徒，竟然借重比斯塔爾公爵的名號，還真是滑稽啊。

而且他好像忘了，馬車跟騎士們的披風上都沒有比斯塔爾公爵家的家徽。

應該是習慣了，所以脫口而出吧。

「啊！你是飛空艇上的人！」

女童從馬車車窗探出身來指著我——她就是比斯塔爾公爵的么女，索米葉娜小姐。

就像逃離飛空艇時確認的那樣，她似乎沒有被限制住行動。

「竟然是那艘飛空艇上的人！難道是追兵！」

方才狐假虎威的年輕貴族如此大喊一聲，周遭的騎士們立刻殺氣騰騰地拔劍。

「索米葉娜！快進來！」

「母親——」

索米葉娜小姐身後看起來慌慌張張的中年女士——第一公爵夫人將索米葉娜小姐拉回馬車中。

「我們的事情不能被公爵發現！這裡的人全都要封口！」

周遭的群眾一聽到這句話，立刻逃竄到森林中。

看來他們打算把在場所有人都殺光，防止消息走漏。

真是恐怖分子思維啊，我可不能坐視不管。

「娜娜，左半邊交給妳。蜜雅，幫商人們擋住魔法攻擊。」

「是的，主人。」

「嗯，交給我。■■■■……」

穿禮服的娜娜與蜜雅開始行動。

「「「去死吧！」」」

我與娜娜合力制伏迎面襲來的騎士們。

我普通地使出掌擊，娜娜則是藉由產生「盾」的手鐲，以及從妖精背包裡拿出的單手劍來擊倒對手。

劍就姑且不說了，被小雞造型的黃色盾牌打暈，還真是可憐啊。

「主人，我們也要參戰。」

「不必了，妳們就跟蜜雅一起保護商人們吧。」

我對一號這麼說，要她們退到後方。

我想她們可以打贏大多數的對手，但是敵方包含指揮官在內，有數名超過三十級的高手，她們受到重傷的可能性相當高。

所以我不太想讓她們參戰啦。

而且──

「你們這些用血汙染希嘉王國大路的愚蠢之人！我等乃光榮的第三騎士團──巡迴騎士隊！倘若不立刻收劍，便將你們視為盜賊處刑！」

──雷達光點告訴我，道路警備隊已經趕到附近了。

第三騎士團似乎很能幹，不僅保護商人，還接二連三制伏恐怖分子的騎士們。

「不愧是王都騎士團，程度就是不一樣。」

「嗯，高強。」

對手集團包含三十級以上的騎士；騎士團儘管人多且只有二十幾級，還是手段高明地與之搏鬥，實在相當厲害。成功壓制想必只是時間早晚的問題。

「唔！看來到此為止了！」

穿著軍服的年輕貴族在最後排嘟噥幾聲後，就打開馬車車門，打算騎馬讓第一夫人與么女逃走。

兩匹馬跑下左手邊坡面非常陡峭的斜坡。

「有兩匹馬逃了！第二分隊，快追！」

由於夫人與么女的慘叫聲，巡迴騎士隊的指揮官注意到有人逃走，於是他派遣一個分隊前去追捕。

「——朵荷麥娜夫人！」

我聽見女騎士的慘叫。

與她共乘的第一夫人似乎墜馬了。

根據地圖資訊來看，她落馬的時候頸椎骨折，傷重到瀕臨死亡。

「母親！快停下來，母親有危險啊！」

「不行！要是不將索米葉娜大人送到圖里葉大人身邊，在飛空艇上死去的同志們將無法瞑目啊！」

遠方傳來么女和年輕貴族的微弱對話聲。

看來么女——不對，小聖杯比垂死的夫人更重要。

載著第一夫人的女騎士，也不在乎趴倒在地的第一夫人傷勢如何，只是揮劍阻止追兵追趕么女和年輕貴族。

「——這世界的人命還真是不值錢啊。」

「佐藤？」

「沒事啦。」

我對聽到我抱怨的蜜雅如此回了一句，就滑下陡坡，趕到躺臥在地的第一夫人身邊。

女騎士已經被分隊的一名騎士壓制，我越過兩人身邊，拿出中級魔法藥澆在喘氣喘得像是在吹口哨的第一夫人身上。

在澆上魔法藥之前，我先用魔法念動力「理力之手」把夫人的脖子調整回正確位置，所以頸椎應該不會固定成奇怪的角度才對。

「呼，這樣就行了。」

我揹著昏倒的夫人回到大路上，將她交給巡迴騎士隊。

當商人們的馬車已經可以運行時，我確認地圖資訊，分隊還在繼續追趕那個帶走么女的年輕貴族。

我不喜歡自己去踩地雷，所以不打算加入你追我跑的遊戲。

再說就算我什麼也不做，在巡迴騎士隊風魔法使的指引下，另一個分隊從比較順暢的大路開始追趕，因此他們應該遲早會追到。

「那我們先告辭了。」

「我們商會位在錢幣路十三號，請務必大駕光臨啊。」

「好，當然！」

我跟商人約好，蜜雅操控的希爾芙就抱著我們飛上天。

「主人！飛上天了！我這麼報告道！」

以八號為首的娜娜姊妹們大驚小怪。

娜娜的姊妹們通常沒什麼情緒，不過八號的情緒起伏比較明顯。

此外，引發這起事件的長腳蜘蛛蟹，已經聽從八號的指示，移動前往遠離大路的深山之中了。

◆

「主人，歡迎回來。那邊的麻煩解決了嗎？」

「是啊，圓滿落幕了喔。」

回程路上，我們被飛在天上巡邏的王都鳥人兵以及飛龍騎士攔下來盤問，我拿出貴族證與祕銀證，還秀出蜜雅的精靈耳朵，才得以證明我們的清白。

不知是否因為我這趟來回花不到一個小時，除了比斯塔爾公爵一行人之外，其他人都還在，迎接馬車似乎也還沒來。

「娜娜的姊妹們看起來很有精神，真是太好了。」

「抱歉回來晚了。往後我等七人，將與蜜雅大人等各位前輩，以及七號——娜娜，一同成為主人的左右手鞠躬盡瘁。」

與娜娜不同，一號的口條流暢很多。

「掃墓順利結束了嗎？」

「是的。前主人的遺物，已經埋進夫人的墓地裡了。」

太好了。雖然幾經波折，總算平安完成任務了。

當我們與娜娜的姊妹們重逢寒暄時，另一邊看熱鬧的群眾見到娜娜的姊妹們全都長得一樣，開始竊竊私語說：「盾公主變多了？」「準備多達八個盾公主，是要跟魔王軍團開戰嗎！」「一個給我啦。」這些亂七八糟的話。他們應該是等到閒得發慌了吧。

等到寒暄告一段落後，亞里沙問我：

「那麼主人，我們還要在這裡等嗎？」

「這個嘛——」

看到這群等待迎接的人數，應該好一陣子都輪不到我們。

「——反正距離不是很遠，我們用走的吧。」

再說王都大路往來的馬車多，應該可以在途中攔到車吧。

「卡麗娜大人，這樣可以嗎？」

經我這麼一問，穆諾男爵的二女兒卡麗娜小姐邊把華麗的金髮往後撥，邊回頭對我說：

「是的，不打緊。」

她甩了甩具代表性的蛋捲頭，比任何人都來得大的雙峰也再次搖擺著迷人的震盪。

我的雙眼不由得就要被吸引過去，還好用堅強的意志力忍住了。

「小玉也ＯＫ～？」

「波奇當然也是ＯＫ的喲！」

小玉跟波奇分別被六號跟八號像布偶一樣抱著，接著卡麗娜小姐同樣表示同意。

看來娜娜的姊妹們跟娜娜一樣喜歡小朋友，她們抱著兩個小朋友顯得很開心。五號趁勢也想將蜜雅抱進懷裡，但是蜜雅說了句「不要」拒絕，看起來有些落寞。

「那麼，我們走吧。」

我帶著大家走向王都大門。

娜娜的姊妹們也會合了，我們成了十九人的大家庭。

大概是因為人數太多，我去接娜娜的姊妹們時看熱鬧的群眾也增加了，要穿過人群花了一點工夫。

穿過人群之後沒多久，就抵達王都正門。

「好大～？」

「比迷宮都市的門大好多喲！」

一看到有如巴黎凱旋門的巨大門扉，以小玉、波奇為首的同伴們都感到很興奮。

或許也是為了誇耀希嘉王國身為大國的文化與財力，大門上雕梁畫棟，而且背後似乎還隱藏幾個魔法迴路。

「排隊。」

「真不愧是大國都城的大門口，好驚人啊。」

蜜雅跟亞里沙看到大門前排隊的隊伍，露出不耐煩的聲音。

我們不管排商人與平民的隊伍，直接走向只有幾輛馬車並列的貴族隊伍。

當我們抵達隊伍時，原本排隊的馬車已經通過，很快就輪到我們。

「這裡是貴族排的隊伍，如果身分無誤，請出示證明。」

看門騎士發出響亮的聲音。

「小鮮肉聲線喔。」

「小鮮肉生鮮～？」

「小鮮肉要放養，長大了才有大鮮肉可吃喲？」

看門騎士大概是聽到亞里沙她們在後面的對話，嚴肅的表情有一瞬間緩和了下來。

「我是穆諾男爵家臣，佐藤・潘德拉剛榮譽士爵。這位是穆諾男爵千金，卡麗娜・穆諾大人。」

我報上名號，出示自己與卡麗娜小姐侍女碧娜拿著的卡麗娜小姐的貴族證。

「抱歉，請容我核對看看。」

看門騎士說完，交互看著貴族證與我們。

他擁有「鑑定」技能，所以應該是在核對真偽吧。

「恕臣下失禮了，穆諾大人。潘德拉剛卿，倘若方便，能否請教各位貴族為何不搭乘馬車前來嗎？」

原來如此，所以審查才如此嚴格啊。

「剛才我們也乘坐在迫降的飛空艇上。因為一直等不到人來迎接，我們才決定一邊遊覽王都，一邊在路上攔截馬車。」

「——哎呀？」

看門騎士似乎接受了我的說法，為無法安排馬車一事賠罪，便放我們進城。

通過大門後，亞里沙用手揉揉眼睛。

「怎麼啦？」

「城堡旁邊好像有一層霧霧的東西？」

「喔，那是櫻花樹啦。」

根據越後屋商會大掌櫃艾爾泰莉娜所說，那些叫做王櫻的櫻花樹，是希嘉王國的國樹，每年到了這個時候就會開花。

「跟城堡一樣大的樹？」

「沒什麼好奇怪的吧？」

如果是原本的世界，只有奇幻作品裡才會有這種樹；但是這個世界有長到衛星軌道去的世界樹，還有跟山一樣大的山樹，只是跟城堡一樣大根本沒什麼好驚訝的。

「嗯，普通。」

「啊，也對喔。」

蜜雅表現出理所當然的模樣點點頭。或許是想到了世界樹和山樹吧，亞里沙也露出五味雜陳的表情點了點頭。

「那麼大的櫻花樹，怎麼不是『不會枯的櫻花樹』呢？」

「啊，我想就算在那棵樹下許願，也不會實現喔。」

亞里沙提到知名遊戲的櫻花哏，我用模糊記得的知識稍微答腔。

「那還真是可惜。」

亞里沙笑了笑，將話題帶回現實。

「所以這裡也有櫻花樹就對了。」

「好像是王祖大和跟精靈們要來的喔。」

「又是王祖大人～？總覺得跟弘法大師一樣什麼都搞呢。」

亞里沙留意的同時還發了發牢騷。

「別這麼說啦。年節期間正好是王都櫻花的花期，等到櫻花盛開了，我們就大家一起去賞花吧。」

「哦哦！好啊！櫻餅，要做櫻餅喔！」

「可以呀。」我一口答應興奮期待的亞里沙。

同伴們問亞里沙什麼是賞花，看得我很窩心；突然，卡麗娜小姐的侍女碧娜從後面喚了我一聲。

「士爵大人，我們要直接前往男爵府嗎？」

「對啊，我是這麼打算的。」

我回答侍女碧娜的問題。

目前人數比預期的多了快一倍，要先確認能不能住在男爵府，如果不行就得找旅店了。

「主人，發現沒有馬的馬車，我這麼報告道。」

八號拉了拉我的袖子。

往她的視線看去，有輛馬車正在行駛，外型像還在發明階段的汽車。

「那是魔像車啦。」

我在歐尤果克公爵領看過好幾次，馬車本身是由魔巨人化成的交通工具。

這種交通工具有很多形式，我們在迷宮都市參加遊行所搭的魔巨人馬車，是由魔像馬來拉普通馬車。

聽迷宮都市的貴族們說，魔像馬拉的馬車比較「優雅」，而魔像車比較「前衛」，可以區分出個人喜好。

「主人，房屋陽臺上裝飾著花好漂亮，我這麼報告道。」

八號拉著我的手臂，指著沿路民房所種的花草。

看來她比其他姊妹更黏人。

「有罪？」

「不太像。」

蜜雅與亞里沙交頭接耳。

「胸部小小的，判決無罪。」「嗯，同意。」竟然將自己的事情放一邊，說這樣的話。

「八號，這樣會讓主人頭痛，我這麼宣告道。」

被娜娜這麼指謫，八號嚇得抬頭看我，一臉不安地問：「主人，八號讓您頭痛了？」

「不會啊。」

只不過不太好走路就是了。

但就因為我省略了後半句，八號看著娜娜鼻息粗喘著。雖然她也跟娜娜一樣面無表情，但這一定是她表現得意的方式。

要是大家擠成一團會擋住道路，所以我們排成兩排走在人行道上。

「不愧是大國王都，人好多喔。」

「嗯，同意。」

從西門進來的主要通道很寬闊，可以讓四輛馬車並行，但由於沒有交通號誌，所以偶爾會在十字路口擠成一團。幸好馬車的車流量不像現代汽車那麼多。路邊有人行道，但是不少人走到車道上。

「王都的人族好多喔。」

莉薩看著往來行人，一邊這麼說一邊從妖精背包裡拿出外套披上，遮住她種族特有的尾巴和鱗片。小玉與波奇也穿上斗篷，遮住耳朵跟尾巴。

根據地圖搜尋資訊，王都有八成都是人族，剩下兩成幾乎都是鱗族和獸人族，妖精族占少數，總數不到三百人。

「主人，王都也會歧視人族以外的種族嗎？」

「這裡有獸人商人，也有非人族國家的使節，所以要看場合跟對象吧。」

我想起從迷宮都市的貴族跟越後屋商會的幹部們那裡聽聞的事情，回答露露的問題。

「但我想不像希嘉王國北部那麼歧視就是了。」

在我與獸人女孩們相遇的聖留市，除了少數妖精族之外，所有非人種族只配當奴隸。

「路上的馬車也好多種喔。」

「是啊，拉馬車跟貨車的也不只有馬，還有在公都看過的走龍跟鈍龍呢。」

露露跟莉薩這麼說。

「豪華喔～」

「好氣派的馬車喲！」

後方駛來三輛氣派的馬車，從我們身邊經過。

馬車上立著希嘉王國國旗，車身上畫著迷宮資源部的徽章。

「陣仗這麼大啊？」

亞里沙看到馬車旁邊跟著大概十個王國騎士押車，皺起眉頭。

「這是王國的馬車，帶這些護衛差不多吧？」

「哇～是這樣喔？」

我把研究徽章學所學到的資訊告訴亞里沙。

「主人，那裡！有大烏龜在拉貨車！我這麼報告道！」

八號蹦蹦跳，指著一隻在車道上慢慢行走的巨大象龜，象龜還拖著一排六輪貨車。

「這麼重的車隊，竟然不會把石板踩凹喔？」

「應該有用土魔法補強過吧？」

我回答亞里沙的自言自語。

ＡＲ顯示那個車隊，是矮精靈王國的使節團。

矮精靈有紅銅色的皮膚，跟其他妖精族一樣個頭小，耳朵有點尖。雖然不如精靈族那樣稀少，但是喜歡惡作劇和冒險的矮精靈在人族的領域也仍舊不多見。

我們就這麼走在人行道上，欣賞王都街景，這時有人突然叫住我們。

「潘德拉剛士爵！」

有人從車道上的馬車裡探頭出來喊我，我記得這個人，他是迷宮都市賽利維拉探索家公會的幹部級員工，只要我跟公會長一起喝酒，這個酒鬼一定會參加。

這批員工是為了將討伐「樓層之主」的戰利品送給國王，才跟我們搭同一班飛空艇到王都來。

「離貴族住宅區還有段距離，這附近也沒什麼載客的馬車，要不要送你們一程？」

「感謝你的好意，不過我們人很多……」

「沒關係，後面那兩輛車也能坐，再說有祕銀探險家共乘，我們路上也比較安心啊。」

「話說回來，你們沒有配護衛騎士呢。」

我壓低嗓門問這位公會幹部。

「是啊，剛才不是有迷宮資源部的馬車走在我們前面嗎？那是誘餌啦。」

這麼說來，迷宮都市的探索家公會，好像是迷宮資源部所管理的公家機關。

「用誘餌吸引歹徒的目光，我們才能安心前往王城啊。」

他們自己的等級都很高，當車伕的公會員工也是當過探索家的高手，但我還是覺得這樣太不安全了。

我有點擔心，就搭他們的便車，順便護衛。

一輛馬車載不下我們所有人，所以第一輛坐上波奇、小玉、卡麗娜小姐、侍女碧娜和我；其他同伴還有卡麗娜小姐的護衛女僕們坐在第二輛；娜娜與姊妹們則坐在第三輛。

第二和第三輛是沒有車頂，只有車斗的馬車，主要用於載貨，所以我讓卡麗娜小姐優先坐在第一輛馬車上。

「各位打算去王城嗎？」

「對，後面兩輛是運魔核的貨車，所以除了這輛馬車以外，其他會先前往第二城牆附近的魔核倉庫就是了。」

公會幹部說「樓層之主」的戰利品裡面有些特別珍貴，他跟另外兩人有「寶物庫」技能，就先將物品收在自己的道具箱，剩下的就收在王室出借的大容量「魔法背包」裡運送。

至於堆在馬車車斗及車頂上的行李，幾乎都是誘餌。

行李裝的都是破銅爛鐵類的魔法道具，好欺騙能用魔法探測的對手。

「喵！」

坐在我腿上的小玉，耳朵突然抖動一下。

與此同時，雷達上出現紅色光點。

「怎麼了嗎？」

幹部員工看到我臉色有變，於是問我。

「看來不肖之徒被剛才的誘餌給釣上了。」

我指著前方升起的白煙這麼說。

根據雷達情報顯示，大概有三十個犯罪公會的歹徒，攻擊了迷宮資源部的馬車。

歹徒使用某種煙霧彈遮蔽視線，想趁機搶奪馬車上的金銀財寶。

——呃。

路上不僅揚起白煙，還發出巨響跟火光。

看來犯罪公會的魔法使，在位於襲擊地點附近的三層樓商店樓頂上，對地面施放火魔法

「火輪」。

在白煙與火輪火焰的影響下，地面上的騎士們似乎都無法鎖定魔法使的位置。

「不敢相信喔～」

「王都的罪犯可真是大手筆啊。」

就連治安不好的迷宮都市，也沒有人敢在市區裡這樣搞。

「不對啊……很少有蠢貨會這麼亂來。」

看來這在王都也很罕見。

如果放著不管，他們的攻擊魔法會讓很多人受重傷，我稍微介入一下吧。

「小玉。」

「係！」

我伸出手，小玉心有靈犀地從妖精背包拿出石頭放在我手心上，大小正適合投擲。

我從馬車車窗探出頭，只用腕力扔出石頭。

我有手下留情免得害命，石頭命中魔法使的腹部，把人給打暈了。

但我沒想到那個人一暈倒就從屋頂上摔下來。不過他狗屎運，中途落在陽臺跟一樓布棚獲得減速，所以沒有摔死。

我想說這一幕好像過去功夫電影的替身場面，同時想到不必殺人就能解決問題，頓時鬆了口氣。

其實要是真的有危險，我也會用時常施展的「理力之手」降低跌落的速度就是了。

——呃。

顯示犯罪公會魔法使的光點消失了。

不是因為時間差而摔死，而是被附近的王國騎士一劍刺死。

……真不講情面啊。

「主人。」

發現事情不對的莉薩等人，從後面的馬車趕了過來。

「看來不用我們多管閒事了。」

我才剛說出口，就有人使用風魔法，吹散礙眼的白煙。

遮蔽視線的煙霧一吹散，被犯罪公會擺弄的王國騎士便立刻反擊。

以怒濤之勢，眼前出現一片血肉橫飛的場面。即使歹徒人數有三倍之多，還是不敵騎士的高等級與高強戰技。有些犯罪公會的人員打算逃走，但是瞬間就被追捕並斬殺。

我不喜歡這種殘忍的畫面，忍不住別過頭。

「結束啦～」

「壞蛋全都被打倒了喲。」

要不了多少時間，歹徒就被鎮壓了。

回頭一看，不知何時趕來的衛兵們，將罪犯的屍體並排在路肩上；至於迷宮資源部的馬車和護衛的王國騎士們，把事情交給衛兵善後就出發了。

「看來收拾好了，我們也出發吧。」

公會幹部這麼說，馬車就出發了。

我看到好多倒楣的普通民眾無端被捲入事件中受了傷，就送些加水的下級魔法藥去慰問他們。

幸好這件事發生之後就沒什麼麻煩，我們順利搭車來到下級貴族宅邸區域，然後攔了路邊的馬車，成功抵達王都的穆諾男爵府。

「領主大人住的房子，怎麼這麼小啊？」

如同亞里沙所述，穆諾男爵府很小。

不過這比較的標準是「領主宅邸」，實際上這座宅邸的規模跟其他男爵宅邸差不多，以現代日本的標準來說是十足的豪宅了。

「士爵大人！」

有個眼熟的女僕在院子裡掃地，看到我就跑了過來。

或許是聽到她這句話，宅邸裡的其他女僕們也跑出來。

「「「歡迎回府！潘德拉剛士爵大人！」」」

女僕們招呼我們進門，同時向我們鞠躬。

我是很感謝她們的熱情歡迎啦，可是——

「妳們怎麼沒有招呼卡麗娜大人啊！」

「「「呃，碧娜小姐！」」」

碧娜看到自己的主人被忽略，氣都氣炸了。

至於卡麗娜小姐本人，正在跟小玉和波奇聊男爵府的外觀，根本沒發現自己被忽視，因此愣了愣。

「「「歡迎回府，卡麗娜大人。」」」

卡麗娜小姐走過一齊鞠躬的女僕隊伍，把華麗的金色蛋捲頭往後一撥，挺起胸膛。

「有勞各位接風！我回來了！」

她大聲地慰勞女僕們。

好啦，這下總算可以放鬆了。

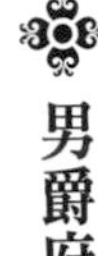

男爵府

「我是佐藤。以前出國搞低預算旅行的時候，曾經被訂了房的旅館給放鴿子。當地治安不好，不能選擇露宿，所以當時真的死命找了旅館啊。」

「原來娜娜小姐是八姊妹啊。」

「是的，碰巧在王都附近重逢了。」

王都男爵府有五位女僕，掌管五人的女僕長——我認得她的長相，但是看了AR顯示才想起她的名字。

「我們人數加倍了，所以想要大家一起去找間旅店。」

「這、這怎麼行！」

「士爵大人怎麼可以不留宿呢！」

「女僕長！我們會空出自己的房間來，請大家在這裡住下吧！」

我才剛說要去找旅店，站在牆邊的女僕們立刻以驚人的氣勢懇求女僕長。

「主人，你好受歡迎啊。你應該不至於對女僕們下手吧？」

「當然不會，我怎麼可能幹這種事呢？」

亞里沙逼近我的臉說些蠢話，我把她的額頭推回去。

「雖說可用妳們的房間，但那是六人住的傭人房吧？讓客人住傭人房太失禮了，就算真的住下了，妳們又要睡在哪？」

「我們不管睡走廊還是倉庫都行！」

「睡廚房跟餐廳地板也可以！」

「所以！女僕長！請妳挽留士爵大人！」

女僕們不斷威脅女僕長。

看起來十分嚴肅的女僕長也招架不住女僕們的氣勢。

「——士爵大人，士爵大人。」

艾莉娜從後面對我咬耳朵。

「她們是看上了士爵大人做的菜。所以您就別客氣了，把她們的房間搶來用吧。」

「總而言之，艾莉娜姊也抱持相同想法啦。女僕學姊們就住在碧娜小姐跟我們的房間，您別客氣，就住下來吧。」

艾莉娜說完，新人妹子接著補充。

可以的話，我今天不打算下廚，只想直接賴在床上睡個飽；但是眾人如此期待，我也不好推辭了。

「女僕長，今晚我恭敬不如從命，多謝大家的好意了。」

「是嗎？那我立刻打理房間，請您稍候。」

「對了，女僕長——」

我叫住正要對女僕們下達指令的女僕長。

「如果主廚許可，晚餐我想要做幾道菜，不知可以嗎？」

「「「拜託您了！」」」

女僕長還沒說話，女僕們就齊聲回答我。

「我、我去說服主廚！」

「我去確認食材！」

「那麼……那麼……我去打掃房間！」

女僕長還沒開罵，女僕們就衝出房間。

「這些孩子真是的……」

女僕長嘆了口氣後，就把我們帶到要住的房間去。

房間挺大的。

「有三個這麼大的房間，就不必把女僕們趕出去睡了呢。」

除了我的房間之外，每間房都有四張床，只要把床併在一起應該就睡得下。雖然有點克難，如果是小孩較多的同伴們，只要一間房就夠了；娜娜與姊妹們就分別住在兩間房就好。

「我想想，反正在王都也買了宅邸，明天就去現場看看，如果住得下，那麼明天就搬到那裡去吧。」

透過迷宮都市太守夫人的介紹，我在下級貴族區與中級貴族區的交界處，一個風光明媚的地方買了宅邸。

總坪數大概有男爵府的三倍大，也有為了招待其他貴族的寬闊交誼廳，以及可以開花園派對的院子。

這宅邸說起來不太適合我這種最下級貴族，而是更適合致力於社交的中級貴族。跟穆諾男爵交換住應該剛剛好。

「唔哇！窗外只能看到高牆耶。」

「那是從外面往內數的第三道內牆。」

王都有多次擴建城區與城牆的歷史。希嘉王國建國將近七百年，如今以王城為中心，共有七道同心圓狀的城牆。至於王城本身的幾道圍牆，就不算在內。

根據迷宮都市賽利維拉的太守夫人，同時也是出身王都的亞西念侯爵夫人所述，領主與伯爵以上的貴族們的寬闊宅邸，都位在最內側那道建國時就包圍了都市的城牆裡面。

穆諾男爵是「支配都市核心的領主」，照理說宅邸也應該要建在那裡面才對。

如果是預算不夠，可以由我出資，但我想八成是權勢角力問題，所以沒有多說什麼，就看妮娜執政官要怎麼大顯身手吧。

◆

「主人，娜娜的內衣鬆垮垮，我這麼報告道！」

房間分配完沒多久，就聽到走廊傳來慌張的腳步聲，然後八號闖進房間來。

上半身幾乎一絲不掛。

她穿著一件看似像她的，而且是亞里沙親手縫的胸罩。由於尺寸完全不合，不該看的部分幾乎都看光光了。

「唔呃！」

「不要臉！」

亞里沙跟蜜雅看了立刻出言責罵。

兩人連忙拿毛巾上前遮住八號的胸口。

「主人！我們跟七號明明是相同尺寸，卻有這麼大的差別。我們這麼抗議道！」

「主人，只有娜娜靠調整裝置強化很不公平，我們這麼報告道！」

接著六號跟五號也相繼闖了進來。

兩人都穿著胸罩，而且罩杯的空隙都很大。

不愧是實際年齡等於零歲，完全沒有羞恥心。

「主人，請你向後轉。」

「已經轉了啦。」

我照亞里沙的要求轉身背對，等娜娜的姊妹們穿好衣服。

「主人，八號她們似乎冒犯了，非常抱歉。」

跟在八號她們後面趕來的一號，代表姊妹們道歉。

其他姊妹也站在她身後一起道歉。她們本來身穿旅行裝束，現在換成跟娜娜借來的家居服打扮。

「我會好好管教這幾個孩子的……」

「不用太介意啦。」

「感謝主人寬宏大量。」

姊妹們再次鞠躬。

「主人，一號她們說有事情要告訴主人。」

「「「娜娜！」」」

娜娜從姊妹們後面探出頭這麼說，一號吃驚地轉頭看向她。

「這還要再衡量時機才——」

「沒關係，就趁現在聽妳們說吧。」

現在準備晚餐還嫌早，機會難得，就聽聽娜娜的姊妹們說些冒險經歷，順便跟她們交流交流吧。

我們分配到的客房沒有一間容得下這麼多人，所以就借用最寬敞的餐廳了。

「多虧主人慈悲為懷，我們才得以順利將前任主人的遺物，埋進夫人的墳墓裡。」

一號坐姿端正地鞠躬，姊妹們也跟著鞠躬。

雖說剛才也聽說了，或許她們還有話要說，就繼續聽吧。

「抬起頭來吧。大家能平安回來真是太好了。」

「是的，這也都多虧了主人事先替我們準備『魔法背包』和旅行需要的東西。」

我送給姊妹們的「魔法背包」，跟我之前在龍之谷弄到的「萬納背包」是同樣種類的魔法道具。

我以為要聽她們說旅途中的苦處，但不知為何她們全都不發一語地盯著我，因此沒能開啟話題。

「怎麼了？」

「呃，就是……」

一號臉頰微紅，扭扭捏捏。

——這是怎樣？

「主人，一號她們希望主人能命名，但是不敢說，我這麼報告道。」

「「「七號！」」」

「我名叫娜娜，我這麼宣告道。」

面對姊妹們用舊稱呼高聲抗議，娜娜用有些驕傲的口氣訂正她們。

就像娜娜說的一樣，我記得當初跟姊妹們分別時約好，重逢的時候要幫她們取名。

「主人，我的名字是什麼？我這麼問道。」

八號整個貼到我面前問。

臉貼得超近，不小心就會親到嘴。

「等、等一下，貼太近了啦！」

「嗯，分開！」

亞里沙跟蜜雅的鐵壁搭檔，將八號從我身上拉開。

「八號！這種時候應該要論資排輩吧！」

「一號，這是舊時代思維了，我這麼糾正道。」

「這時候應該猜拳才公平，我這麼建議道。」

「殊死戰太花時間了，三號建議淘汰賽比較好。」

姊妹們妳一言我一語，爭搶命名的順序。

看來姊妹們的個性都不一樣，二號默默地看著姊妹們；五號找不到插話的時機，不斷開口又閉口。

「主人，你有好好想過她們的名字了嗎？」

亞里沙偷偷對我咬耳朵。

「當然是——」

「應該不是一子、艾因（註：德文的一）這種隨便的名字吧？」

妳怎麼會知道？

「唉，真是的——」

亞里沙嘆了口氣。

「就算要用數字來取名，也選些有女孩子氣息的名字啊。」

所以我本來想取一子、二美之類的啊……

我一時想不到什麼希嘉王國風格的名字，所以打算從手邊的資料找些偉人的名字或魔法書的作者。但是打開書籍資料夾一看，發現了更方便的資料。

之前滯留在公都的時候，在地下拍賣會買到的日文筆記本中，有各種日文與各國語言的單字對照表。雖然特性跟其他不太一樣，反正可以派得上用場，就別挑剔了。

我看看數字對照欄，挑選適合當女生名字的名詞。

「不好意思，那我就照號碼來了——」

我阻止準備開始猜拳的姊妹們。

「一號——妳的名字是愛汀。」

我本來想用法文的數字一幫她取名為安，但是越後屋商會的鍊金術師女孩已經有個安了，所以就用俄文的數字一來幫她取名為愛汀。

「感謝主人！愛汀發誓將永遠效忠主人！」

將編織的頭髮以髮髻綁束在一起、負責帶隊的一號——愛汀從萬納背包裡拿出愛用的大盾與細劍，像儀隊禮兵一樣對我行臣下禮。

「二號——妳叫做伊絲納妮。」

「伊絲納妮謝謝主人。」

特徵是綁著麻花辮馬尾的二號——伊絲納妮儘管話不多，但是驕傲地重複說著自己的名字。她也學愛汀，拿出愛用的武器戰鎚，對我行臣下禮。

順道一提，伊絲納妮的名字取自阿拉伯文的數字二。我得提醒自己別忘記。

「三號——特麗雅。」

「是的，主人。三號——特麗雅的名字叫做特麗雅。」

側邊綁著一條髮辮的三號——似乎是個會以名字當作第一人稱稱呼自己的類型。

特麗雅從萬納背包裡拿出刀戟，不小心刺到了天花板，驚慌失措之下把天花板劃出一道痕跡。看來她的個性相當迷糊。

娜娜說三號喜歡做菜，希望迷糊的個性不會發揮在烹飪上。

特麗雅一個勁地低頭道歉，我安慰她，然後繼續幫下一個人取名。

「四號——菲兒。」

「承蒙主人命名，我名叫菲兒。」

胸前垂著一束長髮的四號——把大劍放在地板上行臣下禮。

她跟二號一樣沉默寡言，表情幾乎沒什麼變化，不像一號到三號那麼豐富。

「五號——風芙。」

「感謝命名，我這麼報告道。風芙，風芙，我自負這是個好名字。」

留著半長亂髮的五號——風芙跟娜娜一樣口氣平淡，面無表情。

對了，之前在「搖籃」離別的時候，三號跟四號的口氣都跟娜娜一樣，一號到三號也不太有表情變化。

想必是在旅程中，與情感豐沛的人們交流學習到的吧。

「感謝主人，我這麼報告道。」

五號大概是學到三號的經驗，她沒有從萬納背包拿出愛用的長柄斧，直接行臣下禮。

「六號——西絲。」

「我是西絲。西絲向主人獻上感謝與忠誠，我這麼報告道。」

留著左右長辮的六號——西絲從萬納背包裡拿出短槍，耍了幾招之後擺好架式。

特麗雅看了很不甘心，我想特麗雅剛才應該也想要幾招吧。下次讓她在開闊的地方表演不知如何？

「主人，再來是我！我這麼報告道！」

留短雙馬尾的八號蹦蹦跳跳，強烈宣告。

她跟娜娜一樣幾乎面無表情，但是會用很豐富的肢體動作表達情緒，而且只有她沒有其他姊妹們的巨乳。

「八號──妳是維兔。」

「維兔！我的名字是維兔！我這麼報告道！愛汀、伊絲納妮、特麗雅、菲兒、風芙、西絲、娜娜、維兔──」

八號──維兔取下掛在腰間的愛用彎刀，朝氣蓬勃地宣布後，依序說出姊妹們的名字。

「──果然還是維兔最可愛！我這麼宣布道！」

「「「不是喔，我這麼抗議道。」」」

「果然是愛汀最優雅吧。」

「伊絲納妮最強。」

「特麗雅第一，特麗雅這麼主張道。」

維兔開了頭，姊妹們吵吵鬧鬧地相互主張自己的名字最好。

我看著大家吵架，吵到有人出手要抓頭髮的時候，我就出面阻止了。

「大家都不同，都好。」

蜜雅這句讓我聯想起超有名詩句的一句話，為爭吵劃下句點。

「差不多該說說旅途的故事了吧？」

「是的，請交給我們。」

由愛汀代表開始講述。

我們在聖留市附近離別之後，她們走西邊的路線前進聖留伯爵領，然後行經礦山都市的山線走跟我們不同的路線進入庫哈諾伯爵領；卻在那裡迷了路，一面朝著往富士山連綿而去的群山四處流浪。

雖然沒有碰到什麼強大的魔物，但還是經歷了好幾道難關。

「也有探索遺跡，我這麼報告道。」

「在妖鳥谷碰到的約翰也跟我們一起去探索，我這麼報告道。」

「蜜特有在遺跡，我這麼報告道。」

後面幾號的姊妹們說些沒頭沒腦的事情。

「約翰與蜜特叫我八妹子，我密告道。」

——八妹子？

「這個約翰跟蜜特，是轉生者或轉移者嗎？」

「不清楚。蜜特可以不藉由詠唱使用強大魔法。」

愛汀回答亞里沙的疑問。

這麼說來，聖留伯爵領的魔法兵潔娜小姐，提到她在旅途中碰到娜娜的姊妹們時，也說過這兩個人的事情。

我記得好像說過蜜特小姐單獨打倒中級魔族？

「不藉由詠唱啊……她的頭髮是什麼顏色？」

「約翰跟蜜特都是黑髮。」

「那就不是轉生者，而是轉移者了？不過也可能跟我一樣戴假髮——主人，你有蜜特跟約翰的情報嗎？」

我照亞里沙的要求，在地圖上搜尋蜜特，但是找不到。名叫約翰的人雖然找到好幾個，但是沒有人具備獨特技能，也沒有顯示「技能不明」。

我把結果告訴亞里沙。

「這樣啊～反正感覺不是壞人，挺想見一面的。」

亞里沙看起來很遺憾，我沒根據地安慰她說：「遲早會見到啦。」然後要愛汀繼續說旅行的故事。

「與蜜特會合之後，在平原上碰到一支正在對抗魔族與一群魔物的軍隊，我們為了拯救約翰的朋友而介入。幸好蜜特使用支援魔法與攻擊魔法達成目標。為了賺取盤纏，我們在傑茲伯爵領的法烏鎮工作——」

「跟蜜特一起當餐館女侍！我這麼報告道！」

維兔朝氣蓬勃地打斷愛汀的話。

其他姊妹似乎也想說話，接連說起法烏鎮的狀況，以及龍現身的騷動。

「蜜特說好要帶路又反悔不見蹤影，約翰追上去之後也失蹤了，所以我們賺到一定的盤纏就繼續旅行了。」

雖然路上在庫哈諾伯爵領被難民纏上，又被土匪跟逃兵襲擊，但是在旅程中升級的姊妹們面前，看來都不是什麼大障礙。

雖然跟往常一樣迷了路，不過途中——

「幫助了受傷的蜘蛛助，蜘蛛助就親近！我這麼報告道！」

她說的蜘蛛助應該就是那個馴服成從魔的長腳蜘蛛蟹吧。

「主人，八號——維兔得到了『馴服』技能。」

具有鑑定技能的菲兒用平淡的口氣告訴我。

「維兔收為僕人的蜘蛛助——」

「蜘蛛助是朋友，我這麼訂正道。」

維兔對愛汀的口誤相當敏感。

愛汀老實訂正之後，接著說到大家幸虧騎著蜘蛛助移動，速度大幅提升，能跨越的地形也多了很多。

「我們在森林巨人之村的墓地惹上一點麻煩，但是鄉長高個兒先生注意到我們長得跟娜娜很像，所以幫我們調停紛爭，安排我們順利進去。」

看來賽恩她老婆的墓地，就在穆諾男爵領的「森林巨人之村」。

早知道就別分頭，一起走——現在說起來算是馬後砲，所以我就不說了。

「話雖如此，想不到『不死之王』竟然能把老婆葬在森林巨人之村啊？」

「主人有『化人護符』，我這麼報告道。」

娜娜回答亞里沙的疑問。

先不提巨人如何，鄉中的妖精族對瘴氣很敏感，所以應該是有什麼其他原因才會接受這座墳墓。

「但是為什麼要葬在森林巨人之村呢？」

「前任主人說過，要找個不會被盜墓的地方。」

賽恩跟穆諾侯爵是敵對立場，是怕葬在人類地盤會被盜墓吧。就算不是人類地盤，也可能被野獸挖開，要是配上不死護衛，搞不好連她老婆也會變成不死生物。

「我們順利埋葬夫人，再次騎著蜘蛛助越過富士山山脈，接著就與主人重逢了。」

愛汀省略嚇到商隊、封鎖道路這一段，結束這段故事。

無妨，我也不喜歡老調重彈。

「喵？」

在我腿上乖乖睡覺的小玉，耳朵抖了一下抬起頭。

一起睡覺的波奇也醒過來，揉著惺忪睡眼。

有位女僕輕輕敲門，探出頭來。

「士爵大人，我來報告廚房已經生好火了。」

故事剛好說完，女僕也滿心期待，於是我就帶著露露跟喜歡做菜的娜娜姊妹特麗雅前往廚房。

◆

「士爵大人，男爵大人與妮娜大人回府了。」

吃完開心的晚餐之後，我們借用餐廳討論明天以後的行程，這時有個女僕來報告說男爵已經回府。

「男爵閣下，妮娜小姐，久違了。」

雷奧．穆諾男爵與妮娜．羅特爾執政官看來事務繁忙，加班到很晚，我先問候兩人。

房間裡還有卡麗娜小姐、女僕長，以及幾名女僕。

「喔，佐藤啊，好久不見，別來無恙啊。」

「喲，佐藤，你那鬼扯的戰功，在王都也炒得很熱喔。」

穆諾男爵與妮娜女士的回應都很有個人特色。

「男爵大人~?」

「是男爵大人喲!」

穆諾男爵才剛坐上客廳沙發,小玉跟波奇就從我後面衝出來,跑到男爵旁邊。

「小玉跟波奇啊,過來。」

「哇~」

「好喲!」

穆諾男爵在男爵領就已經把兩人當親生的女兒還是孫女在疼,所以兩人跟男爵很親。

「父親,您是不是疼小玉跟波奇多過親生女兒了?」

「沒有的事,卡麗娜,妳也過來吧。」

卡麗娜小姐有點鬧彆扭,穆諾男爵習以為常,張開雙臂給卡麗娜小姐來個父女擁抱。

該怎麼說呢,有個青春期女兒的爸爸,肯定都很想要這樣的親子畫像吧。

「卡麗娜,歡迎回來啊。在迷宮都市有沒有受傷或受驚?」

「沒事,有拉卡在保護我,我才不會受傷呢。」

驚嚇倒是有一點,但她完全沒提。

卡麗娜小姐這人表裡如一,肯定是因為開心又興奮的事情太多了,才把驚嚇體驗給蓋掉、忘記了。

「那麼佐藤，你跟卡麗娜小姐相處了一個月左右吧？有什麼進展沒有？」

「什麼進展？」

「嘖，我的刺激跟指導還不夠啊……」

妮娜女士嘀咕一聲。

看來要離開迷宮都市之前，卡麗娜小姐會找我以結婚為賭注來場決鬥，就是她指使的。

「——嗯？」

妮娜女士望向房門，我跟著看去，發現八號——維兔跟姊妹們正從門縫裡往這邊看。

「增加了不少長得一樣的人耶。」

「是的，她們都是娜娜的姊妹。」

我這麼說完，妮娜女士理解般點頭並回過頭來。

「就是那批分頭行動的孩子們啊——」

「對，我們剛在王都會合。」

「那真是太好了呢。不過你們應該有很多話要聊，人數這麼多，房間應該不夠吧？」

「不會，女僕們把房間空出來給我們了。」

「喔～她們要出借房間啊？你還是一樣是個萬人迷。」

「沒那種事啦。」

她們看上的不是我，而是我做的菜。

「只有當事人不懂就對了。把她們介紹給我們認識吧？」

妮娜女士這麼要求，於是我讓姊妹們依序進門，介紹給穆諾男爵。

「請原諒我們的魯莽，沒打聲招呼就來打擾。」

「妳們是佐藤身邊的人吧？那也就是我們的人了。只是住在這裡，並不是什麼大不了的事情。」

妮娜女士輕鬆回應一號——愛汀的道歉。

她的態度比真正的宅邸主人穆諾男爵更像個當家。

「妳們才要多包涵，我這裡地方太小了。」

「我們是不要緊，但是男爵大人府上這麼小，在社交上想必不方便吧？」

如同亞里沙所說，無論是邀請其他貴族餐聚、在交誼廳交流，還是在院子裡開園遊會，沒地方搞社交就是個問題。

「是啊。本來打算買下比這裡大四倍的房子，但是我先前派來周旋的官員是個軟腳蝦。我原本給他換了一筆錢當頭期款，結果他被房地仲介唬得一愣一愣的，只買了一棟可用那筆錢一次付清的小房子啊。」

妮娜女士難得吐苦水。

看來工作繁忙，累積了不少壓力。

我從袖子裡的儲倉拿出補充營養的魔法藥，送給妮娜女士與穆諾男爵。

「這是什麼藥啊？」

「看兩位都累了，這是補充營養的藥。」

男爵抓來就想喝，妮娜女士默默阻止，自己先一口喝光來試毒。

「好甜啊——不過，這還真是不得了。我現在渾身是勁，感覺又可以通宵工作個兩、三天。效果這麼好，應該沒有加什麼危險的東西吧？」

「當然沒有。」

我掛保證，妮娜女士才作勢允許穆諾男爵喝下。

看起來不是在提防我，而是在確認藥效如何。

「哦哦哦，這可真是了不起。佐藤，謝謝你啦。」

穆諾男爵樂得瞪大眼睛。

看兩人臉色好了些，我把話題轉回宅邸上。

「如果方便的話，要不要跟我在王都買下的房子交換呢？」

我買的宅邸對領主來說也算小，但至少具備社交用的基本設施。

「你不必這麼費心啦。我已經找宰相大人商量過，等我們哪時有錢，再慢慢讓我們把王國過去沒收的穆諾侯爵宅邸贖回來。」

不愧是妮娜女士。

「不過妮娜小姐，妳每天都工作到這麼晚嗎？」

「差不多都忙到這個時間。在新年的王國會議之前，要跟其他領主和貴族們周旋一番，收集資訊啊。」

看來當了領主有很多事情要忙。

「真辛苦啊。」

「說這什麼風涼話，我目前忙的就是要提升你的爵位啊。」

「提升我的爵位？」

我只要當個榮譽士爵就好了啊？

「是啊，我本來打算讓你拿個終生準男爵，但是比斯塔爾公爵派系的貴族，還有一些名門貴族，抗議得可凶了。說什麼『希嘉王國威名遠播，國內終生貴族末座竟然有個剛成年的小鬼，簡直是侮辱王祖』的鬼話。」

「我沒必要提升爵位啦，不過所有名門貴族都反對嗎？」

「不是，亞西念侯爵一派跟索必爾伯爵家是支持的。立頓伯爵和凱爾登侯爵的派系算中立，強烈反對的大概只有波南伯爵，其他就是消極反對，或者靜觀其變吧。」

擔任迷宮都市賽利維拉太守的亞西念侯爵，以及太守夫人的朋友艾瑪．立頓伯爵夫人，兩者的派系我能理解，但是我跟索必爾伯爵家就不熟了。

我搜尋了選單的筆記本，發現我在迷宮都市幫過那個落難的柏曼男孩，就是索必爾家的人。我記得柏曼跟太守家老三蓋利茲互相敵對。

波南伯爵好像是迷宮都市代理太守索凱爾的家號。索凱爾私造魔人藥跟屍藥的事被發現而遭到撤職，他大概覺得是我的錯，所以遷怒在我身上吧。

「好了，這就不管，只要給派系主子們一點甜頭就解決了。問題是歐尤果克公爵領的人——說穿了就是羅伊德侯爵跟何恩伯爵這兩個。」

唉呀？貪吃鬼貴族羅伊德侯爵跟何恩伯爵又怎麼了？

「他們說準男爵的爵位太低，說什麼『最少要是男爵，不對，要子爵或伯爵才對』，然後到處亂交涉一通，要阻止他們很辛苦……」

感覺就像他們兩個會做的事。

「怎麼說我也是穆諾『男爵』的家臣，升到同等的男爵或是地位高過男爵的子爵，都行不通吧？」

儘管有執政官妮娜女士拿了個榮譽子爵名號的前例，或是領主穆諾男爵的地位相當於伯爵，依舊不合規矩。

「他們想來硬的，讓你成為歐尤果克公爵的家臣啦。」

「還真是傷腦筋耶～」

妮娜女士嘆氣，一旁跟小玉和波奇嬉戲的穆諾男爵倒是從容不迫地小聲說。

「你怎麼說得好像事不關己，你不怕佐藤被人搶了？」

「當然怕啊，而且怕得要命……不過考慮到佐藤的升官路，我想這樣比較好——」

穆諾男爵依舊是個好心人。

「你真是個爛好人。」

妮娜女士措辭相當辛辣。

「這是男爵大人的優點喔。」

「嘖，這裡也有個爛好人。」

我幫男爵說話，妮娜女士雖然也咂嘴一聲，但也不表示反對。

「真拿你沒辦法耶，骯髒活就交給我吧。亞里沙，不好意思，妳在王都這段時間能不能幫我處理文書啊？」

「ＯＫ～妳可是為了我家主人在忙，文書來多少我都幫妳辦。」

亞里沙問我這樣行不行，我點頭答應她。

「得救啦。這裡的文書比領地少，每隔幾天幫我一把就好。」

「好喔，了解！」

亞里沙語調輕浮地對妮娜女士敬禮。

「領地復興的進度如何了？」

「進度是預期的三倍，穆諾市的重建也很順利。多虧你在公都跟矮人自治區(波爾艾哈特)的幫忙，解決了糧食匱乏的問題，也招攬了足夠的工匠跟移工。而且你也幫忙交際了吧？我們被稱為『被詛咒的領地』，關於這個不體面的謠言也和緩了不少。託這個的福，歐尤果克公爵領裡面沒飯吃的貴族三男跟四男，還跑來應徵我們的候補官員跟候補士官呢。」

當初缺人的時候是由我跟亞里沙幫忙，看來現在已經擺脫人手不足的狀態了。

之前在穆諾市做了仿竹葉魚板，好像也變成穆諾市的特產，出口到周邊領地。

「你靠嘴皮騙到艾姆林子爵創建的『露露果實』果樹園，也進展得很順利喔。當然還要兩、三年才能結果啦，不過指導栽培的技師說土壤很適合，可以期待將來的收成。」

那就太好了。

那個果實對於製作糕點來說可是很重要的呢。

「大概是上個月吧？艾姆林子爵也親自來視察果樹園，當時還拜託我們讓他的么女莉娜小姐當索露娜的侍女，好學習禮儀呢。」

妮娜女士看起來很開心地說：「這樣就能擺脫『被詛咒的領地』這樣的汙名了。」上級貴族的千金都來學習禮儀，看來影響比我想像中的還要大。

「等到資金更充足了，就能做更多事情啦。反正只要騙騙王都跟公都的商人們，就能籌到錢了啦。」

妮娜女士露出奸詐的表情。

「那就由我來投資吧。」

「你說得倒簡單，這可不是一個人賺就能賺得到的錢喔？」

「不要緊啦，畢竟我在砂糖航線做生意賺了不少錢。」

我在妮娜女士耳邊小聲說出筆槍龍商會的配息，以及討伐海盜的賞金。

「──喔，那真的賺了不少呢。那你可以投資多少呢？」

「我也沒地方用錢，全都投資也不成問題。」

「探索家的裝備應該很花錢吧？」

「這我會另外想辦法張羅。」

──反正在砂糖航線打撈殘骸賺的是做生意的幾十倍，這次投資下去，以我的總資產來看還不到百分之一。

如果不偶爾這樣大放送，我的儲倉油水會愈來愈多。

「那就感謝你的投資啦。男爵，可以吧？」

妮娜女士這麼問，男爵猛點頭。

「這下就可以整軍經武，搶回被魔物和奸賊竊據的城鎮啦。」

「是這樣喔？」

「是啊，我們目前只掌握好大路邊的兩個城鎮，其他城鎮還沒能拿回來呢。」

亞里沙不太懂，妮娜女士苦著臉解釋。

「要剷除魔物，波奇很拿手喲！」

「小玉也拿手～？」

波奇跟小玉天真地自我宣傳。

先不管狗頭人這些妖精族占領的穆諾領廢礦坑城市，如果只是魔物占據城鎮的話，應該只要花幾天就能全部搶回來。狗頭人繁殖需要青晶，我之前也提供他們可以開採到青晶礦的礦山地點，只要再幫他們建個安全的地方，就能讓他們搬家了。

「妳們兩個，大人講話別插嘴啊。」

「係。」

「好的喲。」

莉薩突然以沉穩的氣勢教訓小玉跟波奇，兩人嚇得寒毛直豎，立正站好。

「就像她們兩個說的，如果要搶回城鎮，我們隨時願意幫忙。」

「講得真輕鬆啊。穆諾男爵受封之前，王國有來調查，發現了上位種蛇龍跟五頭蛇這些怪物，就連當時的希嘉八劍都不敢輕易挑戰呢。」

「那真是夠分量的對手啊。」

我用順風耳技聽到莉薩的喃喃自語。

眼角一瞥，娜娜跟其他孩子們也是躍躍欲試。

「總之呢，就算是討伐了『樓層之主』的你們也沒那麼容易搶回地盤。假使真的搶回來了，也要有足夠的兵力維護治安才有用。不管再怎麼快，也要湊齊騎士跟士兵——大概再過個半年，才需要你們幫忙吧。」

「我明白了。如果需要事前偵查，請隨時吩咐。」

「喔，有勞啦。而且目前穆諾男爵領裡面，只有我一個貴族可以擔任太守之類的地方官，這問題也要解決才行。」

我的同伴們討伐了「樓層之主」，功績應該足以獲封榮譽士爵，但是榮譽士爵沒辦法擔任地方官，最少也要有準男爵的爵位才能擔負吧。

或許就是因為這樣，才想提升我的爵位。

——嗯？

仔細想想，目前我是個榮譽士爵，但已經掌控了大沙漠地底好幾個都市核心，而且還沒得到榮譽士爵爵位之前，就成功掌控了穆諾城地底的都市核心。

是我算例外嗎？還是具備一定爵位的需求是希嘉王國的法律規定呢？我有點在意。

「——俄里翁也到王都來了？」

跟穆諾男爵交談的卡麗娜小姐突然大喊。

俄里翁是穆諾男爵的長男，卡麗娜小姐的弟弟。

「是啊，領主的長男要由陛下主持成年禮呢。」

穆諾男爵一臉滿足地說這件備感光榮的事情。

但是俄里翁應該要快年底才能抵達王都。

「老爺，打擾了，有客人——」

女僕長急忙走進房間通報穆諾男爵。

「「佐藤閣下！」」

有兩個人激動地大喊，蓋過了女僕長的話。

這兩人正是剛才提到的歐尤果克公爵領的要臣，羅伊德侯爵與何恩伯爵。

不知為何，他們倆人各拎著一支酒瓶。

「聽說佐藤閣下來訪，我們等不及就過來啦。」

「聽吉德貝爾特男爵描述與各種傳聞，得知佐藤閣下大顯神威啊！」

「嗯，身為朋友，我們實在與有榮焉哪！」

羅伊德侯爵與何恩伯爵替我開心。

何恩伯爵說的吉德貝爾特男爵，是歐尤果克公爵領的貴族，也是在海龍群島遇難時，碰巧被我救了一命的貿易船隊隊長。

「潘德拉剛士爵，還請見諒，我擋不住這兩位擅闖。我替兩位的突然造訪，向穆諾男爵和羅特爾子爵道歉。」

一臉嚴肅老師樣的西門子爵這麼說。

西門子爵是歐尤果克公爵領的貴族，經營卷軸工坊，是我朋友多爾瑪的哥哥。他常常幫我收購獨特魔法、訂購特製卷軸，受到他許多關照。

具備一般常識的西門子爵說得有理，何恩伯爵與羅伊德侯爵面露尷尬地對看，接著刻意清了清喉嚨，也跟著規矩起來。

「穆諾男爵，這麼晚了還冒然來訪，還請多多包涵啊。」

「我們等不及與好友重逢，忍不住就跑來了，還請見諒啊。」

何恩伯爵與羅伊德侯爵，為了貿然來訪而向穆諾男爵道歉。

看起來一點都不誠懇，不過穆諾男爵別說不滿了，還顯得非常謙卑，因此應該沒造成什麼問題。

「那麼，手上的酒瓶是要給我們的嗎？」

「嗯，我們弄到了跟天婦羅很配的——咳咳，弄到了不錯的酒，所以想帶來與佐藤閣下一同享用。」

被妮娜女士一問就說溜嘴的兩人，連忙清喉嚨敷衍過去。

看來他們是因為想要吃現炸天婦羅才跑來的。

「好酒配現炸天婦羅啊——我跟男爵當然也要同桌，是吧？」

「嗯，那當然。」

「那我馬上去炸。」

我跟露露一起去廚房，油鍋已經預熱，我們點上火，將備好的料接連下鍋油炸。

材料一應俱全，是因為我們在迷宮都市常常辦餐會。

像天婦羅這種油炸菜，到哪裡都很受歡迎。

「喔喔，這才是天堂！夢寐以求的紅薑天婦羅！」

「胡說！炸蝦才是極品！搭上圓潤的『白靈山』真是絕配！」

「紅薑天婦羅配『王櫻』才是一流！」

何恩伯爵與羅伊德侯爵各自炫耀自己喜歡的天婦羅跟好酒。

他們帶來送禮的「白靈山」和「王櫻」都是名酒，在希嘉酒之中數一數二。

除了蝦子與紅薑之外，我還炸了公都炸過的香菇、南瓜、胡蘿蔔、四季豆、紫蘇葉、蓮藕，以及在波爾艾南森林弄到的楤木芽、嫩竹、茗荷、淡水鱈，還有在砂糖航線弄到的章魚、魷魚，在迷宮都市收到的鵪鶉蛋、起司、帶骨香腸等。

「哦哦哦，熱騰騰的真好吃啊。」

「好雌～？」

「波奇認為漢堡老師的天婦羅也很好吃喲。」

小玉跟波奇伴著穆諾男爵從左右兩邊探出頭來偷吃。

不過她們很快就被莉薩逮住，像癱軟的屍體一樣被拖走。

其他同伴和侍奉的女僕們，也在門縫後面流著口水偷窺。同伴們跟女僕們應該才剛吃過晚餐，所以很飽；但看著看著，或許又嘴饞了吧。

「露露，不好意思——」

我附耳吩咐露露去廚房，幫其他人也炸些天婦羅來吃。

「這跟炸雞不一樣呢，蓬鬆的口感真不錯。」

「每樣都好吃，但是這炸魚更是一絕。」

「是啊，實在很好下酒呢。」

妮娜女士和西門子爵也拿天婦羅下酒，吃得津津有味。

我也跟著大家吃喝。兩個貪吃鬼貴族帶來的希嘉酒在「白靈山」和「王櫻」之中，似乎也是年份特別不錯的酒，實在相當美味。真不愧是上流貴族私藏的好酒。

「佐藤，有沒有櫻花鮭的天婦羅啊？」

妮娜女士向女僕要了麥酒，然後這麼問我。

「櫻花鮭是嗎？」

這麼說來，住在迷宮下層的吸血鬼真祖班，好像提過這個壽司料。

從名字聽來，應該是某種鮭魚吧。

「是啊，每年王都這個時候，大家都愛吃櫻花鮭。」

「差不多是可以開捕的時候了。」

妮娜女士和西門子爵這麼告訴我。

「原來如此。明天我打算在王都觀光，到時候看看市場有沒有賣吧。」

「慢著，佐藤閣下！」

「沒錯！慢著！」

羅伊德侯爵與何恩伯爵喝得臉有些紅，突然起身來阻止我。

「櫻花鮭的味道要看魚夫跟魚販的工夫，工夫不好，味道可是天壤之別！」

「沒錯！櫻花鮭很難挑，王都甚至有專門挑櫻花鮭的師父啊！」

看來兩人對櫻花鮭很挑。

機會難得，我向兩人請教了推薦的漁夫和魚販，還順便請他們寫了介紹信，幫我引薦王都的好餐廳和香料食材批發商。

兩位老饕介紹的地方，肯定有好吃的。

深夜的陰謀

「我是佐藤。我們常常感覺陰謀就是要在半夜商量，而且燈光要陰暗，最好看不清彼此的長相，不過我覺得這樣別有風趣很不錯。」

「陛下，晚安。」

跟貪吃鬼貴族們辦完天婦羅派對之後，我確認地圖，發現國王和宰相大半夜還在辦公，就去稍微報告兼賠罪。

「這是王祖——勇者那那西大人！」

國王還是把我——應該說把勇者那那西誤會成王祖大和。

「那那西大人？哦哦！王祖——那那西大人！」

同樣在房間裡的宰相跟希嘉八劍的祖雷堡先生，也跟國王一起對我行最敬禮。

從桌上的文件來看，應該是在討論希嘉八劍的候選人吧。

「三位都請起身。」

說完，國王和宰相抬起頭，請我坐在辦公室的沙發上。

「打擾你們辦公，失禮了。」

「哪有什麼打擾的！」

對於我的道歉，國王激動地否認。

「你們在做什麼？」

「我們正在確認希嘉八劍候選人的文件。」

國王說完，就把希嘉八劍候選人的文件拿給我看。

大約十五份的文件中還有我的名字。推薦人欄位裡以希嘉八劍的槍客赫密娜小姐為首，還有歐尤果克公爵等公都貴族，以及迷宮都市賽利維拉太守、迷宮方面軍艾魯達爾將軍等人的名字。

「這人方才成年，但有膽識又有本事，還聽了赫密娜等前輩的建言，在迷宮死命修行，短時間內就提升不少等級，可說是腳踏實地的實幹家啊。」

我碰到赫密娜小姐之前與之後，因為都更改了交流欄位的公開等級，結果似乎產生了奇怪的誤會。

「哦～這樣啊。」

我漫不經心地忽略祖雷堡先生的解釋，繼續翻閱文件。

候選人幾乎都在等級四十五以上，大多都是聖騎士，再來也有不少王國騎士和其他領地的騎士，甚至還有流浪騎士，或者來自其他國家的神殿騎士。

只有我跟「紅色貴公子」傑利爾是迷宮探索家出身。

「比起這個經驗不夠的，我看那兩個比較適合當希嘉八劍吧？」

我企圖推薦傑利爾先生，以及一個等級五十級、綽號名叫「風刃」的日本刀客。

兩個都是希嘉王國的貴族，經歷無可挑剔。

「既然那那西大人都這麼說了——」

「經驗可是很重要的啊。」

國王和宰相都同意我的說法，但是祖雷堡先生立刻反對。

「請稍等！希嘉八劍最重視的就是本領，潘德拉剛士爵確實缺乏經驗，但是稍加鍛鍊之後必定大有可為，想必日後能成為希嘉王國重用的劍客——」

「你可真支持潘潘啊。」

我覺得有些肉麻，故意俏皮地打斷祖雷堡先生。

「祖雷堡卿是希望，讓潘德拉剛士爵成為希嘉八劍之一嗎？」

「那倒不是。只是我希望與所有人交過手，才能判別。」

對於宰相的疑問，祖雷堡先生微微搖頭，解釋清楚。

太好了。看來他不是單獨推舉我。

倘若要一較高下，就竭盡全力輸得一塌糊塗吧。

「這樣啊～加油喔～」

差不多該講正事了，我裝得事不關己，幫三人加油。

祖雷堡先生就姑且不說，國王和宰相似乎都確實理解我的暗示，於是就此結束希嘉八劍的話題。

「聽說我交貨的飛空艇迫降了——」

「那那西大人，請恕罪！」

「大人才剛賞賜的飛空艇，竟然就這麼折損了。」

我一提到飛空艇的話題，自己都還沒道歉，國王跟宰相就先對我道歉了。

「請抬起頭。我也是因為這件事才來道歉的。」

雖然我對頭貼在桌面上道歉的兩人很不好意思，還是說出我此行的目的。

「——道歉？那那西大人要道歉？」

「嗯，我聽說飛空艇墜落了，就跑去看看——結果發現我太重視功率，忽略了緊要關頭的安全性啊。」

安裝兩座以上的魔力爐就得犧牲承載量，所以我沒這麼做，但是至少應該加裝類似電池、可作為魔力儲藏系統的小型空力機關才對。

「哪裡，這怎麼會是那那西大人的錯！飛空艇的船長也說了，當時遭到數不清的飛行魔物攻擊，飛空艇內部又有魔物作亂；即使如此，飛空艇沒有在空中解體，魔力爐也沒有爆炸，空力機關一直運轉到迫降前一刻呢！」

「那那西大人，宰相說得不錯。若是要求更多就太貪心了。」

「是嗎？」

「當然是啦！」

好吧，畢竟不是軍用飛空艇，或許這樣就好，但我還是希望儘量加裝安全裝備啦。

「那麼，就不用這個了？」

我從道具箱裡拿出一張設計圖，讓他們看我參考這次的缺點所做的新版飛空艇設計圖，同時向他們確認。

「這是設計圖？」

「對。這次設計的飛空艇安裝六座小型空力機關，就算主機關全部停止運轉，還是可以安全落地。」

這些著陸用的小型空力機關，不是飛空艇需要的長時間穩定浮力，而是以短時間產生比平常高好幾倍的浮力為目的來設計的特殊裝置。

這個版本的承載量比之前迫降的飛空艇少兩成左右，但是仍比希嘉王國原有的大型飛空艇要多。

「之前賣你們的大型空力機關，以及配套的追加零件我會免費供應，請各位放心。」

國王與宰相堅持要付錢，我說這算是召回維修，因此不肯收錢。畢竟那些都是我用多餘的材料隨便做的。

「話說回來，這次飛空艇迫降到底是為什麼啊？」

雖然好像跟比斯塔爾公爵的家族紛爭有關，但詳情我不太清楚，於是開口問問看。

「這真是國王我德不配位啊——」

國王與宰相這樣開了頭，就說出他們大概掌握的資訊。

遭到比斯塔爾公爵廢嫡的長子圖里葉，企圖於公爵搭乘飛空艇時將他暗殺。公爵報告過他廢嫡的理由是「欠缺成為公爵的資質」，但國王他們也不清楚真相。

「哦~比斯塔爾公爵的家族紛爭啊……」

比斯塔爾公爵因為家族紛爭而弄壞一艘飛空艇，所以包括支付重建費用，國王對他下達重罰。我認為這個懲罰很恰當，就沒多說什麼。

「知道為什麼要攻擊飛空艇嗎？」

我詢問凶手為什麼要在遠離領地的國王直轄領攻擊國家的飛空艇。

如果是要暗殺，派刺客到臥室裡，或是在飯菜裡下毒應該比較常見，而且成功的機率也會比較高。

「要在領地內殺死領主，難如登天啊。」

——這麼說也是啦。

如同宰相所說，要在都市核心威力遍布的領內殺死領主可不容易。

「宰相，那那西大人怎麼可能不清楚呢？」

「這麼說也是。那那西大人，請看這裡。」

經國王訓誡，宰相拿出一個藍色布包，裡面包覆著一個像是壞掉的裝置，還有一個像是大螺絲釘的東西。

「攻擊飛空艇的奸賊與從魔，體內裝了這樣的東西。」

前者我有印象。那個醜陋的魔法裝置叫做「魔人心臟」，在飛空艇內部發動恐攻的人都有安裝。

「這是？」

我指著放在桌上的魔人心臟。

「這是什麼道具？」

「王祖——呃，我想那那西大人應該也知道，古代孚魯帝國與歐克帝國交戰，在戰爭末期打造了名為『魔人心臟』的物品。這邪惡的咒具，裡面含有結晶化的魔族心臟。」

戰敗氣息濃厚的國家很容易喪失人性，不過這還真是殘忍啊。

「聽說一旦裝上，就只有死了才拆得下來，可以不斷提供安裝者類似魔人藥的效果。相傳持續使用這個咒具，會跟服用魔人藥一樣失去人類外貌，不是無法恢復原狀，就是成為異形魔物。」

不管下場如何，任何人裝了都活不過半個月。

另外，長觸手不是「魔人心臟」原本的功能，而是失控之後才發生的異常狀態。

至於取得途徑則還在調查中。

「那這個呢？」

我打斷宰相的說明，拿起螺絲釘仔細端詳。

這支壓爛的螺絲釘，大概有兩公升寶特瓶那麼大，螺紋的凹溝裡刻著看起來像陌生的魔法迴路花紋。

「這花紋真怪。我想這應該是魔法道具，但是沒什麼印象～」

「根據王立研究所的判斷，這項魔法道具應該是一種『隸屬項圈』，能夠強制馴服無法馴服的殘暴魔物。」

「哦～好厲害啊。」

原來如此，難怪能支配那個很像奇蝦的多翅長蟲，那個魔物很強的。

根據ＡＲ顯示的資訊和鑑定技能的結果，找不出這是哪個國家生產的。

「是哪裡的軍事武器嗎？」

「是的，聽說大陸東方的鼬帝國從魔軍團有使用這些東西。」

根據宰相的說法，鼬帝國原本是小國，但利用這種大螺絲，還有可以由人駕駛的特殊魔巨人軍團，消滅周邊各國，成為稱霸大陸東方的帝國。

「所以，這場叛亂後面有鼬帝國撐腰？」

「是的，想必是為了擾亂後方民心吧。」

「戰爭啊……」

宰相同意我說的，還說鼬帝國這麼做，是要在攻打東方各小國前，牽制希嘉王國介入。

連奇幻世界也有就是了。

這裡有魔物威脅，而魔物有自己的地盤，因此形成一種緩衝，不像地球那樣整天打仗，但還是會有一定的武力衝突。

「我身為希嘉王國的國王，卻沒能實現王祖追求的太平永世，實在對於自己德不配位深感慚愧啊。」

王祖原來在追求這種欠缺思慮的事啊……

「你不必感到慚愧啦，陛下。做你做得到的事情就好。」

戰爭是不打最好，但要是過度追求理想，愈來愈不切實際也很讓人困擾。

「王祖開釋，我必定鞠躬盡瘁，死而後已。」

「要適可而止喔～還有，我不是什麼王祖啦～」

「明白。」

嗯，一臉就是不明白的樣子。

「國家有派討伐隊前往比斯塔爾公爵領嗎？」

現在是領主們聚集的時期，我可不想被徵召，所以姑且先問問看。

「——是的，計畫會派出可以隨時出動的第三騎士團或第五騎士團。」

「我明白這不合那那西大人的意，但也不好拒絕比斯塔爾公爵的要求……」

或許是因為我剛才說不喜歡戰爭，宰相和國王顯得有些畏縮。

總之我這個穆諾男爵家臣似乎不會上戰場，於是我鬆了口氣。

「那也沒辦法啦～希嘉八劍也要參加嗎？」

「不會，沒有這個規畫。」

祖雷堡先生一口否認後，接著解釋說：「我等作為希嘉王國之劍，是為了抵禦強大外敵與守護國土的存在。」

太好啦，所以希嘉八劍的候選人也不會被徵召吧。

「比斯塔爾公爵有要求葛延兄弟參戰喔。」

「這麼說來，葛延的老家是公爵家的家臣啊……」

對於宰相的話，祖雷堡先生板起臉。

這麼聽他們說起來，這位葛延應該是希嘉八劍之一。

「雖然這有違希嘉八劍的理念，但是葛延兄弟對比斯塔爾公爵忠心耿耿，若是他主動參戰，也不能阻止。」

宰相這麼吩咐祖雷堡先生。

看來沒有法律規定不能參加內戰。

我看討論的話題已經變成與祭祀有關，不想打擾國王他們，所以決定回去。一不小心就留太久了啊。

「陛下，我差不多該回去了。」

我對國王這麼說完，從辦公室的沙發上起身。

「再會囉～」

我揮揮手就跳出窗戶，在空中使出「歸還轉移」前往穆諾男爵府的客房。

◆

「主人，歡迎回來。」

床上的亞里沙坐起身，小聲歡迎我。

小玉也抖抖耳朵，但是沒打算起來，把臉埋在波奇身上繼續睡。

「——空間探測解除。」

亞里沙小聲使用魔法後，從道具箱裡拿出一只杯子給我。

「今天辛苦了一天，主人不要繼續當工作狂，喝了這個就睡吧。」

我接過來，有甜甜的香味，應該是加了糖的熱牛奶。

我一口氣喝完有點溫涼的牛奶，就想睡了。

「來聖母亞里沙美眉的懷裡安心——」

亞里沙說到一半，就被上廁所回來的娜娜抓到，拖回床上睡覺。

娜娜應該是跟姊妹們一起睡，看來睡糊塗又跑過來了。

娜娜平常都拿蜜雅當抱枕，可能把蜜雅跟亞里沙搞錯了。

我把空杯子收進儲倉，就跟著鑽到床邊。

「亞里沙，晚安啦。」

亞里沙被抱在娜娜懷裡悶哼，我對她道晚安之後閉上眼睛，沒多久就睡著了。

看來，我比自己想像中的還要累。

王都觀光

「我是佐藤。遊覽明媚的風光與名勝古蹟，是旅行的精華所在，而享受以當地名產所做的名菜，又是旅行的另一種樂趣。當然，別忘了還有挑禮品。」

「哦～這裡就是新的大宅啊～」

亞里沙抬頭看著氣派的大宅，開心地大喊。

這裡位在下級貴族區與中級貴族區的交界，一個風光明媚的地方。

我曾經扮成潘德拉剛士爵家專屬商人亞金多，到這裡看過好幾次，今天是第一次以佐藤的身分前來。

「迷宮都市的大宅很漂亮，但是這座大宅感覺很有貴族氣息呢。」

露露拐彎抹角的讚美真可愛。

「嗯，比故鄉的城堡跟行宮氣派多了。」

看來亞里沙也很喜歡。

「院子大。」

「還有花園跟花拱門呢。」

大宅的院子裡開滿五顏六色的花朵，房仲派了園丁把院子整理得漂漂亮亮，看來以後得請專門的園丁來維護。

「喵～」

「沒戲唱了喲。」

直到剛剛都還拿者割草裝備且滿心期待的小玉跟波奇，看到漂漂亮亮的庭院反而無精打采地垂下肩膀。

「主人，想看大宅裡面，我這麼報告道。」

「也好，先確認大宅裡的設備吧。」

我們走過可以停馬車的圓環，進入大廳。

「品味真不錯，夠高尚喔。」

亞里沙看來很滿意。

基本家具都交給房仲去張羅，但不愧是上級貴族專屬的行號，辦得真漂亮。我都要擔心預付的家具費夠不夠了。

「先來確認格局吧。」

大宅裡也掃得乾乾淨淨，每間房都一塵不染。

「二樓這間房的採光看起來最好，就當大家的臥室吧。」

「嗯，可以。」

亞里沙說完，蜜雅和其他人都點頭，我就從儲倉裡拿出一張大床。

這裡有很多房間，其實每個人都能分開睡，但是到了晚上，每個人都會摸到我床上，所以我就不多說廢話了。

「床冒出來了！我這麼報告道！」

「這是古代奇妙祕寶的能力喔。」

八號——維兔看到床突然出現，我隨便敷衍她。

「這也講得太隨便了吧？」

「會嗎？」

亞里沙傻眼地說道，至於維兔——

「主人真厲害，我這麼讚美道。」

——看來是接受了。

「這樣妳也行喔……」

亞里沙有點無法接受，我催促她到大家的房間拿出家具。

主要是大家的衣櫃、穿衣鏡等大家具。至於配件盒就收在大家自己的妖精背包裡。

「寶箱～？」

「波奇的是黃色的喲。」

小玉跟波奇在自己的房間角落，從妖精背包裡拿出裝小配件的寶箱。

小玉的粉紅色寶箱，蓋子上裝飾著一對貓耳；波奇的黃色寶箱，特點則是有肉球標誌。

裡面塞得亂七八糟，有橡果、漂亮的石子、玩具戒指、莫名的細線、奇怪生物的乾屍、金幣、寶石，以及魔法物品。

這些東西原本都直接收在妖精背包裡，但是波奇作戰的時候一慌，就會把雜物掉得滿地都是，所以我讓她先整理在寶箱裡再收進妖精背包。

「主人，感謝您給我們每人一間房間。」

畢竟妖精背包不如道具箱或儲倉，沒辦法從收藏品清單裡面挑東西拿出來。

娜娜的姊妹中的大姊愛汀，一本正經地來向我道謝。

「舉手之勞啦。家具夠用嗎？」

「是！目前其他姊妹正從倉庫跟閣樓裡搬來。」

「如果不夠，從離館的客房裡搬來就好。假如人手不夠，我會幫妳們，所以妳們不要客氣，儘管要求。」

「沒問——」

「主人，我們有用理術強化體能，所以沒問題，我這麼報告道。」

維兔打斷了愛汀的話。

「原來維兔妳在這裡啊，我們走吧。」

維兔就像小貓一樣，被拎著領子帶走了。

娜娜跟獸人女孩們很快就打理好自己的房間，跟著她們兩個一起過去搬家具了。

「對了，露露呢？」

「在廚房。」

真的很露露。

我帶著亞里沙和蜜雅前往廚房。

「啊～在在在。」

亞里沙在廚房發現露露，開心地指著她喊。

「主人！」

「Master！」

廚房裡有露露，還有愛做菜的娜娜姊妹——老三特麗雅。

「妳們喜歡嗎？」

「是的，比迷宮都市的大宅廚房更方便。」

「特麗雅也是！特麗雅也很喜歡！第一次看到這麼棒的廚房！特麗雅這麼主張道！」

特麗雅卯起來開心。

她的表情變化還不是很豐富，但是會舉起手、蹦蹦跳來表現開心，真可愛。與老么維兔的煩人可愛，又是一種不一樣的天真可愛。

「有差這麼多嗎？我看除了空間比較大之外，並沒有什麼不同啊。」

「沒這種事！真的方便很多！」

亞里沙看起來沒什麼興趣，露露激動地逼近她，這樣的露露也很可愛。

這間廚房裡原本的廚具被我拆掉，換上我親手打造的烹飪魔法道具。因為這裡的空間比較大，所以才換上比迷宮都市大宅更講究的設備。

而且也反映出迷宮都市大宅廚房裡想過的改良方案。

「浴室倒是挺小的。」

「主人，找不到飲水機的魔力供應點——」

「就這個啊。」

我轉開水龍頭，流出水來。

「這裡有自來水？」

「對啊，王都的貴族宅邸有自來水。」

之前去穆諾男爵府就有看到水道橋，但是昨天碰到很多事情，就忘了告訴同伴們。

之後在王都觀光的時候，再帶大家好好逛逛吧。

◆

「哇啊～好多人喔。」

我們看過格局與家具擺設之後，就到附近的市場買娜娜姊妹們的日用品，同時參觀王都。這一帶是富人與商家較多的區域。

波奇她們雖然也想找卡麗娜小姐一起來，但是她要再接受社交的重點教育，因此就不跟我們過來了。

「好多食材喔！」

「露露，特麗雅喜歡那個！」

愛做菜的二人組看起來很開心。

首先我們決定去貪吃鬼貴族羅伊德侯爵與何恩伯爵介紹的商行買些櫻花鮭。

「真的是櫻花色的呢。」

「好～漂亮喔～」

小玉喜歡粉紅色，轉著圈圈稱讚櫻花鮭。

魚卵則跟我印象中的鮭魚卵是一樣的顏色。

「這是從今天早上剛捕到的鮭魚身上取下的魚卵。如果想要熟成過的魚卵或醃過的魚卵，裡面請啊。」

可能是多虧有人介紹，身為商行二老闆的漂亮大姊親切地為我們介紹。

機會難得，我買了很多剛捕來的鮭魚、現採的鮮魚卵與帶膜魚卵。我也買了好幾種大姊推薦的熟成魚卵和醃魚卵。這裡還有賣少量的鱒魚，所以我也一起買下。

接著前往兩位貪吃鬼貴族介紹的調味料行採買一番。我買了肉桂跟好幾種香料植物，而且還在同一家商行經營的酒舖買酒。剛好儲倉裡的酒變少了，因此我補了不少貨。

要用魔法背包裝，數量實在太多了，所以除了重視新鮮度的物品以外，其他全都請商行配送到宅邸。

「那就順便補些蔬菜或雜糧吧。」

我們走出商行，開始逛先前錯過的攤販。

「是！東西太多，眼睛都要花了！」

「特麗雅想看水果。」

露露和特麗雅衝向水果攤。

這裡就像東南亞的菜市場，攤販擺著豐富的蔬菜和水果。

「香菇。」

蜜雅拉了拉我的衣服，看到賣著各種香菇的攤販，她看起來很開心地說。

「好，我們多買一點。」

「嗯。」

蜜雅幸福地點頭。

當然，其他同伴們也興高采烈地逛著攤販。

「光是南瓜就有好多種，我這麼報告道。」

「有新鮮的山葵跟生薑。真想讓娜娜的姊妹們吃吃看用山葵調味的烤肉，還有沾生薑醬油吃的炸雞呢。」

「喵～肉～？」

「小玉，現在先靠水果小姐們撐著喲。」

看來獸人女孩們還是喜歡肉。

「不愧是大國王都，物流種類真多呢——」

亞里沙說到一半，看著攤販上的根莖類蔬菜，突然沉默起來。

「蕪菁。」

「那是甘雪蕪菁喔。」

「哦～小姐您知道得可真多啊。」

亞里沙指正蜜雅，攤販老闆對此佩服不已，然後趁機推銷說：「買了就算妳便宜喔！」

「買一點怎麼樣？」

「不用了。」

亞里沙搖搖頭。

「甘雪蕪菁有奇怪的苦澀味道，不是什麼好吃的蔬菜。」

「妳可真清楚耶。」

攤販老闆好奇地看著亞里沙。

「這一帶只有忠臣山脈附近的高原才有栽種這個菜，小姐是那一帶的人嗎？」

「不是，我是大陸中央一個小國的人。」

亞里沙說完就離開。

「以前剛開始農地改革的時候，我第一個手下第一次上繳給我的，就是那個甘雪蕪菁跟另外一種雪蕪菁這兩種蔬菜。」

總覺得亞里沙話中有話，但是在我安慰她之前——

「小亞里沙不適合陰沉啦！去買日用品吧！」

亞里沙拍了拍自己的臉頰，高舉拳頭大喊。

「喔～」

「嘿嘿喔～的喲！」

面對故作堅強的亞里沙，小玉跟波奇立刻搭腔，擠開人潮前往市場裡的日用品區。

「主人！快點、快點～」

亞里沙對我用力揮手，我也揮手回應她，然後我跟大家一起追上她。

「主人，這附近有賣畫具與文具，我這麼報告道。」

娜娜在不遠處這麼說完，小玉跟波奇就快步跑過去。

小玉認真地欣賞畫具，波奇也挑了好幾種羽毛筆和便條紙。

「波奇是要寫信給悠妮嗎？」

「不是喲。其實也是啦，但是現在不是喲。波奇要寫小說喲！」

「小玉畫插圖～？」

「伴奏。」

「我負責監督、編輯和校對喔。」

小玉跟亞里沙我還懂，蜜雅的伴奏就神祕了。

難道是寫作中演奏音樂，刺激波奇的靈感嗎？

「寫完之後請主人看喲。」

「好，我很期待喔。」

「係！」

「交給我！我會把日本娛樂文化的精髓傳授給波奇，寫出一本曠世巨作！」

「適可而止啊。」我警告意氣風發的亞里沙。

我想亞里沙哪天就會說要把波奇的小說做成動畫，所以還是先做些繪圖板或攝影用的魔法道具吧。

「唔喔哇啊啊啊啊！」

聽到男子粗獷的慘叫，回頭發現露露正壓制著一名男子。

「是扒手。」

在迷宮都市很少看到扒手，總覺得很難得。

眼角發現有可疑男子正在娜娜姊妹們附近。

那名男子把手伸向大姊愛汀的屁股。

——我不准喔？

我用縮地移動到愛汀身邊，在男子摸到屁股之前抓住他的手腕。

「呃啊啊啊啊啊啊！」

色狼被我抓住手，痛得大聲慘叫。

「騷擾女性可是犯法的喔。」

「嗯，死刑。」

亞里沙跟蜜雅好像也看到了。

「扒手～？」

「他想用另外一隻手偷零錢包喲。」

小玉跟波奇抓住色狼的另外一隻手。

原來是雙重罪犯啊。

「莉薩，妳那邊有看到衛兵的話，就把他們叫來吧。」

「遵命。」

莉薩去找衛兵的期間，我把滿嘴髒話的男子綁起來，交給莉薩找來的衛兵。

「主人，您交付經費給我，而我卻辜負了主人的信任，實在非常抱歉。」

「這沒什麼好在意的。只不過這裡好像有很多扒手，我看錢包還是分成兩個好了。」

「是的，主人。」

愛汀順從地點頭。

之後每當小玉隊員跟波奇隊員碰巧看到搶劫或是順手牽羊之類的犯罪，都大顯身手了一番，對恢復王都的治安做出不少貢獻。

「這位小姐，要不要算算愛情運啊？」

攤販之間有個可疑的算命師向我們搭話。

亞里沙看來有點興趣，但馬上就說：「現在免了。」然後離開。大概是因為這個算命師沒有「算命」或「預知」之類的技能吧。

「少爺，有沒有肩痠頭痛的問題呀？我們的心靈治療院，馬上就能為您治好喔。」

有個稍微露出脖子和手臂、穿著寬鬆的美女，突然纏上我的手臂，把胸部擠了上來。

我想她應該是掛名治療的色情行業業者，但她確實有「魔力治癒」和「包紮」這些有用的技能。

我也有這些技能，但跟魔法藥和魔法又是不同的用途。

「我肩膀不痠，不用了。」

「是嗎？只要身體不舒服，隨時歡迎您蒞臨喔～」

「好，謝謝。」

我心裡有一些遺憾地離開這一攤。

「真是的，看到美女就露出色瞇瞇的模樣！」

「禁止花心。」

亞里沙跟蜜雅抱住我的兩隻手往前拉著走，露露跟獸人女孩們也跟著。

娜娜和姊妹們聚集在前面的小廣場，好像在看什麼。

「主人，街上有橋！我這麼報告道！」

娜娜指著前方，發現一座拱橋。

「那就是水道橋喔。」

「原來那就是水道橋啊？」

「哦～好像羅馬的水道橋遺跡喔。」

露露和亞里沙也好奇地看著。

亞里沙說的遺跡，應該是南法知名的觀光景點吧。

「水道橋是什麼？我這麼問道。」

「水道橋是一種陸橋，可以從水源地汲取飲用水，然後送到民宅裡供人飲用喔。」

王都的水源在王城裡，所以從王城中心到外牆，共有六座水道橋往外直線延伸。貴族區與富人區，則建有好幾座以王城為中心、呈同心圓狀的環狀水道橋。環狀水道橋比較窄，途中用水管供應各戶民宅自來水。

平民區同時有水道橋和水道，有些地方還有水井。

「那是——」

莉薩突然皺起眉頭。

她的視線落在一個駕著低級魔巨人馬車的鼬人族商人身上。

莉薩曾說過自己出生的橙鱗族故鄉就是被鼬人族所消滅，她對鼬人族應該有解不開的心結吧。

「莉薩，走吧。」

我喚了喚站住不動的莉薩，接著繼續採購。

娜娜姊妹們的日用品買得差不多了，接著就去買這陣子要穿的衣服吧。

「主人！有圖畫書店呢！」

幼年組招著手的地方有間書店。

這裡雖然沒有魔法書或鍊金術的相關書籍，但是每個人都各買了一本自己想要的書，我也買了一本王都名勝畫集。娜娜的姊妹們有一半以上喜歡圖畫書，只有大姊愛汀買了哲學書，老三特麗雅則買了食譜。

「服飾店。」

「啊，就是那條街對吧。」

看到很多商店掛著成衣和舊衣。

「大家一起上吧！」

「「「是的，亞里沙。」」」

亞里沙走在前頭率領娜娜姊妹們去挑衣服。

蜜雅、露露、我和獸人女孩們也跟著去。

女生購物真的很久。

我很快就待不住，所以先離開店家，坐在路邊的一個木箱上等著。

「喵～」

「粉累的喲。」

小玉跟波奇直到剛才都在當亞里沙她們的換裝娃娃，會累也是理所當然的。

現在換莉薩被抓去裝扮了。

小玉跟波奇癱躺在我的腿上，我撫摸著她們的頭打發時間。

「有甜甜的味道喲。」

波奇突然抬起頭，嗅了又嗅。

「在那邊喲！」

波奇指著馬路對面。

轉角不知道什麼時候冒出一家攤販。

「要不要去嘗嘗看？」

「豪！」

「嘗味道很重要的喲！」

兩個現實的小鬼突然精神百倍，我就帶她們去看那一攤。

在剛才那條馬路上看不到，但對面似乎有座公園，公園入口有很多賣零食的攤販。

「這位少爺！要不要來一份王都知名的薄餡餅啊？小姐們可以選擇加了甜甜果醬的薄餡餅喔！」

「沒有肉喲？」

「抱歉啦，我們家只賣蔬菜餡和果醬餡兩種。」

「可惜～？」

喜歡吃肉的兩個人表現出遺憾後，還是點了果醬薄餡餅。

我則點了包有蔬菜的薄餡餅。

「來！蔬菜餡的一枚銅幣，果醬的一枚大銅幣喔！」

果醬可真貴啊。

「兩位小姐的薄餡餅，果醬加滿滿喔！」

「哇～」

「好喲！」

我付錢接過薄餡餅。

「粉好吃～？」

「甜甜好吃喲。」

小玉跟波奇狼吞虎嚥，吃得嘴邊都是果醬。

我咬了一口包有蔬菜的薄餡餅，裡面好像是甜辣口味的醃菜葉，還挺好吃的。不知怎麼地，有點想配溫熱的日本酒。

「啊～！才想說你們怎麼不見了，竟然在這裡買零食！」

買完東西的同伴們發現到我們，就趕了過來。

「亞里沙妳們也要吃嗎？挺好吃的喔。」

「好～」

亞里沙用手指抹掉波奇嘴邊的果醬，直接放進嘴裡舔。

「真甜耶。哎，大哥，這個果醬是不是加了很多砂糖啊？」

「是有加砂糖，不過沒有加很多啦。」

原來如此，所以果醬薄餡餅才會比較貴。

「哦～砂糖明明這麼貴，攤販竟然也會用啊？」

「最近砂糖價格比較便宜了。都是託那個是叫潘還是澎的海盜獵人大爺的福，南洋的海盜變少了，航線也變安全啦。」

亞里沙看著我。

表情有些許得意。

「亞里沙，人家這樣講喔。」

「耶嘿嘿～」

「差不多要中午了，我們就在公園吃午餐吧。」

我買了幾個薄餡餅後，又跟公園入口的攤販們買了各種零食。

王都的肉價似乎比較高，像肉串跟帶筋燉肉的價格，都是迷宮都市的三倍到五倍。

至於薄餡餅，還有用蕎麥粉做的麵疙瘩這種零食，價格就比較合理。

比較少見的，是用蕎麥粉做成像玉棋的油炸料理，基本上有醬油和鹽巴兩種口味，抹味噌的更是好吃。

「這裡很多蕎麥粉做的零食，不過就是沒有蕎麥麵呢。」

「這麼說也是呢。」

我這才想到，這裡有很多像是通心粉的短義大利麵或玉棋之類的麵食，但是沒看過又長又細的麵條。應該有人想過要把麵團拉長，不然至少有個勇者或轉生者傳授一下才對。

今天晚上問問兩位貪吃鬼貴族好了。

我還在日本的時候，曾經吃過蕎麥麵條編織的天婦羅，只要確定麵條沒有觸犯異世界的什麼禁忌，下次就做給貪吃鬼貴族們吃吃看吧。

「我們在那裡吃吧。」

噴水池旁邊有一排長凳，大家就坐在上面吃零食。

「哇～想不到還挺好吃的。試試看陌生餐點也不錯呢。」

「帶筋肉串也很好吃。」

「硬硬好吃～」

「波奇比較喜歡普通的肉串喲。」

獸人女孩們像平常一樣吃牛肉串，其他的女孩們則比較喜歡甜果醬薄餡餅。

「特麗雅喜歡吃甜的，露露呢？」

「我也喜歡吃甜食，不過每種吃一點，才能吃很多種。」

「沒問題～？」

「吃不完的份，波奇跟小玉會幫妳吃喲。」

特麗雅跟露露的對話立刻讓貪吃鬼雷達起了反應，小玉跟波奇立刻攔截美食。

「咚咚，咚得咚。」

正在享受果醬薄餡餅的蜜雅抬起頭。

由於她嘴邊沾滿果醬，所以她趁雙馬尾長髮沾到果醬前，先用自己的手帕擦乾淨。

「音樂。」

蜜雅的視線方向，有個在拍打噴水池邊緣打著拍子的小女孩，還有一群跟著節奏跳舞的孩子。

乍看之下像是在隨便拍打，仔細聽還真像首曲子。

應該是首名曲吧。

「街頭藝人嗎？」

「應該只是在玩吧？」

「享受，很重要。」

蜜雅比平常多話，從妖精背包拿出樂器，跟著女孩的節奏開始奏樂。

「小玉也跳舞～？」

「跳舞妖精波奇，要來秀靈魂喲！」

小玉跟波奇也加入孩子們的舞蹈。

孩子們原本有些遲疑，但看了兩人的舞蹈後也跟著跳。

「人變多了呢。」

不知什麼時候開始，不遠處有位不認識的紳士也奏起大型樂器跟蜜雅合奏。看來程度跟蜜雅一樣——不對，比蜜雅還要厲害。

「亞里沙也去跳舞吧？」

「一定要的。露露姊姊，我們去吧。」

「主人，我們也要去跳舞，我這麼宣告道。」

娜娜拉著眾多姊妹們一起去跳舞。

「主人也跳！」

「知道了、知道了。莉薩，走吧。」

被亞里沙呼喚，於是我跟莉薩也一起加入。

短短幾分鐘的神祕空間，大家跟著節奏亂跳一通。

當女孩拍完了咚咚咚的節奏後，蜜雅與紳士也跟著停手。

「滿足。」

我遞了一條乾淨的手帕給大哼一口氣的蜜雅。

接著再往紳士那邊看了看，紳士對我們優雅行禮後，就搭著馬車離開了。看來是個路過的音樂家。

◆

「再來要去哪裡啊？」

「東西買得差不多了，去一趟博物館吧。」

之前太守夫人的茶會上，我聽說王立博物館裡有寶石博物館，博物館就在公園對面。

我們在公園裡散步，順便幫助消化。

「今年花開得真晚呢。」

「是啊，老伴。」

前面一對老夫妻這麼對話。

步道兩旁種的全都是櫻花樹，但是花苞都還沒長大。

「這一帶的花是櫻花吧？什麼時候會盛開啊？」

為了回答亞里沙的疑問，我打開剛才買的王都名勝畫集研究。

「按照往年的狀況，應該現在才要開始，年節時期就會盛開的樣子。」

王都的櫻花，好像是王祖大和跟精靈要來樹苗栽培起來的。

我們聊著聊著，就看到公園的另一頭通往王立博物館的入口。

「聽得到聲音喲。」

「嘎啦嘎啦嘎啦～？」

公園與王立博物館之間有條馬路，右手邊的十字路口傳來聲音。

「什麼聲音啊？」

「聽起來像馬車聲。」

「不是馬蹄聲，我這麼報告道。」

雷達上的光點快速接近，比這個世界的馬車快很多。

同時還聽到年輕人的歡呼，以及男女老少的尖叫。

「聲音靠近了，我這麼報告道。」

八號——維兔想要衝到馬路上確認，我一把抓住她的領子往後拉。

「閃開閃開閃開！」

「呀哈——」

狂飆馬車從十字路口那頭甩尾現身。

那是沒有馬的敞篷魔像車。

「唔哇啊啊啊啊啊啊！」

「呀啊啊啊啊啊啊啊！」

路上呆站著看著聲音方向的人群，看到朝自己狂飆衝來的魔像車，都驚慌失措地逃竄。

「死老百姓，撞死你們啊！」

「呀哈哈哈哈哈哈！」

魔像車上面大概坐了四個打扮花俏的貴族子弟，看到閃躲馬車的人群就哄然大笑。

有好幾個人來不及閃躲，幸好獸人女孩們迅速出手相救，根本輪不到我出場。

魔像車沒有減速，衝到馬路的另一端去了。

「想不到會在這個世界碰到飆車族啊。」

亞里沙嘀咕說。

「那是什麼鬼啊？」

「名門貴族的不肖子啦。」

「喂喂喂，你這話給貴族大爺的傭人聽見，可是會以不敬罪被貶為犯罪奴隸的啊。」

「好險、好險，最好還是別跟他們扯上關係啦。」

我用順風耳技能聽到路人的閒談。

「最近好像常常在這一帶狂飆喔？」

「衛兵都不取締的嗎？」

「沒用的、沒用的。名門貴族就算被抓了，只要靠爹靠娘，很快就會被放出來啦。」

「之前有人被撞到受重傷，告上官府，結果反而被告『擅自衝到馬車前面』，還要賠錢修那個沒有馬的馬車，下場很慘呢。」

這可真是慘啊。

「真是等不及被革命的腐敗貴族啊。」

「就是說啊。」

我隨口回覆亞里沙的感想，用地圖搜尋飆車貴族的名字，並記錄下來。

報告司法機關似乎沒什麼意義，下次以勇者那那西的身分前往王城的時候，找國王或宰相閒聊，順便報告吧。

「連建築都像珠寶呢。」

王立博物館的別館是寶石博物館，博物館仿造寶石與戒指打造而成，在淑女們之間似乎很受歡迎。

◆

我們出示身分證，每人繳交一枚銀幣的入館費後進入。

如果是平民，好像還需要知名人士的介紹信。

入館手續之所以這麼嚴謹，想必是因為展示品都很昂貴吧。

「漂亮～」

「亮晶晶的喲。」

「嗯，美麗。」

寶石博物館裡裝飾著各式各樣收藏在玻璃展示櫃的珠寶。為了讓寶石看起來最為璀璨動人，還搭配了光魔法製造的燈光照明。

「漂亮到光是看著就要眼花了。」

露露看著璀璨的珠寶，陶醉地眯起眼睛。其實我覺得露露比珠寶更美，結果嘀咕說：

「是啊，真的很美。」

「是。」

露露一點都不害羞地回覆我。

她應該認為我在說珠寶，但她的雙眼就像珠寶一樣閃閃發光。

亞里沙看到珠寶，就嘀咕說些「不知道值多少錢」之類的話。真希望她能夠分到一些女人味。

「主人，也對我說。」

「說說。」

亞里沙跟蜜雅似乎聽懂我的意思，也指著自己對我提出要求。

「是啊——真的很美——」

「等一下，你在讀稿嗎！」

「唔。」

我壓低嗓門怕吵到別人，然後繼續跟同伴們開心地參觀。

這裡的展示品都很昂貴，所以到處都有警衛，而且展示櫃前面都有紅龍柱跟圍繩，參觀者不能靠近展示櫃。

「這鑽石槍尖看起來很強。」

「鑽石做的槍尖很硬，我這麼同意道。」

莉薩與娜娜看到以鑽石切割出來的「靈峰光芒」這件作品，便這麼討論著。

「話說怎麼這麼多大寶石啊？」

「閃亮亮～？」

「超級超級厲害的喲。」

不只有雞蛋大小的寶石，甚至還有橄欖球大小的紅寶石和綠寶石。

館內參觀者大多是打扮華貴的婦女小團體。

「一流的『天淚之滴』果然真是美啊。」

「是呀，就像蘊含了星光那樣美。」

「真希望哪天有位公子能送這樣的寶石向我求婚啊～」

下級貴族千金們盯著的，似乎是伊修拉里埃產的「天淚之滴」。

「天淚之滴」附近裝飾著同樣是用原料阿魯亞製作而成的小獨角獸像。

「阿魯亞～？」

「是五角獸像喲！」

小玉跟波奇抬頭看著臺座上的寶石像。

「小玉像比較可愛喲。」

「波奇像也可愛～？」

小玉跟波奇旅居波爾艾南森林的時候，用阿魯亞做餐具也順便做了閃閃發亮的雕像，就一起拿出來看。

「閃亮亮的雕像真可愛，我這麼報告道。娜娜沒有嗎？我這麼問道。」

對於么妹維兔的疑問，娜娜拿出小雞雕像。

「「「幼生體！」」」

維兔以外的姊妹們也被小雞雕像勾走。

看來姊妹們的興趣都跟娜娜一樣。

「請讓給我，我這麼希望道。」

「不准，我這麼說道。」

維兔懇求，娜娜一口回絕。

「主人，娜娜壞心，我這麼報告道。」

「別吵架。下次我都做給妳們。」

現在阿魯亞沒庫存，可能會隨便找些寶石當材料吧。

「其他還有好多珠寶精工喔。」

「嗯，漂亮。」

就算是小女孩，好像也喜歡珠寶。

她們應該常常看我用土魔法「石製結構物」做珠寶精工，看來別人做的又別有風情。

「看來這邊最受歡迎了。」

「哇啊，好漂亮喔——」

水晶裡面有火在燒。

「是火焰晶吧！那黑瑪瑙在哪裡呢？」

「黑瑪瑙在第一個展廳吧？」

亞里沙說了經典電腦遊戲的名作哏，露露照字面回答，結果亞里沙用假關西腔回說：「不是哩。」

「主人，這是什麼機制？我這麼問道。」

「在中空的水晶裡有顆火石，火石裡面又有暗石，飄浮在半空中。火焰會動，或許還有裝風石吧。」

根據展示櫃前面的解說牌，傳說中的寶石魔法使裘葉爾死去後留下了這顆人工寶石。看這個名字很像英文的珠寶，總覺得跟轉生者或勇者有關。

「七彩的～？」

「麻花捲喲。」

這裡有許多寶石，用「石製結構物」之類的土魔法加工成各種形狀。

大概是小玉跟波奇的反應很有趣，在作品旁邊看管的館員青年都在憋笑。

「從這裡開始就是別人的作品了。」

「是徒弟跟現代創作家的作品吧。」

裘葉爾大師留下的寶石非常透明，但是他的弟子與現代寶石魔法使們的作品透明度就比較低，很多作品都缺乏寶石的美感。

「好奇怪的雕像喲。」

雖然是用寶石做的裸女像，但是相當下流。

這樣不好教小孩，所以我連忙帶著同伴們前往下一區。

「——什麼！」

正要轉過轉角，剛才我們待過的地方，傳來年輕男子的怒吼聲。

回頭一看，大概四個打扮花俏的貴族，正在找剛才憋笑的館員麻煩。

「裘葉爾大師的寶石可是我們馬庫雷家出借展覽的，我這馬庫雷家嫡系五男說要拿來看看，你竟敢阻止我！這可是大不敬啊！賤民！」

看來是奧客。

儘管附近還有兩個警衛，但似乎沒辦法離開崗位，因此沒有出手。

或許擔心那批貴族子弟是竊盜集團用來欺敵的幌子而警戒著吧。

「那不就是剛才的飆車貴族嗎？簡直就是標準的笨蛋貴族呢。要修理一下嗎？」

「只會被人記仇啦。」

我聳聳肩繼續說下去。

「比起這個，妳跟莉薩一起去找警衛來支援吧。」

「ＯＫ～」

「遵命。」

亞里沙與莉薩跑上走廊。

「娜娜，妳帶著愛汀跟姊妹們跟我來，露露跟其他孩子在這裡等著。」

我帶著八位美女往問題方向走去。

「如果要揍，請交給我。」

「不是啦。在其他警衛過來前，我們要讓他們分心。」

想不到愛汀她們火氣真大，我趕緊解釋。

「愛汀，妳配合我隨便講幾句吧。」

「是的，主人。」

我故意走路走得很大聲，回到剛才那個區域。

「這就是裘葉爾大師創造的奇蹟寶石啊！」

我使出「擴音」技能與「演技」技能，再搭配「詐術」技能，用超大的音量吸引飆車貴族們的注意。

我無視飆車貴族怒瞪著我們，帶著響亮的腳步聲引領娜娜她們走向火焰晶。

「哦哦哦！寶石裡面真的有火在燒呢！」

「好棒啊，主人。」

「真漂亮，我這麼同意道。」

愛汀她們語調死板地回答。

糟糕，應該把亞里沙留在這邊才對。

「喂！小子！」

飆車貴族放開館員，跑來找我麻煩。

「這位大爺，有何貴幹？」

「你從剛才開始嗓門就很大，吵死了啦！」

說得好像自己就不吵一樣。

「唉呀，失敬、失敬。我為自己粗鄙的行為道歉。」

「你們這些低俗的鄉巴佬真是——」

我乖乖道歉。

飆車貴族又想回頭去看館員，我為了爭取時間，打斷他的話繼續說：

「但是連我這低俗的鄉巴佬，也明白這火焰晶的美妙啊。」

飆車貴族瞥了一眼我這邊。

他說「這個火焰晶是他家出借給博物館的」，所以我試著把它當作話題，不過似乎成功引起他的興趣。

「不愧是名門正派的傳家之寶啊。」

我裝得很佩服地這麼說完，大概是激發了飆車貴族的自尊心，他轉過頭來說：

「沒錯，這可是從王祖時代延續至今，我們名門馬克雷子爵家的珍藏品啊。」

飆車貴族一臉得意地昂首挺胸，他旁邊的朋友也跟著讚賞。

「優秀的血統，就會吸引優秀的瑰寶啊。」

飆車貴族心情大好，繼續炫耀。

雷達光點顯示亞里沙她們帶來了警衛，看來爭取的時間也差不多了。

我正打算開口隨便收尾，結果么妹維兔多嘴說了一句話。

「主人，這意思是收了很多賄賂嗎？我這麼問道。」

「什麼？妳這混帳，是說我家裡貪汙屯財嗎？」

飆車貴族突然抓狂，出手就想抓住維兔。

「且慢，我替同伴的無禮向您道歉。」

「廢物！別碰我！」

我伸手上前要護住維兔，飆車貴族往我撞來。

我沒多作抵抗，讓他撞飛，然後被愛汀她們接住。

我享受著柔軟的觸感，望向從轉角那裡現身的衛兵們，ＡＲ顯示帶頭的就是館長。

「馬克雷大人！又來啦！」

「嘖，麻煩人物來了，走吧！」

飆車貴族大概很怕館長先生，他迅速離開現場。

館長和衛兵們就這麼跑去追飆車貴族。

「您有受傷嗎？」

「沒事，她們接住了我。」

館員上前關心我。

「主人，館長先生也在，我就把他一起叫來了。」

「謝啦，亞里沙。得救啦。」

我跟亞里沙擊掌。

「啊，剛、剛才謝謝您出手相救！」

館員從我們的互動中發現到我剛才的行為是為了把飆車貴族的注意力從他身上轉移，於是向我深深鞠躬道謝。

＞獲得稱號「馬屁精」。

＞獲得稱號「寶石狂人」。

◆

「前面好像就是王立博物館本館了。」

我們欣賞完寶石博物館，穿過聯絡通道，進入王立博物館本館。

「有好多收藏品喔。」

「主人，這裡有參觀路徑。」

莉薩記住找到的路線圖，我們決定沿著路線圖參觀。

「樂器。」

「好像是希嘉王國跟周邊王國的樂器。」

種類不是很多，但是其中一件很引人注目。

「電吉他？」

「對啊，好像是過去勇者的所有物喔。」

看起來不太像吉他，而是貝斯，但是沒有擴音器，似乎沒辦法演奏。

「主人！幼生體！」

「「「幼生體！」」」

我們碰到王立學院幼兒學校的學生們來參觀。

不僅娜娜，連娜娜的姊妹們都想衝出去疼愛學生，但是蜜雅張開雙手說：「不行。」才沒有惹出問題來。

「唔哇！好肌肉！」

有個區塊放滿裸體雕像，亞里沙盯著都要流鼻血了。

「比不上主人的鎖骨。」

我的順風耳聽到露露嘟噥。

怎麼說呢，聽到這種嘟噥就知道她真的是亞里沙的姊姊。

「漂亮喔～」

小玉盯著一座名為「史蒂・芬妮的飛躍」的野牛雕像，眼睛閃閃發光。

不僅是動感十足的造型，那如同黏土工藝品的獨特做工更是吸睛。

「說完漂亮之後再接史蒂・芬妮看看？」亞里沙對小玉提出奇怪的要求，但是小玉看雕像看到入迷，沒聽見她說的話。

「妳喜歡啊？」

「係。」

小玉點頭，直盯著雕像不放。

看來她暫時不會走，就先隨她去吧。

我正要離開的時候，突然有人找小玉說話。

「哦，這位小姐真有眼光。」

雕像旁邊的老紳士稱讚小玉。

AR資訊顯示他就是這座野牛雕像的作者。

「妳想看更多雕像嗎？」

「係！」

「那就來輕鬆玩吧。」

老紳士拿了一張卡片給我這個監護人。

卡片上寫著他的姓名地址，看起來像是名片。

「謝謝您的好意。」

「感謝～？」

我們兩個道謝完，老紳士就拿著手杖離開了。

「前面好像是武器防具的歷史喔。」

「是，不過魔法武器是複製品，只有外觀像而已。」

畢竟真的會被人拿去用啊。

「那是小巨人用的武器嗎？」

莉薩望向一支總長兩公尺半，斧刃也將近兩公尺的巨大雙刃斧。大斧的斧刃為黑色，似乎是一種被詛咒的武器。

根據ＡＲ顯示的資訊，這項魔法武器攻擊力強大，堪稱一流。

只要砍中對手就能奪取其魔力與生命力，轉換給使用者。雖然不清楚轉換效率，但我想是很厲害的武器。

「很大對吧？」

面帶笑容的館員向我們搭話。

「這是希嘉八劍的葛延大人還在沙珈帝國當冒險者的時候，使用的斧頭喔。」

「能揮舞這麼大的斧頭，好厲害的人啊。」

亞里沙很佩服地說。

「主人揮得動嗎？」

「要拿起來是可以，但是我體重太輕，揮舞起來應該有慣性上的問題吧？」

以會被慣性左右為前提，還能打嗎？

我向館員道謝後，前往下個區域。

「主人喲！」

我聽到波奇在喊我，於是留下亞里沙她們，過去她那裡看看。

「這裡有武士專區喲！」

波奇猛揮手搖尾巴，相當興奮。

一聽到武士，亞里沙就從巨斧那邊跑了過來。

「好多西洋刀喔。雖然公都博物館也有日本刀，但以喜歡刀來說，配備的人很少呢。」

沒錯，我認識的人只有卡吉羅先生跟綾女小姐用刀。

「是啊。」我邊回答邊在王都內搜尋。

我找到了幾個人，而且全部都是沙珈帝國人。他們之中有稱號是「隨客給流．認證」與「天然李隨流．精通」的冒險家與武術師。

「小玉，這裡有忍者畫軸喔！」

「要看看～」

小玉在雕像區看不膩「野牛像」，但是聽到亞里沙這麼說就跑來了。

「看不懂～？」

「那就由忍者大師小亞里沙替妳唸吧。」

亞里沙用老師的口氣朗誦起來。

「基本乃按照五行排出木遁、火遁、土遁、水遁、金遁——」

「遁遁～？」

「餛飩好吃喲。」

「總之就是各種擾敵招數啦。好像還有馴服小鳥或小動物之類的忍術喔。」

大概是陌生名詞講了也不懂，所以亞里沙中途改為簡單的說明。

「普普～？」

「才沒有好嗎！這些只是基本！克拉克博士說過：『爐火純青的忍術，看起來就像魔法一樣！』」

亞里沙，人家說的是科學，不是忍術。

「掀榻榻米練到頂峰可以翻轉大地，也可以像影魔法一樣在影子之間移動，還可以用縫影術束縛對手喔！土遁可以挖地道亂鑽，火遁燒掉整座城堡也很海派。另外還有手裡劍術和體術等各式各樣的——」

亞里沙開始說起虛構的忍術，我警告她一句：「適可而止喔。」就去看看其他同伴。

「有什麼好玩的嗎？」

「主人——」

露露專心看著火杖歷史專區。

這裡可以學到久遠前開發出來的火杖是如何進化成現在的模樣。

「哦～原來火杖的歷史這麼悠久啊。」

在火魔法使人數不多的時代，火杖原本似乎就是為了彌補這點所開發出來的。

「這是不是很像主人的火杖槍跟輝焰槍的前端呢？」

「是啊，看來以前的人也下過一樣的工夫呢。」

現在的火杖槍，會讓火彈旋轉來提升命中率。

過去的火杖槍則是在火石周圍加裝有膛線的槍身，或者將火石刨成螺旋形；目前主流的火杖槍則是用鍊金術或土魔法的「石製結構物」來扭轉火石。

「所以以前的火杖命中率都不好對吧？」

「應該是吧。」

除了剛才讓火石側面旋轉的圖畫以外，還留下各式各樣試錯的紀錄。

非常有意思的是其中一支火杖的前端甚至被分為三叉，而且都各自設有火杖的前端構造，被稱為「三天花」。

「可以連射三發的火杖啊……當時流行三發齊射這種用法嗎？」

「喵～？」

「三發齊射是什麼喲？」

「簡單來說呢——」

亞里沙告訴小玉跟波奇什麼是三發齊射。

我說過那是槍械扣扳機的時候，一次會自動射擊三發子彈。

只不過一如往常，亞里沙的說明夾雜許多幻想，結果就——

「原來是腦袋一發，心臟兩發啊？能確實殺死敵手的招數就對了。」

「好厲害喲！波奇也想三發齊射喲！」

「小玉也要～？」

獸人女孩們把三發齊射，跟奪走對方戰鬥能力的二連槍給搞混了。

「魔刃砲也可以嗎？」

「連射～？」

「就是喲！咻咻砰砰地射才好喲！」

我原本想要解釋清楚，但獸人女孩們熱烈地討論該怎麼讓魔刃砲三發齊射，看她們聊得那麼開心，我就不去潑冷水了。

「真想試一次看看啊。」

「係～」

「對喲！只能練功了喲！」

對於莉薩的一番話，小玉依然故我，波奇則是鬥志高昂地分別表示贊同。

事情看來會變成晚餐後得帶她們到王都郊外的轉移據點試射魔刃砲。

◆

「老街區就不適合觀光了。」

亞里沙看看周遭光景，嘀咕一聲。

離開博物館之後，我們兼作散步，一路又走到西門附近，但是亞里沙說得沒錯，這裡不是個可以觀光的地方。

似乎是因為列瑟烏伯爵領來的難民多了很多，在公園和外牆附近的空地上常常看到有人搭帳篷或蓋小屋住下。

除了難民之外，當然還有很多原本就住在貧民窟的貧民。

「也對。就快到西門了，我們就走大馬路散步回去吧。」

我們快步離開老街區。

結果很俗套地，沿路多次被眼神凶惡的傢伙纏上，但獸人女孩們三兩下就把人趕跑了。

「喵～？」

「是搭乘飛空艇的公主喲。」

就在看到西門的時候，小玉和波奇看到一輛馬車，然後開口大喊。

這輛馬車由將近二十位巡迴騎士護送，可以從窗戶縫隙看到裡面搭乘的人是比斯塔爾公爵第一夫人和公爵的么女。

之前見到那個么女的時候，她跟攻擊飛空艇的凶手一起逃走，看來最後還是被巡迴騎士給逮到了。

「喵！」

小玉的耳朵在兜帽底下抖了抖。

我隨意看了看四周，發現有不少可疑人物從遠處盯著騎士押送的馬車。

由地圖資訊看來，這些人是沙珈帝國和巴里恩神國的密探——以及盤踞大陸西方的魔神信仰團體「自由之光」的成員。

當希嘉八劍的赫密娜小姐造訪迷宮都市的時候，「自由之光」的成員曾驅使魔族來找我們麻煩。

希嘉王國的大門貿易都市塔爾托米納也曾有魔王信仰集團「自由之光」的據點，當時我變身為勇者隨從庫羅將他們一網打盡，看來他們學不乖，又再次入侵王國了。

我還沒用地圖搜索「自由之光」的成員，雷達就出現數不清的紅色光點。

「主人——」

莉薩用眼神示意我要小心，我跟著她看過去後，發現好幾顆冒著白煙的煙霧彈滾到馬車附近。

根據ＡＲ顯示資訊，他們是王都犯罪公會「蛇腳」的成員。之前打算搶「樓層之主」戰利品的人也是用這招，但雙方似乎是不同組織。

漠視犯罪也不太好，我就偷偷幫個忙吧。

我伸出「理力之手」抓住煙霧彈，全都收進儲倉。

已經噴出來的煙霧沒辦法處理，但還不至於完全遮蔽視線，所以巡迴騎士們輕易地砍殺犯罪公會的人們。

「佐藤，那個！」

蜜雅伸手指向的地方，可以看到一個人類正在變化成異形。

——是魔族。

應該是剛才發現的「自由之光」成員，用短角變身成魔族了吧。

——GZRROOOOOWN。

長得像猩猩跟犀牛混血的下級魔族，朝天空怒吼。

「呀哈——」

「撞死你們啊！死老百姓！」

十字路口那頭傳來熟悉的叫喊聲。

「閃開閃開閃開！」

「呀哈哈哈哈哈！」

一輛眼熟的魔像車，從十字路口甩尾現身。

這批飆車貴族原本看著驚慌逃竄的路人大笑，但是一看到路上殘留的白煙對面，有個下級魔族站在馬路正中央，臉都僵了。

開車不看路又超速，就算想緊急煞車也煞不住。

「等、等——」

「慘了——」

飆車貴族的話還沒說完，魔像車就撞上下級魔族。

魔像車的車頭撞歪，然後就這麼往前翻覆。這個世界沒有交通安全法規，車上的人當然也不會繫安全帶，所以飆車貴族們就被拋到魔像車外。

我姑且有用「理力之手」保住他們的小命，但是骨折跟擦傷我就不管了。

希望他們往後能安全駕駛啊。

巡迴騎士們衝向與魔像車衝撞而跌倒在地的魔族。

「趁現在！要魔族的命！」

——GZRROOOOOWN。

下級魔族發出怒吼，才撐起身子就把巡迴騎士們給打得東倒西歪。

「別大意！魔族的戰力還很強！」

巡迴騎士的隊長大喊。

「主人，幼生體有危險，我這麼報告道。」

哎呀，現在不是擔心飆車貴族的時候了。

「莉薩，跟我來。娜娜妳們注意四周！小心罪犯增援啊！」

我只帶著莉薩就去擊退魔族。

如果人數太多，反而會讓巡迴騎士們起戒心。

「我是穆諾男爵家臣，潘德拉剛榮譽士爵！魔族交給我來應付！」

我一面大喊，一面跑到橫掃巡迴騎士隊的下級魔族面前。

今天我沒配戴妖精劍，所以撿起腳下一把鐵製短劍，對付下級魔族朝我襲來的手臂。

「——喝！」

莉薩晚我一步跳進戰場，一槍從下級魔族的下巴貫穿。

「旁邊！」

「拿筷子的那邊喲！」

小玉跟波奇開口的同時，又有其他魔族撥開白煙現身。

這魔族長著銀色鱗片，體型跟剛才的下級魔族差不多，但是感覺明顯強很多。

這也是當然，ＡＲ顯示這可是等級五十的中級魔族。

「唔喔喔喔呀啊啊啊啊啊啊啊啊啊！」

逼近眼前的銀鱗魔族，連同從旁邊現身的一道黑影，一同消失在視野前。

緊接著旁邊房舍的外牆碎裂，沙塵四起。

我在他們從視野消失那一刻瞥了一眼，那道黑影似乎是使劍的壯漢。

——ＧＺＲＲＯＯＯＯＷＮ。

被莉薩用魔槍刺穿的下級魔族，伸出手臂和尖角要反擊，但是我和莉薩退步閃開。

看來有些魔族就算腦子被打爛也死不了。

「莉薩，那個交給妳了。」

「——遵命。」

我去幫忙剛才那位劍士。

碎裂牆壁的另一頭發出低沉的爆響，剛才闖進戰鬥中的壯漢劍士，撥開牆壁裡噴出的沙塵跳了出來。

——肌肉。

從破裂衣服之間露出驚人的鋼鐵肌肉。

這人肩上扛著一把巨大雙手劍，毫不疏忽地瞪著碎裂牆壁的另一頭。

他是等級五十一的劍士，而且也是希嘉八劍之一。

肩上扛的巨大雙手劍閃著紅光，最後發出強烈紅光，轉變為魔刃。

「——來吧！」

肌肉劍士對著沙塵另一側大吼的同時，銀鱗魔族也穿過沙塵衝了出來。

銀鱗魔族的藍銀色鉤爪有如玳瑁般閃耀，以驚人速度襲向肌肉劍士。

「魔斬鋼烈刃！」

這應該是肌肉劍士的必殺技，他揮舞雙手劍，紅光拖出半圓軌跡，將銀鱗魔族痛打在地面上。

雙方速度太快，肉眼跟不太上，總之銀鱗魔族的鉤爪在擊中肌肉劍士之前，雙手劍就從上段神速劈砍，砸中了銀鱗魔族的腦袋。

「——嘖！硬梆梆的，大爺我的奧義竟然砍不斷。」

銀鱗魔族被打到陷入地面，肌肉劍士舉劍準備往他背上補刀。

——ZWROOOOOWN。

如同街舞地板動作，銀鱗魔族噴飛四周碎裂的的石板碎片，並從地上彈了起來。

肌肉劍士的行動意外敏捷，迅速拉開距離，只靠一把雙手劍就擋開飛散的碎石板，還有銀鱗魔族趁機使出的迴旋踢。

銀鱗魔族一翻身站穩，就像砲彈般快速衝向肌肉劍士。

「哼！」

肌肉劍士的雙手劍利用離心力，豪邁地打趴衝過來的銀鱗魔族。

銀鱗魔族像顆皮球飛向附近的牆壁，還以為要直接撞牆，結果瞬間一個翻身攀在牆上，

就像西洋電影蜘蛛人一樣貼著不動。

銀鱗魔族鱗片直豎，前端變得尖銳。

趁著肌肉劍士猛揮雙手劍失去平衡的時候，射出大批銀鱗。

「閃開！」

肌肉劍士聽到我大喊，直接放棄確認周遭，全力往前衝刺。

我看他開跑，就從地上撿起他人掉落的盾牌拋出去，抵擋那些追擊肌肉劍士的銀鱗。

——ＺＷＲＯＯＯＯＯＷＮ。

銀鱗魔族從牆上跳出來，但他沒有攻擊肌肉劍士，反而是攻擊妨礙他的我。

手臂帶著閃亮的鉤爪往我殺來。

「——哎呀，好危險啊。」

我用手上的鐵劍，如削去銀鱗魔族的表皮一般架開攻擊。

撿來的鐵劍似乎是便宜貨，就像白蘿蔔撞上削泥刀一樣被削成碎片。

鐵屑有火花反射雖然很漂亮，但鐵劍一下子就只剩劍柄了。

早知道就別逞強，應該用個魔刃技能的。

銀鱗魔族與我錯身的瞬間企圖射出銀鱗散彈，我往後一躺，將銀鱗魔族踹上半空。

「喝殺啊啊啊啊啊啊啊啊啊！」

肌肉劍士奮力跳來，雙手劍狠狠劈向銀鱗魔族。

被我踢飛到半空中的銀鱗魔族沒辦法使力站住，撞上肌肉劍士的劍，飛向附近的牆壁。

銀鱗魔族試著像剛才那樣攀牆，結果牆壁承受不住，連同牆撞進了粉碎的房舍之中。

「小子，剛才多謝你幫忙啊。你還挺行的嘛。」

「多謝您的誇獎，實在愧不敢當。」

先不管小子這個稱呼，肌肉劍士看來沒有惡意，我就感謝他的讚美。

「我是葛延。希嘉八劍的葛延。」

「我是穆諾男爵的家臣，佐藤·潘德拉剛榮譽士爵。」

「你就是密娜提過的潘德拉剛啊——有意思。」

肌肉劍士——葛延先生用小名稱呼同事赫密娜小姐，露出粗獷的笑容。

——ZWROOOOOWN。

魔族發出怒吼，從房舍裡衝了出來。

銀鱗魔族停下腳步，他的表皮飄出一百片左右的銀鱗，開始以一定的距離繞著他的身體轉圈。

應該是可攻可守的防禦招數吧。

「佐藤，跟上。別死啊——」

葛延先生說了就衝出去。

人家都開口了，我就隨便從地上撿起一把劍，跟在葛延先生的斜後方追上去。

銀鱗魔族也向葛延先生突擊過來。

對方似乎也不想等待，決定要進攻。

部分飄浮的銀鱗，像鍊條一樣甩打過來。

葛延先生將雙手劍變為魔刃，彈開銀鱗鍊，然後刺向飄浮銀鱗所保護的魔族本體。

被打飛的銀鱗鍊撞上地面彈開——

然後就像拉緊的橡皮筋回彈，猛烈抽回要攻擊葛延先生背後。

我發動瞬動跟上，揮出鐵劍。

「哼！」

葛延先生的身體瞬間膨脹，從ＡＲ顯示可以發現他的防禦力暴增。

看來是他所擁有的金剛身這個防禦技能的效果。

我想知道他到底變得多硬，但沒有敗給自己的好奇心，依然揮劍斬斷所有要攻擊他背後的銀鱗。

而且我記取剛才失敗的教訓，這次出劍的瞬間使用魔刃技能，所以劍沒壞。

鐵劍灌注魔力會很快消散，所以使用魔刃技能挺麻煩的。

「殺啊啊啊啊啊啊啊啊啊啊啊！」

葛延先生發出怒吼，衝進飄浮銀鱗的區域中。

葛延先生的盔甲碎裂，血花四濺。

但他沒有停止進攻，一進到攻擊範圍就猛力揮劍。

魔刃的紅色碎片四散，飄浮銀鱗與雙手劍碰撞出激烈的火花。

——ZWRODDDYN。

葛延先生龐大的身軀前方，只見銀鱗魔族肩頭被狠砍一劍，發出慘叫。

雖然很亂來，不過我挺喜歡這種豪爽的人。

「佐藤，上！」

「是！」

葛延先生要我上，我用魔刃包覆鐵劍，刺向毫無防備的銀鱗魔族。

我感覺到類似魔力鎧的阻力，於是偷偷摸了銀鱗魔族一把，發動術理魔法「搶奪魔力」，將他用來建構防禦屏障的魔力給抽個精光。

「——莉薩！」

「遵命！」

莉薩已經打倒下級魔族，正在觀察這邊的狀況，我允許她出手攻擊。

莉薩使用瞬動迅速貼近，魔槍從斜後方刺穿銀鱗魔族的心臟。

「納命來！」

銀鱗魔族被劍與槍貫穿，葛延先生的第二招攻擊就將魔族劈成兩半。

銀鱗魔族的身體化為黑煙消散，只剩一隻長角掉落在地面上，發出清脆聲響。

「呀啊啊啊！」

剛才看到的「自由之光」成員，趁亂抓了比斯塔爾公爵的么女想開溜。

「索米葉娜大人！」

葛延先生喊了么女的名字，發動瞬動上前，一刀砍了歹徒的腦袋。

突如其來的血肉橫飛，把么女嚇得暈了過去。葛延先生輕輕抱住她，才沒發生意外。

——那是？

屍體手上有個令人在意的東西。

「主人。」

「對，是長角。」

這個邪惡道具可以將人化為魔族，而且還是中級魔族。

剛才的銀鱗魔族，應該也是藉由長角變成魔族的人類。

我還沒動手，葛延先生就早我一步撿起長角，跟剛才銀鱗魔族使用完落下的長角，一起收進自己的道具箱裡面。

既然他是希嘉王國的守護者希嘉八劍，後續交給他處理應該沒問題吧。

◆

「葛延大人，還有兩位隨從，感謝幾位鼎力相助！」

一名年輕的巡迴騎士衝上前來道謝。

「混帳！這兩個不是我的隨從，是碰巧路過來幫忙的奇特武師啊！」

「原、原來如此！冒犯兩位了！可以請教兩位的大名嗎？」

「我們是小人物，就不必麻煩了。」我本來打算敷衍過去，但剛才已經告訴過葛延先生，所以我還是乖乖報上了姓名。

年輕的巡迴騎士對葛延先生描述莉薩的英勇事蹟。

看來當我幫忙葛延先生的時候，莉薩一個人就打倒了五個下級魔族。

「能夠跟中級魔族抗衡的劍士，配上單槍匹馬殲滅五隻下級魔族的長槍手啊——這次的希嘉八劍候補真是有看頭。」

葛延先生用力拍我跟莉薩的背，稱讚我們打得好。

「主人～」

「沒受傷喲？」

小玉跟波奇發現戰鬥結束，於是跑了過來。

其他同伴們也跟了過來。她們剛才在附近警戒，順便協助一般民眾避難。

「蜜雅，不好意思，妳去幫傷患療傷吧。」

「嗯。」

蜜雅點個頭，前去找巡迴騎士們。

露露也一起去，替省話的蜜雅表示要來療傷，請大家集中在一個地方。

小玉跟波奇兩人迫不及待地掛上急救隊臂章，喊著：「護士模式～」「的喲！」就去幫忙蜜雅了。

「那是佐藤的隨從嗎？」

「不太算是隨從，是我的同伴。」

葛延先生似乎喜歡小孩，用和藹老爺爺的眼神看著女孩們大顯身手，等小玉跟波奇回來還撫了撫她們的頭。

「個子這麼小，真了不起。」

「呢嘿嘿～」

「嗯哼的喲！」

被誇獎的小玉跟波奇看起來很開心。

葛延先生也想摸蜜雅的頭，但是蜜雅輕巧地避開他的手，然後躲到我身後。

「你喜歡小朋友啊？」

「對！我的祖國還有跟她差不多大的女兒呢。」

對於亞里沙的提問，葛延先生點點頭，從懷裡拿出筆記本大小的某樣東西，打開蓋子。

「很可愛吧？」

葛延先生給我們看一幅畫著自己妻女的袖珍畫，然後還激動地描述自己的老婆多棒，女兒們有多天真可愛。

怎麼說呢，跟他聊起來，我就會想起溺愛子女的友人只要出去玩就就會不斷拿小孩的影片給大家看。

「不把她們都找來王都嗎？」

「不了，我老婆不想離開故鄉啊——」

這似乎不是外人可以干涉的話題，所以我對亞里沙使個眼色，要她到此為止。

「葛延大人，傷患稍後送往後方以及補充騎士事宜都完成了。」

「好！知道啦！」

正巧，這時有個巡迴騎士來報告。

「不好意思啦，下次再聊我可愛的女兒們吧。」

「好，有機會務必請您分享。」

「我就在聖騎士團的駐紮地，歡迎你們隨時來玩啊。」

葛延先生說完，還不等我回話，就跟護送馬車的巡迴騎士們一起離開了。

◆

「──有信？」

回到大宅裡，有個女僕給我一封信，說是送到穆諾男爵府來的。

信上有個陌生的蠟封，不過收件人確實是我，所以我小心撥開蠟封。如果來信人的地位比較高，破壞蠟封是很沒禮貌的行為。

「是誰寄來的？」

「希嘉八劍的祖雷堡先生。」

信件內容是邀請我和同伴們去他們的大本營，也就是聖騎士團駐紮地。

「信上說是邀請，不過這個──」

「應該是命令吧。」

看來我無權拒絕了。

看看時間，應該跟肌肉劍士葛延先生無關，但這也沒什麼好高興的。

看來今晚要想個辦法，迴避這個溺愛小孩的老爸炫耀自己的女兒。

另外這天晚上，我幫同伴們特訓「三發齊射魔刃砲」這凶殘的招數，等大家都練到心滿意足了，我才獨自變身為庫羅，使用地圖搜尋找到魔王信仰集團「自由之光」的總部，攻堅進去把人全都抓起來，丟進重罪犯牢房。

這當然有先通知過國王和宰相。

過程比我想像得更花時間，因此沒什麼時間思考迴避炫子魔人的策略。

由於「自由之光」的藏身處分散在四處，等我回到大宅裡的時候已經快天亮了。

「主人，你真的該改掉過勞的習慣了。」

我向為我擔心的亞里沙道歉，然後沉沉地睡了短短一個小時。

決鬥！希嘉八劍

「我是佐藤。一聽到決鬥，就想到兩個貴族拿著細劍對決。如果拿日本刀，感覺比較適合用『定生死』。」

「呼啊～」

「的喲。」

小玉跟波奇假裝打呵欠。

我摸摸她們的頭，憋了一個呵欠。

「睏了嗎？」

「有一點。」

亞里沙看到我打呵欠，擔心地問。

「膝枕。」

蜜雅拍拍自己的大腿要我躺下，但是馬車空間太小不好睡，我只好說了聲謝謝婉拒。

我們跟昨天一樣包下三輛馬車，大家分坐前往聖騎士團駐紮地。

原本打算只由我跟莉薩兩人前去，但是亞里沙說：「想看看主人跟莉薩威風的場面。」

結果就決定把大家全帶去了。

「佐藤。」

蜜雅輕輕指著前方。

「有穿白色盔甲的騎士在站哨，那應該就是聖騎士團的駐紮地了。」

「嗯，氣派。」

「豪華～」

「厲害的喲。」

就像同伴們所說的，白色大理石與藍色大理石堆疊而成的建築，給人莊嚴肅穆的印象。

「很像奇幻類ＭＭＯ（註：大型多人線上角色扮演遊戲）遊戲時常出現的建築耶～」

亞里沙這麼說害我差點噴笑。

沒錯，遊戲開場的國家很常見到這種建築。

「停車！」

馬車靠近正門時，站在大門左右兩側的聖騎士們交叉長槍，攔住馬車。

「請問閣下何人？過去之後就是聖騎士團駐紮地，無要事者不得通行。」

聖騎士語氣恭敬，同時目光嚴厲地盯著我跟同伴們。

看我帶著一堆女孩子，應該很像貴族的不肖子弟吧。

我獨自走下馬車，將希嘉八劍首席祖雷堡先生的信件交給這位聖騎士。

「這是？」

聖騎士疑惑地接過信件，看到信封上有祖雷堡先生的封蠟，立刻驚呼。

「失、失禮了！原來是祖雷堡大人的貴客啊！」

聖騎士連忙挺身敬禮，吩咐同僚讓馬車通過，而且服務周到，還特地說要替我們帶路。

我家這麼大陣仗，可能會在路上被攔住，所以我就感恩接受了。

「乒乒乒～？」

「是乒乓鏘啲。」

「主人，有打鬥聲，我這麼報告道。」

聽到刀劍相交的聲音，小玉、波奇跟八號——維兔都拉著我的手臂來報告。維兔好像喜歡肢體接觸，也經常貼住自己的姊妹們。

蜜雅看到這個情景，就反射性地牽住我的另一隻手。

「看到了。」

「好像正在戰鬥訓練喔。」

蜜雅與亞里沙發現在競技場上訓練的聖騎士們。

從地圖情報來看，裡面有祖雷堡先生等幾位希嘉八劍，以及聖騎士團的團員們。

寄信給我的祖雷堡先生在觀眾席上俯視著競技場，似乎在監督聖騎士們訓練。

「祖雷堡團長！屬下帶潘德拉剛士爵來了！」

一到競技場，帶路的聖騎士就用震耳欲聾的大嗓門向祖雷堡先生報告。

「你來啦，潘德拉剛士爵——」

祖雷堡先生回頭，但說到一半就愣住。

「——這是什麼意思？」

看來他挺火大的。

雖然獸人女孩們跟娜娜穿著盔甲，但是我和其他同伴都是平常打扮，不知道是不是因為這個原因？

「您給的信上說我可以帶上屬下，因此我便恭敬不如從命，帶大家來參觀了。」

祖雷堡先生似乎想起自己寫了些什麼，板起臉來有苦難言。

他應該只希望我帶莉薩來吧。

「是不是人太多了點？」

「——沒關係。」

看來他不打算反悔。

「黑槍莉薩，決鬥吧！我要討回迷宮都市那一仗的顏面！接受團長親自訓練的我，就讓妳見識見識我到底有多強！」

肩扛白長矛的聖騎士，在沉默的祖雷堡先生後面放話。

雖然我對他的臉沒印象，但是記得那支很有特色的白長矛。

記得是在迷宮都市挑戰莉薩，結果輸掉的人。

「凱倫啊——好，你上。」

「主人，可以嗎？」

莉薩聽到祖雷堡先生批准決鬥，回頭請求我的許可。

凱倫先生或許變強了，但是莉薩肯定又變得更強。

為了讓莉薩確認他有多強，我點頭答應。

我讓同伴們坐在觀眾席上，帶著莉薩進入競技場。

祖雷堡先生宣布凱倫先生要與莉薩決鬥，吩咐訓練中的聖騎士們離場。

「喂喂，不就是個小姑娘嗎？凱倫說的『黑槍莉薩』竟然是個沒幾兩肉的小鬼頭啊？」

扛著黃色長槍的大鬍子聖騎士，開口就是冷嘲熱諷。

「哇啊，真是典型的戰敗立旗臺詞啊。」我的順風耳技能聽到亞里沙在觀眾席上這麼說，並且深有同感。

「莉薩，妳跟凱倫先生交手之前，先跟這位信心十足的先生打一場吧。」

我對莉薩這麼說，並徵求祖雷堡先生的許可。

於是兩人移動到競技場中央，負責裁判的聖騎士告訴莉薩決鬥規則。

如果有人被打暈、開口說「認輸」，或者裁判出手制止，決鬥就算結束。故意殺害對手，或讓對手受重傷，就算犯規。

在確認決鬥規則的時候，聖騎士團裡的光魔法使，以及各神殿派來的高等級神官們，對決鬥者施加防禦魔法。

這是為了避免受重傷，所以不會施加身體強化或攻擊輔助類的支援魔法。

「加油～？」

「莉薩，加油喲！」

小玉、波奇和其他同伴們都從觀眾席上聲援。

「嘖！這是小鬼頭在玩耍嗎？」

黃槍騎士粗魯地在競技場上吐口水。

「賈哥！不要輸給鱗片妹啊！」

「給那隻蜥蜴看看我們有多強！」

看起來像黃槍騎士友人的部分聖騎士幫忙叫囂。

「那當然！讓大家看清楚傻蛋凱倫不配當希嘉八劍，我才配！」

黃槍騎士也喊回去。

「雙方，進入決鬥圈。」

在裁判指令下，雙方移動腳步。

黃槍騎士瞪著莉薩，好像有什麼深仇大恨；莉薩則是絲毫不受影響。

「開始！」

裁判一喊開始，黃槍騎士使出瞬動貼近莉薩，連刺三槍。

莉薩輕鬆架開三突刺，然後抓準時機把魔槍往上一頂，黃槍騎士手裡的長槍就飛走了。

「什──」

黃槍騎士沒了傢伙，看著自己的手發愣。

稍遠處傳來長槍落地的清脆聲響。

「還沒有分勝負，去撿起來吧。」

「妳、妳竟敢看扁我！我會讓妳後悔！」

黃槍騎士說著小癟三的臺詞，拿起長槍灌注魔力，發動魔刃。

該怎麼說呢，發動時間挺慢的。

「接招吧——奧義！螺旋槍擊！」

莉薩只讓魔槍多瑪短暫發動魔刃，就冷靜地架開了黃槍騎士的必殺技。

「怎、怎麼可能！無法防禦的螺旋槍擊竟然被架開了？」

黃槍騎士退步拉開距離，錯愕大喊。

周遭的騎士們也接連驚呼：「什麼時候出魔刃的？」「竟用那麼弱的魔刃擋住那招？」

黃槍騎士的魔刃閃著激烈紅光，所以大家才會這麼想吧。

「無法防禦？真是不用功。對上低等對手倒還好，如果是同等或更強的對手，既不偷襲又不打破架式，就想用大招命中，未免太傲慢了。」

莉薩以瞬動貼近，使出突刺砍劈與閃避，同時給予黃槍騎士忠告。

不過黃槍騎士光是抵擋莉薩鋪天蓋地的攻擊就用盡全力，看來根本沒聽見。

「哇～厲害喔，潘德拉剛卿手下的長槍手真是強。」

我聞到香水味並感受到一股柔軟，另外還有金屬盔甲的觸感碰上我脖子的感覺。

原來希嘉八劍的槍客赫密娜小姐從後面偷偷湊上來，給我一個鎖頸。

觀眾席上的亞里沙跟蜜雅大喊：「有罪！」我裝傻當沒聽到。

「她是我自豪的同伴。」

我依然看著在決鬥的莉薩，並迅速擺脫赫密娜小姐的鎖頸。

「話說回來，我記得潘德拉剛卿也很擅長格鬥技對吧？」

「多少有玩一點。」

赫密娜小姐站在我旁邊觀戰。

「真是大欺小啊……對賈哥那個笨蛋倒是一帖良藥喔。」

看來黃槍騎士果然是問題隊員。

「我聽說了喔，你之前搶先一步追趕襲擊飛空艇的歹徒啊？」

「這是誤會。我只是去接分頭行動的同伴，結果碰巧遇上而已。」

這麼說來，比斯塔爾公爵么女跟攻擊飛空艇的歹徒同行，希嘉八劍就是派赫密娜小姐跟祖雷堡先生去救人啊。

「我們努力追趕，趕到的時候發現歹徒餘黨已經被巡迴隊抓到，第一夫人安全了，最重要的索米葉娜大人也被巡迴隊救了回來，根本白跑一趟了啊。」

如果我現在說：「那還真是辛苦了。」感覺是在火上加油，所以就乖乖被赫密娜小姐鎖頸，讓她用拳頭鑽我的太陽穴。

「——啊！」

「的喲。」

莉薩從頭到尾占上風，戰局總算有了變化。

黃槍騎士閃躲攻擊，一個不穩就腳滑跌坐在地。

莉薩的魔槍多瑪直指著他的腦袋。

「丟臉……」

祖雷堡先生嘀咕一聲，同時裁判宣布莉薩獲勝。

「還早！我還沒輸！」

莉薩轉身要走回來，黃槍騎士在長槍上包覆魔刃，往莉薩擲去。

——不甘心是吧。

就算莉薩背對你，她也不會大意的。

莉薩先用瞬動閃開長槍，用手中魔槍輕輕一轉，將黃槍騎士擲來的長槍打上半空。

莉薩轉身，又用自己的魔槍將掉落的長槍打回去。

高速飛馳的長槍刺在黃槍騎士大腿胯下前。

「莉薩小姐真好心呢，給他刺中不就好了？」

我的順風耳技能聽到亞里沙嘀咕。

祖雷堡先生高聲斥責，黃槍騎士就被其他聖騎士給押解帶離競技場了。

「我為我的屬下無禮道歉。」

祖雷堡先生對我和莉薩鞠躬。

少數聖騎士氣憤地說：「怎麼可以對鱗族低頭？」但祖雷堡先生不作回應。看來名門貴族跟希嘉王國北部出身的聖騎士之中，有些人還是會歧視亞人。

「好，再來換大爺我！」

「抱歉啦凱倫，讓我先上。」

祖雷堡先生用自己的長槍擋住凱倫先生，來到莉薩面前。

◆

「我乃希嘉八劍第一位，『不倒』的哲夫·祖雷堡。在此懇求『黑槍』莉薩閣下與我打上一場！」

祖雷堡先生敬稱莉薩為「閣下」。

看來是承認了莉薩的高強吧。

莉薩回頭請求我的許可，我備感得意地點頭。

我曾想過這場決鬥可能會惹上麻煩，但更想讓莉薩發揮在迷宮裡練功的成果。

有我手上的人脈，就算被利用去爭權奪利，應該也能擺平；如果是不能擺平的對手，就變成勇者那那西去拜託國王或宰相，應該就能解決。

「回答如何！」

「潘德拉剛士爵麾下，黑槍莉薩接受『不倒』祖雷堡閣下的挑戰，決一雌雄。」

感覺挺威風的。

這段應對，應該是在迷宮都市決鬥的時候學來的吧。

兩人走上競技場。

莉薩沒有特別緊張，顯得很自然。

不知不覺，競技場觀眾席上出現許多觀眾。

除了駐紮地的聖騎士和隨從們之外，連在駐紮地服務的人，以及辦完事情的武官和貴族，都跑來觀戰。

「我會手下留情，但若是想保命，可別鬆懈了啊。」

「是，每場對決我都是賭上我的性命。不過，請您放心，我不會勉強老人家，必定手下留情。」

「喔，竟然會擔心我這老傢伙，真是敬老尊賢的女中豪傑啊。」

「這都要感謝主人德澤。」

神官與光魔法使才剛放完法術，祖雷堡先生與莉薩就開始唇槍舌劍。

肌膚感覺有些刺麻，兩人想必都用了威迫技能。

「那孩子真不錯，一點也不輸祖雷堡大人喔。」

仍然勾著我脖子的赫密娜小姐，以帶有好感的眼神注視著莉薩。

後來她才告訴我，決鬥之前像這樣牽制或威迫對手是常有的事。

「啟動競技場的屏障。」

赫密娜小姐一吩咐下去，競技場上就出現好幾道術理魔法系的防禦屏障。

屏障來源是要塞所設置的大型魔法裝置，由魔力爐供應龐大魔力，可以產生相當於上級魔法的防禦屏障。

單位面積的防禦力雖不如我的護傘或堡壘，但是比娜娜用理術製造的自在盾還要強。

「還真是大陣仗耶。」

「本來是魔法對戰的時候才會使用的設備，不過要是祖雷堡大人認真起來，就需要先作好防護。」

先不提莉薩的魔刃砲，我從沒想過近戰必殺技會需要防禦屏障，不過也沒什麼好反駁的，我就隨意點點頭。

「請多指教。」

「彼此彼此。」

裁判一宣布開打，祖雷堡先生就先發制人。

兩人才說要手下留情，卻立刻發動魔刃。

「我剛剛就在想，她發動魔刃的速度好快啊。雖然感覺有點不夠力，但是比祖雷堡大人的魔刃穩定呢。」

赫密娜小姐在我旁邊解說。

「不愧是位於希嘉八劍頂點的團長，魔刃比賈哥那個蠢蛋像樣多了。」

「看啊，那個鱗族的爛魔刃，發動速度是很快，但是打一下肯定就散啦。」

「這就奇怪了？莉薩小姐的魔刃應該要更強才對……」

我聽到其他聖騎士跟白矛凱倫先生在交談。

由於這次是比賽，為了避免傷及魔槍多瑪，莉薩只使出最低功率的魔刃，但是卻沒有人發現。

我認為胡亂提高功率只會耗費體力，難道一般魔刃沒辦法調整功率嗎？

「有動作了。」

赫密娜小姐才說完，祖雷堡先生和莉薩的身影就變得模糊。

兩人以超高速貼近，迅雷不及掩耳地用長槍對刺。

「六連槍～？」

「莉薩很強，但是那個老爺爺也好強喲。」

「咦？真假？我剛才只看到一招而已呀？」

「我看到兩招。」

「亞里沙，露露，只要看腳下的沙塵就大概看得清楚動作，我這麼說道。」

後面傳來同伴們的聲音。

「她好強啊，竟然能接得住祖雷堡大人的刺槍，而且——」

赫密娜小姐看著兩人交戰。

莉薩和祖雷堡先生打個不停，目不暇給的速度輪番攻守。

「祖雷堡大人打起來，感覺比對上葛延或海姆更吃力呢……」

如同赫密娜小姐所述，莉薩占上風。

祖雷堡先生等級五十六，比莉薩還高四級。

但是莉薩靠著巧妙的步法與槍法，與祖雷堡先生打得難分難解。

「哦，強喔～？」

「厲害喲！跟莉薩打平手喲！波奇也想來打喲！」

「同意波奇，我這麼說道。真想擋住那輪猛攻，我這麼說道。」

觀眾席上最前排的觀眾看著兩人交戰，全都相當興奮。

「好強啊，團長很強，但是那個亞人也好強啊。」

「看到剛才的槍法沒有？」

「有啊，我第一次看到有人能用長槍擋開團長那一招呢。」

兩個不同門派的槍術高手打得不相上下，觀眾為之瘋狂。真是一場高速的對戰啊。

莉薩與精靈師父們的對打也很有看頭，不過這次對手帶著殺氣，看得我心驚膽跳。

我緊盯著他們的一舉一動，隨時準備上前阻止。

——哦！

兩人拉開距離了。

「想不到如此高強……黑槍莉薩，容我道個歉，之前太小看閣下了。」

「你也相當了得。除了主人之外，我許久沒和如此高強的人族交手了。」

雙方調整呼吸，開始交談。

「接下來才要認真啦。」

祖雷堡先生猙獰一笑，再次握緊長槍。

聖騎士盔甲的縫隙冒出魔力紅光，ＡＲ顯示他用了身體強化技能。

「那我也拿出真本事吧。」

莉薩說完也發動身體強化技能。

莉薩的盔甲由於附加妨礙認知功能，這點程度的身體強化，不會顯現多餘的魔力光芒。

「團長用了身體強化啊！」

「除了跟其他希嘉八劍交手之外，這是頭一遭吧？」

「竟然能逼團長認真，不愧是『黑槍莉薩』啊！」

聽到聖騎士們交談，看來白矛凱倫固然輸給莉薩，卻不因此懷恨在心。

「好強啊——速度切換竟然這麼激烈，我眼睛都追不上了。」

就像赫密娜小姐說的，莉薩與祖雷堡先生已經強化體能，搭配瞬動巧妙地忽快忽慢，就算習慣高速戰鬥，也很難看得清楚。

「祖雷堡大人的反應慢了？她做了什麼？」

赫密娜小姐盯著兩人，嘀咕一聲。

從這個角度可能看不清楚，但是祖雷堡先生應該會覺得莉薩的長槍不見了。

那是「虛擊」技能所使出的攻擊，第一次面對肯定迴避不了。而祖雷堡先生竟然閃得過，經驗果然豐富。

莉薩摻雜虛擊發動連續攻擊，刺穿了祖雷堡先生的身體。

不對，錯了。原以為祖雷堡先生的身體被刺穿了，卻像幻影一般往旁邊飄去。

「分身——不對，是『虛身』吧。」

「哦～你竟然懂啊？」

祖雷堡先生所使用的「虛身」技能，是跟虛擊技能同類的假動作，一旦在近戰中使用，對方就很難命中他。

這招與剛才的虛擊技能，都是向勇者隼人學來的。

就我所知，除了勇者隼人跟小玉之外，應該沒有人會用「虛身」技能。

不愧是希嘉八劍首席啊。

「跟祖雷堡大人平分秋色啊……」

「喂，海姆，要是你會怎麼打？」

「如果可以逃，我就逃；如果逃不了，就拚個同歸於盡吧。」

「沒錯，這打下去不可能平安脫身。」

我用順風耳技能聽到希嘉八劍們在稍遠處的交談。

其中一個就是昨天跟我們在市內迎戰魔族的葛延先生。

「哇，好險！」

赫密娜小姐大喊。

莉薩的長槍擦過祖雷堡先生的頭盔，打掉了頭盔上的面罩。

不知道是力量跟敏捷等基本參數有差，還是身體強化的幅度有差，剛才兩人還打得平分秋色，現在明顯是莉薩占上風。

祖雷堡先生愈來愈難抵擋莉薩的攻擊，他身上的聖騎士鎧甲有愈來愈多擦傷。

——話雖如此，身經百戰的祖雷堡先生，應該不會就此落敗吧。

「■■　閃礫。」

在交戰中，祖雷堡先生的槍尖突然散發光芒，同時無數的光珠以圓錐狀散射。

光珠一落地就微微彈起。

看來他用了詠唱較短的牽制用魔法。

「——螺旋槍擊。」

祖雷堡先生趁著這招魔法改變了位置，使出快速發動的必殺技。

目標不是莉薩的要害，而是肩頭。

「瞬動，螺旋槍擊。」

莉薩早猜到閃光的同時會遭到攻擊，邊用瞬動閃開邊以相同的必殺技回擊。

她也沒有瞄準祖雷堡先生的要害，而是瞄準持槍的手臂。

「哼——！休想！」

祖雷堡先生硬是改變長槍軌道。

帶魔刃的兩支槍尖猛烈相撞，迸出劇烈的紅色火花。

原以為會持續到其中一方的槍尖碎裂為止的撞擊瞬間結束，兩人同時往後一跳，拉開了彼此的距離。

莉薩依然生龍活虎，但年邁的祖雷堡先生已是精疲力盡。

從ＡＲ顯示的精力值看來，我知道他能對打的時間不多了。

「真強啊——黑槍。」

「彼此彼此——不倒。」

雙方互相稱讚彼此的身手。

「真是高手。不過天底下有幾個招數，是專殺新手的。」

他應該是在說剛才莉薩在戰鬥中使用的「虛擊」那類技巧吧。

「而且呢，其中還有看到了都擋不住的招數。」

祖雷堡先生的魔槍發出紅光。

看來要展現什麼厲害的招數了。

「閣下年紀輕輕就練得一身好工夫，為了表示敬意，讓我送上這招吧。比祕傳魔刃更加神祕的傳說中的強招。」

祖雷堡先生將長槍架在腰間，魔力灌注在槍尖上。

「那招是——」

我旁邊的赫密娜小姐嘀咕。

莉薩似乎握緊長槍專注在祖雷堡先生的動作上，想要學起這一招。

我也發動魔力視技能觀察魔力的流向。

跟魔刃砲不一樣嗎？

不對，從魔力聚集的狀態來看挺像魔刃砲的。

「哦哦，團長槍尖上聚集了龐大的魔力啊！」

「難道是只對強敵才用的那招！」

聖騎士們看到槍尖的魔刃變大，驚呼連連。

——但是以魔刃砲來說，不夠集中。

以那個狀態來看，擊發出來的不會是彈頭狀，而是圓錐狀吧？

對魔法防禦力強的對手來說，應該只能當障眼法。

「嗯喔喔喔！」祖雷堡先生終於準備好，渾厚地大吼一聲，射出魔力。

「等等，不要愣著——」

「莉薩小姐！」

觀眾席上的亞里沙跟露露擔心莉薩安危，出聲大喊。

那發魔力砲彈有一個人那麼大，而且突然加速襲向莉薩。

砲彈加速的同時，祖雷堡先生也用瞬動衝向莉薩。看來他的這招攻擊是用魔刃砲起手的連續技。

等祖雷堡先生射出的砲彈飛到莉薩面前，莉薩才終於動手。

莉薩瞬間發射變為紅色的小魔刃砲。

兩發魔力砲彈藉由魔力在莉薩面前對撞，競技場上滿是紅色閃光。

張設在競技場內的防禦屏障胡亂反射紅光，看不清楚屏障內的兩人。

但隱約可以看見莉薩發射的魔刃砲打碎了祖雷堡先生的魔刃砲，而且還順勢打中了祖雷堡先生的身軀。

之前施加在祖雷堡先生身上的防禦魔法，承受負擔後消失了。

我看到莉薩的手腕抖了一下。

——等等，莉薩？

第二發魔刃砲向祖雷堡先生打去。

魔刃砲的威力降到最低，但是祖雷堡先生那個姿勢閃不過。

幸好長年穩坐希嘉八劍首席的高手名不虛傳，他震氣大喝一聲「哼！」，放開一隻手握緊拳頭，一拳打碎魔刃砲。

當然，代價就是他的拳頭也全毀了。

不過老兵的心靈可不會因此受挫。

他用另一隻慣用手，在長槍上灌注魔力，打算使出最後一道的攻擊。

此時莉薩發射的最後一發魔刃砲，打中祖雷堡先生持槍的手腕。

看來她昨天才剛學會三發齊射魔刃砲，馬上就拿來用了。

而且莉薩還用瞬動貼近，並對重心不穩的祖雷堡先生使出迴旋踢——不對，是用神龍擺尾將祖雷堡先生掃倒，接著他便驚慌失措地仰倒在地。莉薩就這樣用長槍抵著他的喉頭，保持不動。

競技場防禦屏障的紅光終於轉弱，觀眾們看到了結果。

「祖、祖雷堡大人？」

「什麼？怎麼回事？」

「發射魔刃砲的祖雷堡大人怎麼倒地了？」

陷入混亂的觀眾之中傳出這類的疑惑聲。

但是當裁判宣布莉薩獲勝，一切就結束了。

「『黑槍』莉薩獲勝！」

競技場上響起這句話的同時，也響起震撼整座王都的歡呼。

我聽不清楚每個人各自說了些什麼，只知道是在祝賀莉薩。

莉薩從祖雷堡先生面前退開，把長槍舉向我這邊。

打完了還是不放鬆，莉薩就是這樣。

我也大聲祝賀，揮手回應。

比起之後會發生的麻煩事，現在我想先慶祝她的勝利。

◆

「關閉競技場的屏障！神官們去治療祖雷堡大人！」

赫密娜小姐拉開嗓門，吩咐神官與競技場工作員。

防禦屏障一消失，神官和光魔法使就衝到祖雷堡先生身邊，治療他的傷勢。

上級神聖魔法的治療效果實在驚人，碎裂的手一下就復原了。

「好強啊～」

聽到亞里沙的聲音，我回頭一看，就發現同伴們都跑下觀眾席往這邊來。

「——莉薩閣下。」

療傷結束的祖雷堡先生喊了莉薩一聲。

看來有話要說，所以我抓住小玉跟波奇，不讓她們跑去莉薩身邊。

「莉薩閣下，真不愧是一身真工夫啊。」

「不敢當。」

莉薩說得雲淡風輕，但是尾巴正在偷敲地板。尾巴還真誠實。

「——希嘉八劍乃護國之盾，護國之矛。」

祖雷堡先生突然對莉薩說起莫名的話題。

「因此我認為只要有本領，以及有崇高的愛國心，就不該拘泥種族與血統出身。」

莉薩聽不太懂，但這應該是要邀她加入希嘉八劍。

「目前希嘉八劍還空了兩席，貴族們將席次當成派系鬥爭的工具，但我搶到了其中一席的指名權。」

請不要說到派系鬥爭的時候就瞪我。

空下來的其中一席是在公都找我麻煩的希嘉八劍第二名，三王子夏洛利克；不過另一個是誰？

這麼說來，搭飛空艇來王都的途中，比斯塔爾公爵說過要接什麼托列爾卿的棒子，那麼另一個席次，就是潔娜小姐在傑茲伯爵領碰到下級龍的時候，遇見的那個飛龍騎士托列爾先生吧。

「我想薦舉閣下坐上這席——閣下應該會答應吧？」

祖雷堡先生正經地對莉薩這麼說。

同伴們站在我身旁提心吊膽地看著莉薩；只有娜娜依然面無表情，從妖精背包裡拿出大盾裝在手臂上。

「恕我婉拒。」

莉薩語氣平淡地回絕了祖雷堡先生的邀請。

在我左右兩邊的亞里沙跟波奇安心地全身放鬆。雖說這樣是沒關係，但是亞里沙妳不要趁亂用臉蹭我的腿啊，蜜雅也不要學亞里沙啊！

「為何拒絕？閣下目前或許是潘德拉剛卿的奴隸，但只要當上希嘉八劍，王權就能讓妳從奴隸身分中解脫，還能獲得榮譽伯爵的位子喔？普通亞人絕對無法獲得這樣的榮耀與地位，妳為何要拒絕？」

祖雷堡先生顯得難以置信，莉薩打斷了他的話。

「沒錯，您的推薦對我來說是喜出望外的光榮。」

「既然如此——」

「但我效忠的並非國家，而是主人。我沒資格擔任希嘉八劍效忠希嘉王國。」

這話聽來有點危險。

或許會把我們當成對希嘉王國不忠的私人軍團。

「——沒錯！」

熱場王亞里沙插嘴說。

「我們是『潘德拉剛七勇士』喔！要跟主人一起成為新的世界守護者，強到足以匹敵『希嘉八劍』喔！」

「潘德拉剛七勇士」是怎樣？向真田十勇士致敬嗎？

她應該是為了打圓場才隨便亂講，可是看亞里沙一臉囂張，好像很認真，挺恐怖的。

「哦哦！竟然宣告要跟希嘉八劍齊名啊？」

「但是人家打倒了『不倒』的祖雷堡卿，確實有這個資格。」

「對，使用光芒長槍的希嘉王國新護衛誕生啦！」

「不愧是『黑槍』，不對，這是滅魔的光芒槍擊——『魔滅光槍』莉薩！」

「『潘德拉剛七勇士』與希嘉王國，威名遠播！」

感覺亞里沙喊出來的名號，已經在觀眾們之間傳開了。

或許大家只是看了一場好決鬥而血脈賁張，但是觀眾們也太激情了，甚至讓人懷疑是不是有人安排暗樁起鬨。

莉薩打倒祖雷堡先生會是如此重大的事情嗎？

觀眾席上的武官和賓客裡面，好像有人看得見莉薩發出的魔刃砲，所以為莉薩取了一個新綽號。

亞里沙的一番話雖然無法阻止莉薩加入希嘉八劍，但至少成功拖延事情的進展。之後再跟妮娜女士商量該怎麼走吧。

順帶一題，我過了好一陣子之後才知道，原來亞里沙喊出來的「潘德拉剛七勇士」，是波奇的小說中出現的稱號。

◆

「——再來換我。」

「凱倫你等等，也讓我打一場。」

「不對，我才配跟『魔滅光槍』莉薩交手！」

等排隊的白矛凱倫，以及其他聖騎士都搶著跟莉薩交手。

「主人，我也想跟莉薩剛才交過手的老戰士對打，我這麼主張道。」

裝著大盾的娜娜跑來拜託我。

「小玉也要打～？」

「波奇也想跟老爺爺對打喲。」

小玉跟波奇也舉手蹦蹦跳，想刷存在感。

此時一雙大手搭在她們兩人頭上。

「小朋友不可以喔。」

葛延先生摸摸小玉跟波奇的頭。

「為什麼～？」

「波奇也能打喲！平常都跟莉薩一起訓練喲！」

「唔嗯，真傷腦筋啊……」

對於主張自己很強的小玉跟波奇，豪爽的葛延先生也很頭痛。

「那就由我來陪各位對練吧。」

開口的人是位大哥，看起來像是流浪武士般粗獷的老爹。

他穿的不是聖騎士盔甲，而是鬆垮垮的聖騎士制服上只穿著肩甲與胸甲。手套與靴子，則是以魔物皮縫製而成的裝備。

「——海姆。」

葛延喊了這位大哥的名字。

這位大哥——海姆先生也是希嘉八劍之一，綽號「雜草」，等級有五十三那麼高，比獸人女孩們還高一級。

「可以嗎？」

「沒關係，我當官之前常跟鄉下貴族子弟們對練。」

「喔，兄弟竟然有這段往事啊？」

「是啊。」

海姆先生跟葛延先生聊完，就走到小玉跟波奇旁邊問：「如何？」

小玉跟波奇回頭，用眼神徵求我的許可，於是我點點頭。

「要打～」

「波奇也想打喲！」

「好，那就到競技場角落打吧——」

海姆先生帶著小玉跟波奇離去。

「有點擔心耶。我去看看海姆會不會打過頭。」

赫密娜小姐跟著三人後面離去。看來希嘉八劍大多喜歡小朋友。

但我比較擔心小玉跟波奇會不會打過頭。

「主人，請允許我跟老戰士交手。」

娜娜被小玉跟波奇插嘴，總算找到時機來拜託我。

「祖雷堡大人需要休息，就由我這個希嘉八劍第六位——『剛劍』葛延來領教吧。」

「值得一打，我這麼說道。主人，請允許交手。」

「啊，七號，等等！」

「愛汀，我名叫娜娜，我這麼說道。」

「他很危險，肯定比我們還要強。」

娜娜姊妹的老大，一號愛汀擔心娜娜而上前阻止。

「愛汀，娜娜沒事啦。」

「可是主人……」

我阻止愛汀繼續說下去，允許娜娜交手。

「好，讓妳先出手。儘管放馬過來吧。」

「明白，我這麼說道。」

娜娜與葛延稍微遠離剛才莉薩交手的地方，準備開打。

娜娜做出詠唱動作，依序使出身體強化與理術自在盾。

「準備完成，交換回合，我這麼宣告道。」

「交換回合？我聽不太懂，總之妳第一招就這樣了是吧？」

「確定，我這麼說道。」

「那我就上啦——」

葛延先生把雙手劍舉在上段慢慢接近娜娜，然後突然發動瞬動。

葛延先生快速接近，順勢劈下巨大的雙手劍。

娜娜舉起大盾頂住雙手劍的砍劈，腳下的地面就像漫畫一樣凹陷，腳底揚起的沙塵遮住了兩人的身影。

就算葛延先生等級有五十一，一般攻擊也不會這麼凶悍。

看他的技能組，除了身體強化技能之外，似乎還同時用了爆發強化技能與剛力技能。

「「「娜娜！」」」

姊妹們擔心娜娜而大叫。

「主人，娜娜還好嗎？我這麼問道。」

「沒事，不用擔心娜娜了。」

我安撫淚汪汪的八號——維兔。

漫天沙塵中突然閃出一道橫向紅光，葛延先生同時衝破沙塵冒了出來。

接著娜娜也衝了出來。

剛才的閃光似乎是娜娜的反擊。

「可真行啊——喂！」

葛延對娜娜使出斜肩砍。

其中一道保護娜娜的自在盾，擋住葛延先生這招就碎了。

「唔喔喔！」

娜娜接著使出盾攻擊，將砍完的葛延先生給撞飛。

葛延先生就像被鋁棒打個正著的棒球飛了出去。

「「「好厲害！」」」

娜娜的姊妹們對娜娜的壯舉發出歡呼。

維兔拉著我的手，指著葛延先生那邊。

「主人！」

葛延先生在空中翻個身又回來了。

那應該不是我的天驅或波奇用的空步，而是莉薩她們用的兩段跳之類的技能吧。

回到原地的葛延先生對娜娜發出符合「剛劍」稱號的猛攻。

但是娜娜身為同伴中的護盾，應付過眾多魔物，能精準抵擋葛延先生的猛攻。

「「「主人，這是怎麼回事？」」」

「「「主人，這是怎麼了？我這麼問道。」」」

娜娜的姊妹們看到娜娜抵擋住葛延先生的所有猛攻，驚訝地逼問我。

「我們在賽利維拉迷宮修行了一陣子啊。」

我這麼說完，她們說也想在迷宮練功變強。

「啊，特麗雅不太需要變強——」

喜歡做菜的三號——特麗雅這麼說。但是亞里沙慫恿她說：「迷宮有各種食材喔。」她耳根子軟，就改變主意說：「特麗雅也想去迷宮。」

「總之，我們先在王都玩一玩再去吧？」我雖然這麼建議，但是除了八號——維兔之外好像都不太滿意，所以決定回到大宅之後再討論細節。

「主人，娜娜她們好像分出勝負了。」

「嗯，平手。」

葛延先生主動說：「我輸了。」結束這場比試。

「還可以繼續打，我這麼說道。」

「不必了，是我輸了啦。」

葛延先生說得相當乾脆。

「我的攻擊打不到妳。不只是我拿手的剛劍，多加花招、搞偷襲、拉開距離打，全都被妳擋住啦。妳這個護盾，比得上用聖盾的雷拉斯兄弟喔。」

「——不對，比我還強。」

有個粗獷的聲音打斷兩人對話。

那張臉我認得。之前在公都監督前希嘉八劍第二位的三王子夏洛利克，正是希嘉八劍的聖盾手雷拉斯先生。

「是雷拉斯卿啊。」

「雷拉斯大人明明反省結束了卻都不出勤，怎麼突然跑來了？」

「難不成是要辭退希嘉八劍嗎？」

「別亂說話！沒有雷拉斯大人，怎麼對抗得了強大魔物呢！」

聖騎士們你一言我一語。

看來大家都很仰慕他。

「——是祖雷堡大人叫我來的。應該是想讓我看看方才的亞人姑娘，還有跟你對打的這位姑娘吧。」

「警告你長江後浪推前浪？」

「真像祖雷堡大人會做的事。」

葛延先生與雷拉斯先生講得很有默契，所以我不管他們，跟姊妹們一起去誇獎娜娜。

「主人，判定獲勝了，我這麼報告道。」

娜娜說得有點洩氣，我鼓勵她說：「妳把對方的猛攻全封死了，當然是獲勝啊。」

畢竟面對比自己高等的希嘉八劍——葛延先生的猛攻，娜娜不使用隱匿裝備或作為防禦殺手鐧的堡壘能力就完全戰勝，可以說是非常值得讚賞的成績。

「愛汀。」

「是啊，我才是姊妹們的護盾，結果現在完全被娜娜給追過了。」

對喔，之前在「搖籃」對打的時候，一號——愛汀是用大盾的。

其他姊妹也接在愛汀之後誇獎娜娜。

「怎麼了、怎麼了？團長跟葛延老兄都輸給小妹妹們啦？」

「是『割草』啊——」

遠遠圍觀的聖騎士之中，出現一位虎背熊腰，年紀三十左右的女士。

她的裝備就像遊戲裡會出現的一樣暴露，但是搭配六塊肌，還有野性十足的長相，一點也不覺得煽情。

她肩上扛著一把像死神拿的大鐮刀，可能是她的主要武器吧。

女士皺眉瞪了我一眼。

「黑頭髮的小子——你就是同僚候選人潘德拉剛嗎？不就是個小鬼頭嗎？跟葛延老兄交手過的盾妹看起來還比你強喔。」

大鐮刀一閃。

這是可以輕鬆閃過的攻擊，不過我拿妖精劍擋住大鐮刀柄。

我這才發現，大鐮刀的刀刃有刀鞘。我原本是怕自己閃開會傷到娜娜姊妹們才擋下的，或許閃開會比較好吧。

「哦～好像有兩把刷子喔。我是希嘉八劍第八位，『割草』盧歐娜——」

她用力拉動鐮刀，把我拉到她身邊。

「——讓我代替這些不中用的老人家，告訴你希嘉八劍的真本事吧。」

「誰是老人家了？」

「轟」的一聲，葛延先生的雙手劍砸進盧歐娜女士站立的位置。

被瞄準的盧歐娜女士則是像母豹一樣輕巧地閃過雙手劍，得意地對葛延先生冷笑。

加上這位盧歐娜女士，我就碰到所有現任希嘉八劍的六人了。

希嘉八劍第一位，「不倒」哲夫．祖雷堡先生，等級五十六的長槍手。

希嘉八劍第三位，「聖盾」雷拉斯．凱爾登先生，等級五十四的盾戰士。

希嘉八劍第五位，「槍聖」赫密娜．基里克小姐，等級四十九的槍客。

希嘉八劍第六位，「剛劍」葛延．羅義塔先生，等級五十一，使用雙手劍的重裝戰士。

希嘉八劍第七位，「雜草」海姆．卡拉茲先生，愛用單手短劍，等級五十三的劍士。

希嘉八劍第八位，「割草」盧歐娜．葉塞夫女士，等級四十八的大鐮刀手。

一下冒出這麼多人，我都飽了。

不過像剛才的「雜草」海姆先生，還有「割草」盧歐娜女士，我真想問問他們有沒有更好的綽號。

「盧歐娜大人！這種小子不必盧歐娜大人動手！由我來教訓他吧！」

突然闖進來的人，就是剛才找莉薩麻煩，結果被押走的黃槍聖騎士。

他才被祖雷堡先生教訓，還被押到場外，結果學不乖又跑了回來。

「賈哥啊……」

盧歐娜女士嘀咕一句，轉頭看我。

「這傢伙桀驁不馴，但是實力在聖騎士裡面排得進前五名。如果想進入希嘉八劍，當然要有能瞬間擺平這傢伙的實力。」

不不不，我沒打算加入希嘉八劍。

但是說出來事情會很糟糕，所以我只有在心中反駁。

「剛才被那小妹的恐怖魔槍給打敗，但是奇蹟不會有第二次啦！」

黃槍騎士拿長槍對著我放話。

看來他想說，剛才會輸是因為武器性能有差。

「你要打吧？」

「一定要的！主人怎麼會輸給這種三腳貓！」

「嗯，秒殺。」

「你帶的人都這樣講了喔？」

對於盧歐娜女士的確認，亞里沙跟蜜雅回答。

「好吧。如果再歸咎於武器也不好，我可以借一把練習用的劍嗎？」

「荒謬！我看你才打算輸了怪罪武器吧！」

我無視黃槍騎士找我麻煩，把手上的妖精劍換成隨從為我準備的練習用鈍劍。

「小子，我上啦！」

黃槍騎士如同劍術理論，從劍的攻擊範圍之外刺過來，我一邊閃一邊逐步來到他身旁。

「混、混蛋！怎麼可能刺不到！」

因為我有用「預判：對人戰」技能，在你發動攻擊之前就先閃啦。

等我夠靠近了，就用手上的劍打掉長槍，連魔刃都沒用，就只用練習用的劍敲了敲他毫無防備的身軀一記。

我有拿捏力道，沒把盔甲砍成兩半，但是盔甲凹了下去，黃槍騎士整個人往旁邊滾走。

「這也差太多了。給賈哥那笨蛋太浪費，就由我來吃吧。」

盧歐娜女士舔了舔嘴巴，揮舞大鐮刀，拆下刀鞘。

「不對，是我先來的。」

我們應該沒有說好誰先來，但是葛延先生鬥志高昂，攔住盧歐娜女士就往我這邊來。

「不是這樣的吧，葛延老兄。」

「妳去找莉薩小姐玩吧。」

「——莉薩？」

盧歐娜女士歪頭不解。

看來她沒見到祖雷堡先生跟莉薩的對戰。

她望向正在跟聖騎士們交手的莉薩。

「哦～這個好，我喜歡。」

盧歐娜女士把大鐮刀扛在肩上，興奮地走向莉薩對戰的地點。

「佐藤，我上啦。」

葛延先生看著盧歐娜女士離開，對我露出燦爛的笑容。

不遠處的亞里沙胡說什麼「應該要講『不上嗎』才對」，還給我咯咯笑。雖然我不知道是哪來的哏，但應該是腐女哏吧。

◆

「——佐藤，好工夫啊！」

我用精準的腳步閃過葛延先生的雙手劍。

剛才跟賈哥對打還算輕鬆，但是現在就算用上「預判：對人戰」技能也很難閃躲。

葛延先生不會用祖雷堡先生那種技術性的「虛身」技能，但是雙手劍揮舞速度超快，看起來像大招，卻用很難閃躲的軌道跟時機砍過來。

「彼此彼此！」

感覺就是同時具備威力與速度的頂尖正統劍士。

如果看他的外表，以為他是完全倚靠暴力的普通劍士，肯定會因此吃大虧。

他一招砍向我閃不掉的位置，我瞬間在妖精劍上包覆魔刃架開。

雙手劍又從左右砍來，我接連閃開。

感覺像在跟勇者隼人交手，還挺好玩的。

總覺得像格鬥遊戲猜招一樣。

「光是閃躲可不會贏啊！」

葛延先生的速度愈來愈快，我繼續閃躲。

有時候他會故意露出破綻，我也假裝被騙，出個小招看看。

「哼，太天真了！」

我想看他會閃招或接招，再趁機反擊；結果被他發現這是使盡全力的牽制攻擊，他根本不閃就朝我衝來。

雙手劍「轟」的一聲砍下來，我閃開之後想追擊，結果危機探測技能發出警訊。

在我屈膝蹲下的同時，剛才腦袋瓜的位置就被葛延先生的暗拳掃過。

「竟然能躲掉這招啊！」

葛延先生露出男子氣十足的大笑。

我剛才在他臉上劃過的一道傷痕，已經變淡了。

「這是光魔法的持續回復。對上使用光魔法的對手，打持久戰會很吃虧喔。」

光看AR顯示，不只是體力，就連精力似乎也慢慢恢復。

「我跟祖雷堡大人不一樣，不喜歡無謂的限制啊。」

他這麼說，笑得毫不愧疚。

不好意思，我跟祖雷堡先生可能是同類。

我一架開他笑著劈下來的雙手劍，這次他就從死角踢出一腿。

這個位置我閃不開，所以我用手接住踢腿。

——好沉。

如果我硬是頂住踢勁，葛延先生的膝蓋可能會碎掉，所以我直接翻身倒立在他腿上，利用他的踢勁跟我的腕力往上跳。

「真的假的？」

我聽到遠方有人這麼說。

我在空中翻身，同時用妖精劍擋住葛延先生追來的反擊。

清脆的金屬聲與魔刃相互撞擊的火花將周圍染得一片紅。

「好強啊！」

「竟然接下那一腿？」

「快速追擊的葛延大人也很強！」

觀眾高聲歡呼。

「厲害歸厲害，不過那到底是啥啊？」

「海姆大人或盧歐娜大人應該也行吧？」

「我看不行喔。」

除了歡呼之外還有別的聲音此起彼落，不過我都無視了。

＞獲得稱號「特技師」。

＞獲得稱號「輕功師」。

我不管稱號系統損我，繼續專心交戰。

我在葛延先生背後落地，趁著轉身的勁道，用妖精劍橫砍一劍。

對方好像也是這個打算，葛延先生從另一個方向轉身橫劈雙手劍，雙方再次撞得周遭一片紅光。

我趁對方後退的時機再次轉身，順勢從另一邊使出斜肩斬，這次的勁道比剛才還強。

劍發出清脆的聲響，接著停住了。

葛延先生似乎也跟我一樣利用反作用力，從反方向揮劍下來。

我倆的劍撞在一起，震波震動大地，漣漪狀的衝擊波向周圍擴散。

我們就這樣對峙了一陣子，然後同時收劍，退步拉開距離。

「瞬動——魔斬鋼烈刃。」

葛延先生在著地的同時，發動瞬動猛然靠近，施展之前對抗中級魔族的那招必殺技。

——真假？

不要跟人類比試的時候用這招啊！

如果硬是接下來可能會傷到妖精劍，所以我用多層魔刃補強，然後抵擋他的攻勢。

劍刃撞擊的瞬間，發出遠比剛才還要強的紅光，而且像閃光燈那樣閃爍。

葛延先生的巨劍從我身旁滑開，不斷發出刨去魔刃的聲響，飛散的魔刃碎片擦過我的臉頰與頭髮。

我的劍隨時都可能被彈飛，於是用強壯的肌肉撐住。

∨獲得「魔刃裝劍」技能。

獲得一個怪技能了。

「呼，竟然躲開這一招啊——」

葛延先生消除魔刃，將劍插在地面上。

「魔力用光啦，是我——」

「我輸了。」

我趁他開口認輸之前，假裝手滑掉了妖精劍，早一步投降。

「剛才那招傷了我的手腕。受傷了還繼續打，不符合探索家的規矩，所以就戰到這裡為止吧。」

我借助詐術技能，隨口掰了個規矩。

附加假裝手發麻。

「哼，真是有趣的傢伙。」

看來我的演技被他給看穿了，但他也沒有揭發出來，只是一笑置之。

——嗯？

當我打算撿起妖精劍，發現地上有件金屬物品。

是胸針。

別出心裁地將八支劍交疊在一起打造成一個環。

「啊，那是我的劍環證。」

葛延先生伸手來討，我將撿來的胸針交給他。

肯定是剛才打鬥時，從他的制服上掉下來的。

「這是當上希嘉八劍時，陛下賜與的希嘉八劍之證。佐藤想必也會別上這個吧。」

哪有，才不會。

請不要講得這麼斬釘截鐵，隨便立旗好嗎。

「葛延大人，有客人來拜訪。」

「客人？我應該沒見客的預計吧……」

對於隨從的報告，葛延先生摸著下巴表示不解。

「是您府上派來的使者，已經在六號會客室等著了。」

「我知道了。你說我馬上過去。」

葛延先生吩咐隨從之後，轉頭看向我。

「抱歉，我有事情要辦，下次再來喝酒吧。我會先找家好酒館。」

葛延先生說些客套話，而我也回答：「靜待通知。」

「到時候我再好好告訴你，我是怎麼認識我老婆，還有我的女兒們有多可愛吧。」

看來不是客套話。

葛延先生海派地揮揮手，說完就往聖騎士的方向離去了。

◆

「主人～？」

「海姆大老師很強的喲！」

跟海姆先生對打的小玉跟波奇，一臉興奮地回來了。

聽說她們學到身體強化的節奏快慢，還有怎麼用假動作之類的。

「飄飄的重重～？」

「鏗鏘的啾啾喲！」

她們試圖告訴我有多厲害，但我聽不懂。

不過，我知道她們很開心。

「感謝閣下多方指教。」

我向比兩個人稍晚一些回來的海姆先生道謝且道歉。

「真不好意思，厚著臉皮把人丟給閣下照顧了。」

「哪裡，小事情。這兩個還會更強，你可要好好栽培啊。」

海姆先生簡短地說完，接著轉身揮手離開。

感覺挺紳士的。

「我都不知道海姆這麼喜歡小朋友呢。之前會覺得他跟葛延先生意氣相投，或許就是這個原因吧。」

第三個臨時保母赫密娜小姐一邊這麼說，一邊把手肘靠在我肩膀上貼過來。

「唔，有罪。」

「等、等等！妳貼主人貼得太緊了啦！」

蜜雅跟亞里沙擠進我跟赫密娜小姐之間。

「啊哈哈，抱歉、抱歉。一看到潘德拉剛卿，就想起故鄉的弟弟啊。」

赫密娜小姐語調輕浮地向兩人道歉。

「我也想跟潘德拉剛卿交手，但是我擅長用火槍，跟劍客打近身戰很吃虧。你們想想，火槍的真本事要看遠距離，這點在這競技場上很難發揮。」

在迷宮都市用兩把手槍跟魔族打肉搏戰的人不該講這種話，但我同意火槍要遠距離才能看出真本領。

「那、那個……」

原本乖乖觀戰的露露，怯生生地來向赫密娜小姐搭話。

「怎麼了？」

「您是用火槍嗎？」

「是啊。希嘉王國第一槍客『槍聖』赫密娜，就是在下我了。」

「好厲害啊！」

露露拍手讚美。

「露露姊姊也很強喔！露露是祕銀探索家，隊伍『潘德拉剛』的槍客喔！」

「啊，亞里沙，等一下啦。」

亞里沙炫耀姊姊，露露連忙制止。

「哦～還真稀奇耶。想不到除了我之外，還有人會用火槍這種老古董啊。」

「都是主人教導我的。」

「哦～是潘德拉剛卿教的啊？」

赫密娜小姐意有所指地盯著我。

「哎，也好。潘德拉剛卿感覺做什麼都不奇怪，我就不要吐槽了吧。」

還請手下留情。

「不過讓我看看妳的本領吧，那邊有弓箭火槍用的靶場，我們去那裡。」

赫密娜小姐邀露露比試，露露看向我徵求許可，因此我點了點頭。

莉薩與聖騎士的對決馬拉松看來還有得打，應該可以再玩一下。

赫密娜小姐帶我們來到的地方，是王都內不敢想像會有的五百公尺級長射程靶場。

「馬上射看看？」

「是！」

露露從妖精背包裡掏出槍。

她猶豫要用火杖槍還是實彈槍，最後選擇狙擊用的實彈槍。

我最近才研發這款實彈槍，槍身裡會形成超小型的加速魔法陣，只要少量火藥就能擊發又快又強的彈頭。

可惜射速與威力遠不及露露的主要武器加速砲，威力甚至比副武器輝焰槍還差一點，不過射程跟射速還是有的。

畢竟是實彈，會受重力所影響，因此長距離射擊就要考驗真工夫了。

「我要動手了。」

露露發射狙擊槍。

沒中。

修正之後開第二槍。

「——咦？」

赫密娜小姐看了結果，目瞪口呆。

「對不起，稍微打偏了。」

「不不不，妳整個打中了啊——不對，妳怎麼會立射就打中最遠的狙擊靶？那是狙擊用的靶喔？要用遠距離狙擊的特殊魔法槍，以及搭配術理魔法使或光魔法使的儀式魔法輔助，才能打中那個特殊靶喔！」

「是這樣嗎？」

赫密娜小姐激動地滔滔不絕，露露愣住了。

「就是啊！而且才試射一發就中靶，簡直神乎其技啊！」

赫密娜小姐交叉雙臂猛點頭。

「潘德拉剛卿！這孩子給我吧！」

「不行。」

「哎喲，拜託啦！我想栽培來當繼承人啦！我會好好疼愛她的！」

「不行。露露是我重要的——」

露露擔心地看著我。

亞里沙跟蜜雅嚴肅地盯著我。

我感覺到一股壓力，還是繼續說下去。

「——家人。」

露露開心的微笑害我好想拍照，亞里沙跟蜜雅則是鬆了一口氣。

接下來換蜜雅展現短弓的工夫，赫密娜小姐看了大喊：「我要收養她！」把她抱緊緊，蜜雅一臉不悅。

◆

「比想像中好玩呢。」

「是啊，相當好的訓練。」

對於亞里沙說的話，莉薩滿意地同意。

「沒錯～」

「波奇回家之後，也要練習海姆大老師教的東西喲。」

「小玉也要～」

小玉跟波奇也是心滿意足。

「娜娜，我要跟妳商量訓練課程。」

「明白，我這麼說道。」

姊妹的老大愛汀，跟娜娜商量練功事宜。

姊妹們看到娜娜突飛猛進，也想去迷宮練功。

我希望姊妹們去迷宮練功之前，能像娜娜和其他同伴們一樣，去波爾艾南森林接受精靈師父們的基本訓練。

回家之後，我打算用空間魔法「遠話」問問波爾艾南森林的高等精靈心愛的雅潔小姐，希望她能答應。

「今天莉薩和娜娜大獲全勝，回家就吃大餐吧。」

「特麗雅想烹調櫻花鮭。」

「也好，今天晚餐就是櫻花鮭全餐了。」

對於亞里沙的提議，姊妹老三特麗雅提出希望，露露表示贊同。

「真不錯耶。那我也來做幾道——」

「主人，怎麼了？」

我說到一半停住，亞里沙有些擔心。

「哎呀？那個肌肉，是希嘉八劍的人吧？」

「對啊，我有點在意他，去去就來。」

豪爽的葛延先生，竟一臉嚴肅地站在那裡。

或許是我多管閒事，不過我有點在意，因此向他搭話。

「請問怎麼了嗎？」

「——是佐藤啊。」

葛延先生似乎沒注意到我靠近，驚訝地回過頭，看到是我才放下心來。

「沒什麼，只是在酒館欠債欠太多了，在想要怎麼跟團長預支薪水啦。」

「那可真是頭痛啊。」

葛延先生說些虛情假意的話。

由於比斯塔爾公爵的大公子叛變，他的老家跟故鄉的老婆或許會施壓，要他跟比斯塔爾公爵打好關係。

「不過，我想祖雷堡大人『一定會好好聽閣下訴苦的。』」

我想這種時候找長官談最好了。

「就算不行，我也願略盡棉薄之力，請隨時向我說一聲。」

感覺我這種外人沒資格插手這件事，不過就當聽人酒後發牢騷也好吧。

「如果是要擺酒席，我一定會請客。」

我半開玩笑地結尾。

「喔，那還真是感恩啊。下次去喝酒一定找你。」

葛延先生這麼說完，擠出笑容離開了。

「——主人。」

莉薩前來關心我。

其他同伴也很擔心的樣子。

「看來是我多心了。離晚餐也還有點時間，回程路上去小吃攤買點東西吧。」

「肉～？」

「波奇喜歡加肉的薄餡餅先生！」

我對同伴們一如往常的反應回以微笑，然後我們就離開聖騎士團的駐紮地了。

我腦中浮現葛延先生的表情。

當時我忍不住要去管葛延先生的閒事，是因為他的臉上露出「我剛殺了誰」或「我準備要去殺誰」，這種看起來就是下定決心要去幹壞事的表情。

感覺他沒辦法對我這個外人說，所以我的弦外之音，是勸他去找祖雷堡先生商量。

祖雷堡先生人面肯定廣，還懂得交涉，可以從搞政治鬥爭的貴族們手上搶回一席希嘉八劍的指名權。他肯定能幫葛延先生解決麻煩吧。

儘管葛延先生最後的笑容很不自然，但是跟我聊到後來已經沒有先前那麼殺氣騰騰，希望他不會一時衝動幹什麼傻事。

這也是為了他的老婆和女兒們好，因此我真心這麼希望。

新事業

「我是佐藤。公司在年底投資設備，感覺比較像是節稅手法，不過我認為把多餘的錢財拿去投資來賺取更多錢財，是企業非常重要的一環。而且也能刺激景氣成長呢。」

「「「庫羅大人！」」」

我才剛從越後屋商會的轉移室出來，越後屋商會的幹部們就熱烈地歡迎我。

平時我就已經很受歡迎，但是今天更是猛了好多倍。

「歡迎庫羅大人回來。」

用鏡子檢查完一頭金色長髮的掌櫃艾爾泰莉娜，喜孜孜地來到我身邊。

「怎麼了？有什麼狀況嗎？」

「符文光珠一開賣，當天就賣完了。」

「希望能補充庫存。」

掌櫃得意洋洋地這麼說，旁邊的蒂法麗莎就甩著飄逸的銀髮鮑伯頭提出要求。

其他的幹部女孩們也猛點著頭。

「果然是我名字取得好啊。」

騎在石狼上的小個子貴族女孩魯娜，得意地挺起平板胸。

對了，就是她把刻有符文的光石命名為「符文光珠」。

我摸摸她的頭，從道具箱裡拿出一盒符文光珠，交給掌櫃去補貨。

聽說開賣的當天上午，原本只是老顧客「意思意思地」買了幾顆，但聽到傳聞的歐尤果克公爵領的貴族和商人們爭相跑來大量搶購，結果引爆搶購潮，在打烊之前除了樣品以外全部賣完，而且還接了好多預約訂單。

這東西效果並非相當顯著，而且一顆要賣十枚金幣竟然還熱賣，可見越後屋商會專屬的鏤金師傅們肯定手藝高超。

「另外還有庫羅大人教授作法的智育玩具類魔法道具，熱賣程度也不輸符文光珠喔。」

聽說剛開始賣得不怎麼樣，但是我送了樣本給王立學院幼兒學校作宣傳，立刻引發熱潮，貴族子弟們瘋狂購買一通。這樣商品也一樣接了很多訂單。

順帶一提，這個作為商品販售的智育玩具，就是我做給私立養護院小朋友們的魔力操作練習玩具——像是揮舞就會發出聲音的木劍、依照魔力量多寡而改變發光燈數的水晶燈，還有加裝風石、使用魔力就會響的樂器等。

養護院的玩具是我做的，但目前則是把製程交給越後屋商會來製造。只有難以製造的核心元件會單獨交貨，再由商會進行組裝。

「不只如此，之前庫羅大人交付我們的護手和手環可以產生術理魔法護盾，我們介紹給部分的老顧客，結果——」

掌櫃順暢地推開魯娜，跟我報告起先前交給她、作為魔法道具的新商品候補。

這個盾手環是我做給潔娜小姐她們防身用的工具。

「結果談成了每件三百枚金幣的預約價格，有大約二十位客戶說商品開始接受預訂時，要通知他們……」

除了我之外沒有別人會做，所以商會故意用敲竹槓的價格來確認有沒有市場。

我有猜到嘗鮮客會很想立刻購買，但是沒想到會有這麼多訂單。

越後屋商會賣的款式，跟我做給潔娜小姐和同伴們的不同，「盾」降級到只有新手術理魔法使能施展的程度，看來稀奇特色壓過了性能水準。

「是哪些人想要這個？」

「護手是近衛騎士跟上級貴族的護衛想要。手環雖然也一樣，不過上級貴族的當家和富豪們都預約了，因為他們想要買給繼位兒女們。」

大抵上都是我鎖定的客群。

「庫羅大人——方便的話，在交付預約貨品之前，希望能把店面展示的一只手環獻給王室，不知可以嗎？」

我之後問了她理由，她說除了貴族禮儀與商界習慣之外，也是希望能把國王和王室當成廣告招牌。

「可以。如果派得上用場，妳們也裝上吧。」

使用試作魔法裝置會更容易大量生產，所以我預先做了很多種外型的樣本。

之前提供的樣本是單純的黃銅手環，由越後屋商會找來的鏤金師傅進行裝飾。

「「「是的！庫羅大人！」」」

幹部女孩們整齊劃一地開心回答。

「庫、庫羅大人，這樣可以嗎？」

「不要緊。」

掌櫃看起來很擔心，我點頭回應她。

由於目前只有我能做，所以賣價訂得比較高；但其實一件的成本只要幾枚金幣而已。

「至於實際銷售——請問這可以生產幾件呢？」

掌櫃小心翼翼地問我。

這跟鑄造魔劍不一樣，只是防身用品，多賣一點應該沒關係吧。

「每年應該可以準備個兩百件。」

「「「兩百！」」」

掌櫃跟其他幹部女孩們聽了都目瞪口呆。

「進貨價大概金幣五十枚，賣價就交給掌櫃決定。」

「那麼，一開始先限量賣給上級貴族，等熱潮退了再降價吧。」

每年賣個兩百件，也就不稀奇了吧。

因為是寄賣的形式，應該不會影響越後屋商會的金流。

「庫羅大人，不知道能不能改變手環的材質呢？」

蒂法麗莎建議如果要調整價格，在外觀上做些差別比較好。

「好。列個清單寫上什麼材料、分別要做幾件，我會交給魔法道具工匠去做。別忘了優先順序啊。」

這些細節我懶得想，就丟給她們處理。

◆

「越後屋商會目前的收支呢，即使不算庫羅大人的魔劍和飛空艇銷售額，盈餘也是大幅成長。」

與幹部們聊過一輪，我帶著掌櫃跟蒂法麗莎兩個，到掌櫃辦公室旁邊的會客室，聽取收支報告並討論往後的事業發展。

「王國的付款狀況呢？」

「金額超過了王國的金幣儲備量，所以收到了五百枚金幣單位的匯票。」

王國發行的匯票可以在公所兌現，只要是大規模的商會與商業公會，都可以收取匯票代替現金。

「了解。往後我也會繼續提交剩下的飛空艇空力機關。」

以王國的造船能力來看，一次只能建造一艘全新的大型飛空艇，一年只能建造兩艘，所以越後屋商會的造船廠也承造一艘。

明年開始，這裡負責改裝現有的舊式飛空艇，以及建造小型飛空艇。

製造空力機關所需的材料，我這裡還夠打造一百多艘大型飛空艇，但是決定照原來的計畫，只賣五艘的分就停賣。

根據迷宮下層見到的「骸王」骸所說，建造鐵路跟電波塔會觸犯神明的禁忌，所以我也要避免量產可以大量運輸的飛空艇。

而且飛空艇運轉需要大量魔核，生產魔法道具和魔法藥都需要魔核，如果需求暴增，價格暴漲，會大大影響民眾的生活，這也是避免量產飛空艇的原因。

「——要找個方法運用資金吧。」

我看著文件上記載匯票支付的大量金額，嘀咕一聲。

個人的儲蓄有其意義，但是對法人來說，沒有利息的過度儲蓄就是一種浪費。

製作東西是我的興趣，我會透過越後屋買進大量製作時所需的貴金屬鑄塊和碎寶石，但是這些在龐大利益之中只是九牛一毛，算不上是花錢。

「那麼，是否要擴張事業呢？」

我「唔」地嘀咕一聲，要掌櫃繼續說下去。

「人手夠嗎？」

「有許多商人、工匠、研究家、學者毛遂自薦，希望能在越後屋商會工作。目前已經徵選完畢，只要大人批准，隨時都能聘僱更多人才。」

「了解。等等拿名單給我看，只要沒問題，掌櫃就自己決定聘誰吧。」

要是有魔王信徒之類的可疑團體、可疑人物就不好了，我打算看名單來搜尋地圖。

「另外還有藝術家和學者想請我們資助，請問這些人該怎麼應付呢？」

就是在找金主吧。

蒂法麗莎給我一份名單，我看看這些人的姓名、代表作和專業領域。

備註欄裡面寫著掌櫃或幹部女孩們的見解，以及面試的印象。

我迅速用地圖搜尋一輪，刪掉幾個有問題的人。

「除了我標記的人之外都可以投資，投資金額由妳們決定。」

「只要按照成果來審查就好了嗎？」

「還要考慮發展性。另外，做基礎研究的學者呢，不容易提出成果，因此投資金額不用高，但是期間一定要長。」

「明白了。」

我這麼告訴掌櫃，就結束對談。

不過還真想不到我會在異世界變成藝術家跟學者的金主啊。

「還有其他要投資的項目嗎？」

對於掌櫃的詢問，我想起在王都老街看到的那些難民與貧戶。

「低所得區域的治安似乎惡化了，我想給他們一點工作。」

「明白了。日後要獻上手環的時候，我會向宰相大人報告針對失業民眾的對策，並要求給予稅賦上的優惠。」

掌櫃聽我簡單吩咐，立刻點頭回應，並跟蒂法麗莎商量起來。

「具有技術的人就由越後屋商會聘僱——問題是大多數人只有勞力，該怎麼處理呢？」

「飛空艇工廠的建造作業已經聘滿勞工，工廠開始運作之後又不能聘僱來路不明的人。就算像迷宮都市那樣開攤販或咖啡廳，能聘的勞工也不過八十、一百的，解決不了問題。」

「新工廠的狀況如何？」

我之前買下一間經營不善倒閉的工廠。我想起這件事，於是這麼問。

「舊紡織工廠是嗎？雖然連設備都買下了，但機器老舊，無法馬上運作。而且原料棉花的產地是比斯塔爾公爵領的南部都市周圍，比斯塔爾公爵領因為之前發生的魔族動亂荒廢，導致棉花價格高漲，就算工廠順利運作，也沒有利潤。」

原來那件事情在列瑟烏伯爵領之外也有很多影響啊。

「漲價的原因是？」

「城鎮荒廢，治安惡化，造成運輸費用高漲。」

不是繞路走艾爾艾特侯爵領，就是聘更多護衛送貨，結果運費就高漲了。

「而且比斯塔爾公爵領也發生問題，最近有可能會打仗。」

「消息真靈通啊。」

前天飛空艇攻擊事件引發的問題啊……

「多謝庫羅大人稱讚——由於棉花產地可能會淪為戰場，一旦田地燒毀，明年可能沒有棉花收成，最糟的狀況就是戰爭拖很久，要從比斯塔爾公爵領之外的地方進口了。」

任何領地都可以小規模栽種棉花，但是好像只有比斯塔爾公爵領和歐尤果克公爵領的栽種規模足以應付王都需求。

歐尤果克公爵領走陸路的距離比較長，通常會選擇比較危險的海路，所以都會先加工成棉製品才運送。

「所以比斯塔爾公爵領，囤了大量的棉花是吧？」

對於我的疑問，蒂法麗莎點頭。

「商會裡面有誰認識比斯塔爾公爵領的棉花農或是棉花盤商的嗎？」

「有，美麗納的媽媽應該是比斯塔爾公爵領南部人。」

掌櫃打開會客室的門，從躲在外面偷聽的不乖幹部女孩裡面，找來美麗納問話。

「我阿姨有棉花方面的販賣權，不只認識其他有販賣權的貴族，還認識當地盤商跟棉花農喔。」

「好，就派美麗納去比斯塔爾公爵領，但是要避免收購到漲價的棉花。買好了，就由我來運輸。」

在那邊攬貨想必很花時間，但是收進我的儲倉裡送過來，只要幾個小時。

這樣或許會害到做棉花生意的人，但是發生戰爭之後，棉花不是被燒毀就是被砍價，被我買走總比農戶血本無歸要好。

「我去作準備！」美麗納喊了一聲就離開辦公室。

或許是因為我說要帶兩個人跟去，辦公室外面吵吵鬧鬧的。

「那麼庫羅大人，就以運作棉花工廠為方向去張羅設備、整理工廠可以嗎？」

我對向我確認的蒂法麗莎點頭。

「棉花工廠沒有僱用到的人，就由越後屋商會的社福事業來僱用吧。」

「社福事業是嗎？」

「對，就像潘德拉剛小子在迷宮都市辦的愛心供餐一樣。」

難得有了個法人，就把社福事業丟包吧。

「跟國家和神殿的愛心供餐分開辦嗎？」

「對，記得慈善事業只是其次，派些具有人物鑑定技能的人去供應餐點，發掘一些有用的技能回來。」

「需要臨時勞動力的話就能僱用了吧。」

「應該也很適合收集情報。不過要小心別侵犯了乞丐公會的利益就是了。」

我隨口說說，掌櫃跟蒂法麗莎出奇地配合。

現代日本沒看過什麼乞丐，但是希嘉王國有乞丐這樣的職業，王都的老街還有地下的乞丐公會，不只會在路邊乞討，還會收集情報或幫忙盯梢，做些小副業，感覺很像遊戲裡面的盜賊公會。

「這些就交給妳們了。」

只要給一些方向性，接下來就交給別人來做就好了吧。

我們又討論幾件房產購置與租賃的一些小細節，最後將我派去收購棉花的幹部女孩美麗納等人送到比斯塔爾公爵領，今天的工作就結束了。

我抵達比斯塔爾公爵領的時候順便搜尋了一下地圖，但並沒有發生什麼暴動。話雖如此，軍隊已經在備戰，面容肅殺且全副武裝的騎士和士兵在都市裡走來走去，相當顯眼。民眾們似乎也發現局勢不穩，市場上的糧食庫存減少，價格開始飆升。

看來不論哪個世界，戰爭都是很頭痛的事。

◆

「哦？這裡就是越後屋商會的王都總店啊？」

「房舍跟迷宮都市的分店不同，氣派很多呢。」

亞里沙和露露仰望樓房，說出感想。

我今天帶著同伴們，以顧客的身分來參觀越後屋商會。

娜娜的姊妹們昨天在駐紮地看到娜娜大顯神威後感到相當震驚，莉薩建議她們去跑步鍛練基本體能，大家一早就去跑步了，因此沒有帶來。

「好多人～？」

「人海海喲。」

小玉跟波奇看到越後屋商會門庭若市，相當驚訝。

從蒂法麗莎提交的營業額來看，有這個人潮很合理，但我沒想到生意會好成這樣。

「主人，有好多可愛的小動物，我這麼說道。」

由於店內有一些空間，我們決定幾個人分批進去逛。

一樓與二樓專賣飾品，有我在迷宮都市做的作品，還有王都專屬工匠的作品；三樓賣魔法道具，像是符文光珠或盾手環；四樓則是包廂，專門接待貴族和大戶。

三樓也有賣我在迷宮都市做的手動風扇、榨汁機、攪拌機等。

「蜜雅！這裡有兔子玩偶，我這麼說道。」

「要看。在哪裡？」

娜娜一喊，蜜雅推開人潮過來。

「可愛。」

蜜雅抱著兔子玩偶磨蹭臉頰。

「喜歡嗎？」

「軟綿綿。」

蜜雅把兔子玩偶遞給我。

這是用魔物材料製作，觸感很奇妙的商品。

「不錯喔，好想摸一整天呢。」

「嗯，同意。」

「主人，我也想摸，我這麼說道。」

我把奇妙觸感分享給娜娜。

「軟呼綿呼啾啾呼，我這麼說道。」

娜娜似乎很喜歡，不肯放開兔子玩偶。

「哦～有這麼好喔？」

「亞里沙也要摸看看嗎？」

「嗯，既然主人堅持——痛痛痛！」

亞里沙順手就想摸我肚皮，我打了她手背一下。

麻煩不要像喝水一樣自然地對人性騷擾好嗎。

「肉乾～？」

「是青蛙肉乾喲。」

「還有岩石蜥蜴的肉乾呢。」

獸人女孩們在「探索家專區」之類的地方，好奇地盯著「探索家乾糧」的主題貨架。

不管到哪裡都堅持著自己的喜好，真的很像她們的作風。

賣場小姐告訴我，這個探索家專區很受王都裡面想當探索家的小朋友們歡迎。

「露露想看飾品嗎？」

「——什麼？」

我走向人潮那頭的露露，對她這麼說。

一站到旁邊看，發現露露欣賞的不是飾品，而是長得像寶石的漂亮玩意兒。

「啊，不是，我只是看到了可愛的岩鹽。」

她好像在看五顏六色、切割成各種形狀的岩鹽。

透明、粉色、紅色、黃色，多采多姿，還有很少見的藍色跟綠色。

不知道是天然的，還是用鍊金術改變顏色，總之都很漂亮。

「不同產地的岩鹽，口味好像也不太一樣呢。」

「哇～真有意思呢。乾脆每個產地的都買，試試看適合什麼料理吧？」

「好，我想要試試看！」

露露燦笑點頭。

可愛得我都要被迷暈了。

「——潘德拉剛士爵大人？」

我回頭看向喊著我的聲音方向，是與露露有不同美貌的蒂法麗莎。

「喲，妳好，我來打擾啦。」

我打招呼的時候小心不要用上庫羅的口氣。

「抱歉打擾您購物，可以借用您一點時間嗎？」

「喔，可以啊。」

我叫同伴們繼續購物，跟著蒂法麗莎來到位於四樓的包廂。

「——女僕裝和女用內衣啊？」

來到包廂的掌櫃說了一件出人意料的事情。

「是的，之前在迷宮都市看露露小姐穿過，比希嘉王國的女僕裝更可愛，在王都也很受歡迎——」

太好了。

我還以為她看過露露的內衣呢。

「而且小亞里沙給我見過娜娜小姐穿的內衣，剪裁相當立體，我想那個應該也會受到王都貴族們歡迎。」

「意思是想在越後屋商會推銷嗎？」

「是的，如果是在穆諾男爵領生產的話，也可以安排進口——」

話說到一半有人敲門，蒂法麗莎帶著亞里沙跟露露進來。

「露露小姐，小亞里沙，抱歉在妳們購物的時候把妳們找來。」

掌櫃請兩人坐在沙發上。

「為什麼要找我們呢？」

「方才也跟士爵大人解釋過了，我們希望能在越後屋商會販售女僕裝和剪裁立體的內衣。我原本向羅特爾執政官請求批准，執政官說女僕裝和剪裁立體的內衣是小亞里沙做的，要找士爵大人跟小亞里沙批准。」

「ＯＫ，沒問題啊。把好胸罩跟可愛的女僕裝推廣到全世界，也是我跟主人的心願，主人說對不對？」

麻煩不要把我講得跟女僕迷一樣。雖然我挺喜歡的就是了。

「對，我跟亞里沙的意見一樣。」

「感謝大人一口答應。那麼希望您能提供的版型——」

「我知道啦，就這個跟這個，胸罩款式很多，如果要給貴族穿，這些應該不錯吧。」

亞里沙從妖精背包裡面拿出許多版型放在桌上。

「這些是正本，妳們做了副本之後要還我喔。」

「——好的，非常……感謝您。」

亞里沙動作太快，看得掌櫃一愣一愣。

掌櫃正要伸手去拿版型的時候，蒂法麗莎出手阻止。

「版型的使用費，我們打算支付這個金額。」

蒂法麗莎遞上合約書，上面寫著要支付營業額的百分之幾。

原來如此，要先簽約再收版型就是了。

「——使用費？免費也沒差啊？」

「那可不行。如果是在迷宮都市，或許能感謝您的大方；但是商會如今已經上軌道，不能單方面享受利益。我們認為，有利益就應該正當回饋。」

掌櫃說得滔滔不絕。

「哇～妳們很有良心耶，我喜歡。那我就收下使用費啦。」

亞里沙搓搓人中，答應掌櫃的提議。

「話說回來，這個使用費的計算方式，還挺罕見的呢。」

「對，這或許是比較少見的方式，我們不用每件多少錢的定額去算，而是選擇用銷售額的百分比去算。」

對於亞里沙的提問，蒂法麗莎回答道。

「真不錯呢。這樣要推廣給一般民眾也不會太吃力，要敲貴族們竹槓的時候也能收到不少錢。」

「能精準理解我們的企圖，實在佩服。」

蒂法麗莎難得滿意地揚起嘴角。

「我對這份合約有個要求，可以嗎？」

「請問是什麼樣的要求呢？」

「希望妳們銷售的時候，可以註明發源地是『穆諾男爵領』，設計師是小亞里沙。主人有什麼要求嗎？」

「不必，這樣就行了。」

蒂法麗莎請掌櫃答應追加條文，並當場補上，合約就此成立。

「款項希望能匯進商業公會的帳戶——」

「我沒有帳戶，麻煩匯進主人的帳戶吧。」

雖然亞里沙這麼說，但是內衣跟女僕裝的著作權歸亞里沙，我想使用費應該直接付給她才對。

「需要帳戶只要註冊一個就好啦。」

「士爵大人，奴隸沒辦法註冊商業公會的帳戶。」

蒂法麗沙否決了我的想法。

「是這樣嗎？」

「是的。希嘉王國法律規定，奴隸是主人的私產。」

這麼說也對喔。

「真傷腦筋啊……」

「沒關係啦，主人。我們跟夫妻一樣，帳戶當然也是同一個啊。」

亞里沙想打圓場，笑著開玩笑。

「如果堅持要匯進小亞里沙的個人帳戶，匯入探索家公會帳戶不知意下如何呢？」

大家冷靜下來之後，掌櫃提了這樣的意見。

「探索家公會帳戶是嗎？」

「是的，帳戶管理費比商業公會高很多，而且只能在賽利維拉或王都存提，並不算方便，但是只要有青銅以上的探索家證，不管任何身分應該都能開戶。」

儘管不太方便，我還是決定在探索家公會開個亞里沙的帳戶。等一下離開這裡之後，就到會公所的迷宮資源部櫃檯開戶吧。

「那麼把露露也一起叫來，是想賣食譜嗎？」

「正是如此。」

接著，掌櫃說商會想在王都開辦跟迷宮都市一樣的攤販和咖啡廳，僱用低所得人民和難民來工作。

這沒什麼好拒絕的，就跟剛才亞里沙的事情一樣，決定開個帳戶給露露收取食譜使用費。露露堅持不肯收食譜使用費，但我發動主人強權，硬是要她接受。

關於攤販所使用的火爐魔法道具，我答應協助安排，讓商會可以從亞金多採購過來。

另外，亞金多是假造成潘德拉剛士爵家御用商人的虛構人物，所以我這陣子會化裝成亞金多提供火爐。

「哎哎，如果想多僱用一點人，要不要開連鎖加盟的攤販跟咖啡廳啊？」

「『連鎖加盟』嗎？」

掌櫃對這個詞很陌生，亞里沙開始解釋何謂連鎖加盟。

「就是有人出資金，我們提供手法跟材料，讓他們去經營攤販或咖啡廳，然後我們收取相對的報酬。這樣可以僱用沒有資金的人，加盟的人要是賺夠了，可以選擇自己當攤販老闆。這樣不是很有夢嗎？」

「聽起來很不錯，請讓我檢討一下這個方案。只要庫羅大人批准，我們會正式支付連鎖加盟的創意使用費。」

掌櫃似乎很喜歡連鎖加盟的攤販與咖啡廳。

亞里沙還慫恿人家賣蛋包飯、兒童餐這些咖啡廳的輕食。

「還有什麼好點子嗎？」

「多賣點生活上方便的魔法道具——比方說類似攤販火爐這樣的如何？亞金多先生常常拿來賣，妳們買火爐的時候可以跟他談談啊。」

亞里沙說完對我使眼色。

「還有除了魔法道具之外，賣一些具便利性的創意商品也很有賣點喔？」

拜託，何必這麼拐彎抹角，我直接化裝成庫羅提供食譜跟樣本就好啦。

亞里沙拿出蔬菜用的削皮刀開始解釋。

蒂法麗莎莫名喜歡，還嘀咕說：「只要有它，我也能幫蔬果削皮了。」

「對了！向一般民眾徵求創意怎麼樣？『徵求小方便的道具點子』這樣。」

「徵求創意嗎？有用的創意有那麼容易求到嗎？」

「當然不會馬上就找到有用的創意啊。就算是再怎麼荒誕的點子都沒關係，只要是新點子就給一枚銀幣，總之多收集起來就對了。只要基數增加，遲早會出現有用的創意給妳投資，這才是竅門啊。」

亞里沙對掌櫃說的內容我好像有點耳熟，不知道是中國傳統故事還是漫畫哏。

「把收集起來的創意貼牆公告也很好玩喔。人們常常看到一個創意就會聯想到其他的創意，來商會的客人又能討論現有的創意，搞不好會形成一個社群喔！」

亞里沙超興奮。

簡直如魚得水，滔滔不絕。

結果亞里沙不斷提出新事業的建議，直到蜜雅跟娜娜忍不住跑進來為止。

掌櫃好像很佩服亞里沙的發言，甚至還說要請庫羅批准聘亞里沙為「越後屋顧問」。

我看亞里沙也超有興趣，就准了吧。

潘德拉剛家日常

「我是佐藤。就算鑽進死胡同、走投無路，只要身邊還有別人，就可能以新觀點找到出路。不過，迷路的機率還是比較高啦。」

在波爾艾南森林的樹屋裡，有位小姐甩著飄逸的白金色長髮出來迎接我，她是波爾艾南森林的高等精靈，心愛的雅潔小姐。

「雅潔小姐，妳好。」

「佐藤！」

今天來這裡是要帶娜娜的姊妹們來認識精靈師父。

當然，姊妹們之外的同伴們也一起來了。

「她們就是佐藤說的娜娜的姊妹們啊？」

我事先用空間魔法「遠話」跟她提過，所以談得很順利。

「幸會，我是波爾艾南森林的高等精靈，雅伊艾莉潔。妳們既然是佐藤的同伴，那就是我的朋友，叫我雅潔吧。」

「「「是，往後就稱呼雅潔。」」」

娜娜姊妹們面無表情，乖乖點頭。

「高、高等精靈？就是那個高等精靈嗎？」

「驚愕。」

「特麗雅也嚇一跳。」

娜娜姊妹中三個大的似乎知道高等精靈的事情。

「很、很榮幸見到您，波爾艾南森林的聖樹大人。我是托拉札尤亞大人所設計，前任主人賽恩大人所製造，目前侍奉佐藤主人的魔造人一號，如今獲得主人名為愛汀。我等姊妹獲聖樹大人恩典，將接受各位精靈大人傳授工夫，銘感五內。」

愛汀講了一大串，姊妹們都盯著她看。

「伊絲納妮，愛汀怪怪？」

「特麗雅？」

么妹維兔對老二伊絲納妮發問，省話的伊絲納妮把問題丟給老三特麗雅。

看來伊絲納妮比想像中更省話。

「特麗雅也很驚訝，但是不奇怪。學習裝置的『世界知識Ⅲ』有教過特麗雅，聖樹大人是守護世界的偉大尊者。」

老三特麗雅對維兔與其他姊妹們解釋。

「愛汀，最敬禮。」

「是啊。聖樹大人，請原諒我等的不敬。」

老二糾正老大愛汀不夠尊敬，也跟著愛汀對雅潔小姐行最敬禮。

「「「為我等不敬賠罪，我們這麼說道。」」」

其他姊妹們也學著愛汀和伊絲納妮，僵硬地行最敬禮。

「抬起頭來，不必這樣畢恭畢敬的。剛才我就說過，佐藤的同伴就等於是我的朋友，其他人都喊我雅潔吧。」

「「「是的，雅潔。」」」

跟剛才一樣，老四之後的姊妹們照雅潔小姐的要求來喊；結果被老大愛汀罵說：「要喊雅潔大人！」

對雅潔小姐說不用喊什麼「大人」，但是雅潔小姐的巫女露雅小姐不巧現身，喊了一聲「雅潔大人」，結果除了娜娜之外的姊妹們，從此都喊「雅潔大人」了。

『佐藤，糖！』

『佐藤，給！』

『我，也要！』

樹屋陽臺有些人型小精靈，長著蝴蝶或蜻蜓的翅膀飛來飛去——他們是羽妖精。

「幼生體！」

有個羽妖精被抓到了。

『娜娜！先給糖！』

羽妖精說著想擺脫，但是被緊抓不放。

「那不是我，是妹妹維兔，我這麼說道。」

『耶？』

「「「幼生體！」」」

娜娜的姊妹們都圍上來看羽妖精。

看來她們跟娜娜一樣喜歡小巧的生物。

就連老大愛汀似乎也不例外，兩眼發亮地追著羽妖精們跑。

『呃。』

『娜娜，好多！』

『慘了！』

『超慘！』

羽妖精們一哄而散。

但是娜娜姊妹們看到「幼生體」可不會放過，一個個被抓起來。

事發突然，在場的雅潔小姐手忙腳亂。

『佐藤，救命！』

『雅潔，救命！』

羽妖精們呼救，我暫時停止跟可愛的雅潔小姐談情說愛，前往救援。

「愛汀，伊絲納妮，特麗雅，菲兒，風芙，西絲，維兔！主人下令，放了羽妖精們。」

「「「是的，主人！」」」

主人下令真有效，大家乖乖地放了羽妖精們。

「羽妖精們是波爾艾南森林的居民，如果想要打好關係，不能當小動物來玩，要當小朋友來疼！」

「「「是的，主人。」」」

姊妹們如同答應我的那樣，改變對應羽妖精的方式，但是羽妖精們已經怕了，不肯靠近姊妹們。

「「「主人。」」」

表情不太有變化的姊妹們語帶哀愁地向我拜託，我提議說：「要代替我發糖果給羽妖精們嗎？」

羽妖精儘管不喜歡，似乎仍抗拒不了糖果的魅力，小心翼翼地收下糖果，然後逃走，如此反覆了好幾次。

不過羽妖精記性差，應該明天就能正常相處了吧。

◆

「喲，佐藤，這幾個就是要給我操練的嗎？」

波露托梅雅拿著一把帶鞘的藍玫瑰魔劍，抬頭看著娜娜姊妹們。她也是波奇的師父——波雅小姐。

從她粗魯的語調看來，很難想像她是世界上難得一見的美少女。

及肩的波浪捲髮，以及有一張長得像洋娃娃一樣可愛的面容。

「是師父喲！」

「喲，好久不見啦波奇！我們來打一輪吧！」

「好的喲！」

波奇猛揮手擺尾，贊成波雅小姐的提議。

「等等，波雅，不是說好今天是要見見這些小姑娘嗎？」

穿著隨興的武士精靈西西托烏亞——西亞先生告誡波雅小姐。他也是小玉的師父。

小玉在西亞先生旁邊笑嘻嘻，西亞先生摸摸她的頭。

「西亞說得對，抱歉啦波雅，等見過面之後再跟徒弟交流吧？」

「知道了啦，比亞。」

露露的槍法師父，同時也是精靈師父們的領導比西羅托亞——比亞先生開口這麼說，波雅小姐就乖乖點頭。

「波奇，就是這樣啦，等等再打個夠吧。」

「遵命的喲！」

對餘波雅小姐說的話，波奇大聲答應。

「妳們就是娜娜的姊妹吧？」

比亞先生介紹了西亞先生和波雅小姐，接著介紹稍微晚到的幾位師父。其中包括莉薩的師父，用短槍的守寶妖精尤賽克先生和用螺旋槍的省話精靈古爾加波亞——古亞先生；娜娜的師父，另一位省話精靈、魔法劍士基瑪薩露雅——基雅小姐，以及矮人盾手凱利爾先生。

「妳們都像娜娜一樣想當盾戰士嗎？」

「我想當盾戰士，但是其他姊妹們都有拿手的武器，因此希望能傳授適合的功夫。」

老大愛汀代表回答。

只有老三特麗雅說：「特麗雅想當廚師。」惹得比亞先生發笑。

「那麼等等介紹妳廚師妮雅吧，她很熟精靈料理，妳可以多學學。」

「是！特麗雅會加油！」

特麗雅笑盈盈地點頭。

「對了，既然愛做菜，要不要學弓箭或陷阱？如果可以自己捕捉鳥獸，露營的時候很受用喔。」

「特麗雅有興趣！」

特麗雅沒發現中了比亞先生的招，想學習弓箭和陷阱。

這段時間也決定了其他姊妹們要跟哪位師父，然後就是各自跟著自己的師父學功夫。

◆

「主人，我們也想再次修行，我這麼希望道。」

對於娜娜的發言，獸人女孩們也表示贊同。

看來跟希嘉八劍比試是很好的刺激。

「露露跟亞里沙呢？」

蜜雅才剛到樹屋，就被她突然現身的雙親給帶走，因此不在現場。

「等我把櫻花鮭跟麻糬分給妮雅小姐，就請她教我幾道新菜。」

「我還有越後屋商會的事情要忙，難得來一趟就去一下裁縫坊吧。今天要在樹屋住一晚對吧？」

「對啊，明天早上回去。」

其實可以多待一陣子，不過王都大宅太久沒人在也不好。

早知道就從迷宮都市帶幾個女僕來王都了。

「那麼，要在哪裡練功好呢……」

照往常會在主場的「賽利維拉迷宮」練功，但是最近同伴們濫殺一通導致魔物大減，因此希望能換個地點。

「那裡不行嗎？就是妮娜小姐跟穆諾男爵講過的啊。」

「喔，搶回被魔物支配的城鎮啊——」

我比較擔心魔物們會害怕我的同伴而逃往周遭，結果對村落造成損害。

「不然就先支配都市核心，用物理結界封鎖整個城市？」

「聽起來不錯——」

我用空間魔法「遠話」詢問自己支配的大沙漠「都市核心」，看是否可行。

『怎樣？』

『單獨一個沒辦法，但是跟其他都市核心連線就可以。』

我擔心都市核心的魔力存量，核心回報說已經滿了。

都市核心說，可能是因為我支配了上級領域——「龍之谷」的泉源，泉源湧出大量魔力，所以才會用超乎想像的速度補充能量。

「那麼就走吧。」

我讓同伴們穿上黃金鎧等私藏裝備，帶大家前往穆諾男爵領中不受支配的都市。我使用了「歸還移轉」和小型飛空艇，因此路程花不到一小時。

都市內部會換地圖，所以一進入都市上空，我就用「探索全地圖」魔法來確認都市裡的魔物。

「暖呼呼～」

「溫暖的喲。」

我邊檢查魔物，邊在內心同意兩人的話。

不同於氣溫相較涼爽的穆諾男爵領，都市上空像初夏那般溫暖。

應該是都市核心做的調整吧。

「魔物很多～？」

「很多肉肉的喲。」

「看來蛇類的肉比較多。因為數量太多，蟲類魔物就之後再回收吧。」

蛇籠常見於歐尤果克公爵領的東南部，是一種大蛇身上長著蝙蝠翅膀與四隻腳的魔物。與醜陋的外表相反，吃起來非常美味。

「同意，我這麼說道。」

我們飛在都市上空遊覽，確認著陸地點。

沿路襲擊而來的飛行系魔物，被我的弓、娜娜的理術，還有獸人女孩們的投擲武器給收拾掉了。屍體當然是用「理力之手」摸一下，收進儲倉裡。

「主人，城堡裡跑出好大的羽蛇！」

「主人，好沒品味的花俏顏色，我這麼說道。」

「這蛇龍也太大了吧。」

——什麼東西啊？

像是在回答我的疑問，跳出一個半透明視窗，ＡＲ顯示為「古皮蛇龍」。

看等級，就跟我們之前亂殺一通的「區域之主」一樣是五十級，光靠這裡的成員應該打得贏，但是這次擅長遠距離攻擊的三個後衛都不在，對上飛行類的對手應該會陷入苦戰。

「首先跳上去砍了牠的翅膀。」

「係。」

「遵命的喲。」

我本來想代為戰鬥，不過她們似乎鬥志高昂。

「我要用新理術『噴進理槍』來攻擊眼睛，我這麼說道。」

對於娜娜的這番話，獸人女孩們大吃一驚，露出看起來千百個不願意的表情同意娜娜的作戰。

「攻擊眼睛有哪裡不好嗎？」

「好吃～」

「山珍海味喲。」

原來如此。這麼說來，我記得過年吃整隻鯛魚的時候，有個親戚的小朋友一定會從魚眼珠開始吃。

「既然如此，我來幫忙打掉吧？」

「不必，蛇龍還多的是，這隻就別當營養，當經驗值吧。」

莉薩忍著傷心，打起精神看著古皮蛇龍從地面上衝過來。

嗯，這一幕感覺還挺有故事的，其實不過是放棄一個好吃的部位啊。

「要上了！」

「前進～」

「先進的喲。」

「發射，我這麼說道。」

飛空艇與古皮蛇龍交會的瞬間，同伴們跳了上去。

娜娜同時射出「噴進理槍」打爛古皮蛇龍一隻眼睛，但沒打爛另一隻。

不過，趁蛇龍將注意力放在受傷的眼睛上時，波奇的巨大化魔劍猛烈嶄擊古皮蛇龍的一隻翅膀。

波奇使出全身如彈簧般的肌肉像陀螺一樣旋轉，使得嶄擊變得十分猛烈，連同古皮蛇龍的魔力屏障一起瞬間嶄碎，就這麼直接砍斷翅膀。

雖然這招還沒變成必殺技能，但我想遲早會變成技能吧。

大概會叫做「魔刃旋風」之類的？

「——小玉？」

莉薩、波奇和娜娜三人從呈螺旋墜落的古皮蛇龍回到飛空艇上，但是小玉還攀在蛇龍的脖子上。我原以為小玉來不及逃走，但是看她的眼神就知道不對。

小玉在等待什麼。

古皮蛇龍仰天墜落，在落地前一刻翻身，腦袋撞上地面，地面被撞碎，頓時塵土飛揚。

古皮蛇龍栽進地面，頭暈眼花。

「是忍術『蛇龍摔』喲！」

波奇看到小玉的招數脫口大喊。

對了，忍者漫畫跟格鬥遊戲裡面好像有飯岡落（註：在空中從敵人身軀後方抱住並限制行動，以翻倒的姿勢落下讓敵人的腦袋撞地的技巧）或百舌落（註：抓住對手跳起，使其從頭部落下的技巧）之類的忍術。

雖說等級五十且具備超乎常人的體能，我也真沒想到可以實現這種漫畫招數。真想知道到底是忍術厲害，還是小玉厲害。

「趁現在，我這麼說道。」

「猛衝的喲！」

「要上了。」

娜娜、波奇和莉薩瞄準暈倒在地的古皮蛇龍頭頸部，從飛空艇躍下。

雖說黃金鎧確實可以承受強大衝擊，但是這也太亂來了。

「魔刃碎壁，我這麼說道。」

娜娜這一招，把古皮蛇龍所剩不多的魔力屏障以及堅固的鱗片，打得一片粉碎。

「魔刃穿刺的喲！」

「——魔槍龍退擊。」

波奇與莉薩化為紅色光箭，刺中碎裂的鱗片，並直接打碎古皮蛇龍的腦袋。

比想像中還快搞定。

「大家都辛苦了，很不錯喔。」

我把飛空艇降落在古皮蛇龍喪命的城堡遺跡裡，誇獎同伴們。

我請同伴們掃蕩城堡境內的魔物，自己則照計畫掌控都市核心，用物理結界封鎖都市。

『封鎖完成了，需要據點嗎？』

我用空間魔法「遠話」問莉薩。

『不必，我們邊走邊打，不需要據點。』

除了剛才的古皮蛇龍之外，這裡應該還有幾隻等級四十左右的魔物，但是已經被打掉一半左右。雖說剩下的大多都是等級三十以下，但是數量有好幾萬隻，成群結隊。比起定點作戰遭到包圍，或許邊走邊打比較安全。

『主人，希望有提升殲滅速度的裝備，我這麼要求道。』

娜娜好像有話要說，我又接上通話，結果她給我這樣的要求。

『好吧，我想想看。』

娜娜的裝備是專門與強敵對抗的防禦強化裝備，因此現在要殲滅雜兵就不太適合了。黃金鎧要裝更多功能看來也不容易，就來想想有什麼可以對抗雜兵的追加裝備吧。

『莉薩，我要先回波爾艾南森林一趟，「遠話」會保持接通，有什麼危及的狀況就馬上聯絡我。』

『遵命！』

莉薩的口氣比平常高八度，聽起來相當開心。我想像她興高采烈殺魔物的樣子，忍不住發笑。

我用「遠見」魔法看一次同伴們的樣子後，就用閃驅離開都市。

回去波爾艾南森林之前，難得去一趟穆諾男爵領的別墅——看看原本怨靈城寨裡面住的老人小孩們過得怎麼樣。

「是誰！」

我騎著魔像馬來到城寨大門前，有個稚嫩的聲音對我大喊。

格狀柵門被放到了一半以下的位置，剩下來的高度即便是小孩子躺平也只能勉強通過。

穆諾男爵領的治安還不能算好，這點警戒是必須的吧。

「我是旅行商人亞金多，替潘德拉剛士爵大人來辦事的。」

今天我變裝成虛構的商人亞金多。

「小鬼，去叫爺爺來！」

「士傑大人的？」

「係！」

有個男孩發號施令，比較小的孩童跑到城寨裡面去。

就算聽到是我派來的人，也不會馬上打開門，有戒心很好。

去叫人的小朋友馬上帶了個老先生回來，他是在穆諾侯爵領時代當過文官的老爺子。

「士爵大人的差使啊……？」

「我名叫亞金多，這是潘德拉剛士爵大人交給我保管的東西，是帶有徽章的短劍。」

「這確實是士爵大人的徽章。商人大爺辛苦啦。」

老爺爺一聲令下，把門打開。

「不好意思，請把武器交給我們保管，畢竟這裡只有老人跟小孩子啊。」

我將腰間配掛的鐵劍和徽章短劍交出去。

我會定期用「遠見」確認狀況，但是像這樣親眼看到的感覺又不同。

中庭的菜田已經長出蔬菜，柵欄裡養著的山羊跟橙雞，正在吃長得高高的雜草跟菜屑之類的東西。

「那是！」

幾個老太太跟小女孩在中庭裡弄某樣東西，吸引了我的目光。

「是客人嗎？」

「失禮了，請問這該不會是瓠瓜乾吧？」

「喔喔，您可真懂。」

「這座山可以採到很多葫蘆花的果子，吃不完的就像這樣曬乾當乾糧啦。」

老太太這樣告訴我。

我還真不知道瓠瓜就是葫蘆花的果實呢。

老婆婆告訴我簡單的食譜，已經做好的瓠瓜乾就以適當的價格賣給我。

「我想這不是什麼山珍海味吧？」

「我要拿來當壽司捲的材料啦。」

我對前文官爺爺這麼說，對自己突兀的舉止道歉。

我很想當場做點壽司捲，但是還沒研究過怎麼熬煮瓠瓜乾，今天只好先放棄。

大家帶我到會客間，我問這裡的生活狀況，想確認有沒有什麼不方便。

「最近有不少旅行商人往來，沒有不方便的。」

到穆諾市郊區視察果樹園的艾姆林子爵聽說了這個地方，就命令御用商人在行商途中路過此地的樣子。下次見到面得道個謝才行。

這好像是最近才發生的事情，御用商人的事情寫在信上，但信還沒送到我手裡。

「那麼，這是士爵大人託我帶來的。即使數量不多，但還是請收下吧。」

我送了退燒藥、體力恢復藥之類的魔法藥組合，還有些我在迷宮都市私立養護院分送的智育魔法道具等。我將寫了使用說明的紙交給識字的前文官爺爺，他應該會好好教大家吧。

「哇～這是什麼？」

「是劍！」

「這會發出叮叮聲耶！」

小朋友們拿到智育魔法道具就玩得很開心，我聽著大家的嬉鬧聲，早早就離開城寨。

等城寨裡的人看不見我了，我就連同魔像馬一起「歸還轉移」到波爾艾南森林。

◆

「——好，量產完成啦。」

我看著一批預定要交件給越後屋的魔法道具核心零件，還有火爐等家電類魔法道具，嘆了口氣。

這些都是我做過的東西，只是現在量產而已。

使用試做魔法裝置搭配原創術理魔法「資料輸出」從選單上傳資料，要生產相同的魔法道具會變得非常簡單。

不過這需要相應的魔力，所以會相當疲憊。

我從儲倉裡拿出之前露露泡給我的藍紅茶來喝，進行作業的波爾艾南森林地下研究所的門鈴就突然響起。

「佐藤大人，各位客人來求見了。」

類似對講機的魔法道具傳出聲音，說話的正是管理托拉札尤亞地下研究所的家庭妖精基里爾。

「謝啦，基里爾。將他們帶到這邊來吧。」

「遵命。」

沒多久，精靈魔法道具工坊的基亞先生、朵雅女士以及幾個技師，穿過轉移鏡來到研究所，而且不知為何雅潔小姐也一起來了。

我向基亞先生一行人打過招呼後，也喊了後面的雅潔小姐。

「雅潔小姐會來這裡還真難得啊，請問怎麼了嗎？」

「佐藤，抱歉了。」

不知為何她向我道歉。

「久違啦，佐藤。加了改良的靜止衛星軌道監控用魔巨人『稻草人八式』，我想聽聽你的意見——」

「話太多了啦，布拉伊南的可潔！佐藤，調查水母用的外太空探查魔巨人『人造衛星一號』進度很順利，大概過年的時候就會接近你說的那個『小行星帶』啦。」

有兩人推開雅潔小姐，爭先恐後地找我說話。她們一個是布拉伊南氏族的高等精靈可潔小姐，另一個是貝里烏南氏族的高等精靈莎潔小姐。

她們兩個的氏族喜歡研究，而這兩人又格外熱衷研究，常常開發虛空——宇宙用魔巨人，一起互相研究與交流。

「今天不是影像，而是本人對吧。高等精靈可以離開自己的世界樹嗎？」

「嗯？沒當班的時候就可以啊。」

「除了波爾艾南的雅潔之外都有候補，所以沒關係。」

今天好像是用世界樹之間的「妖精之輪」轉移過來的。

可潔小姐和莎潔小姐都很多話，所以我決定先請她們讓我把要事處理完。

「——原來是改良這個啊？」

「好厲害！竟然能把魔法迴路積體化到這個地步！」

娜娜的黃金鎧上裝有堡壘防禦功能，我把跟那個一樣的東西展示給可潔小姐和雅潔小姐看，她們表現出濃厚的興趣。

這個堡壘防禦功能的防禦力超級高，但是缺點在於發動之後就不能移動。

今天召集精靈技師們，就是為了改善這個缺點。

「以前就有人想過將聖樹石爐放進空間擴張的亞空間裡，只是除了聖樹大人之外沒有人成功過。」

「藉由聖樹石爐釋放的龐大魔力撐破亞空間，傳導魔力的導線可能會燒斷，或者在亞空間的境界上磨斷，因此很難實用化。」

基亞先生和朵雅女士也交叉雙臂，一臉無奈。

原來如此，難怪這麼簡單的創意，卻一直沒有人實際做出來。

「所以，你想讓這個動起來嗎？」

「如果用了隔絕壁跟次元樁的理論，就辦不到吧。」

果然如此啊……

「如果也同時使用浮游隔絕壁，那麼乾脆全都轉移過去會如何？」

「那麼在承受龐大質量的時候，魔力消耗不就會太凶了嗎？」

「如果你沒有要常常移動，那麼乾脆把固定屏障做成拋棄式的好了？」

可潔小姐和莎潔小姐給了我具建設性的意見。

「不行啦，可潔。這麼複雜的迴路，要是拋棄了屏障，就得花很多時間重新啟動。如果不緊急也就算了，但是戰鬥中可等不了喔。」

「所以我說妳死腦筋啊，莎潔。多裝幾套迴路不就得了？」

「多裝幾套——對喔，如果能裝在穩定的亞空間裡面，就不必擔心迴路的體積了。我有點擔心設置多個聖樹石爐的餘波，亞空間能不能撐得住，但是只要相信這個『資料表』的資料，放一、二十個應該也沒問題吧。」

「乾脆堆上一百個，變成可以切換連鎖驅動的移動防禦模式，或者同時驅動的防禦超強化模式，感覺也很好玩喔。」

「這下就不是固定城堡，而是做成移動城堡啦……」

不愧是喜歡研究的二個人。具備機動防禦的行動堡壘，還有強化防禦規模的城堡模式啊……光聽就讓人躍躍欲試。

「請問，我可以提出意見嗎？」

魔法道具工房長朵雅小姐恭敬地詢問兩位高等精靈。

另一位高等精靈雅潔小姐，在房間角落喝著基里爾先生為我倒的葡萄汁，笑盈盈地看著我這邊。

我對雅潔小姐輕輕揮揮手後，聽朵雅女士要說什麼。

「好，妳說。」

「就聽聽妳的意見吧，波爾艾南的朵雅。」

「啊，是的。黃金鎧的魔法迴路集聚度已經到達極限。姑且不論要在亞空間內設置相同機能的多個迴路；要在本體上改裝成可以選擇迴路啟動，容量應該不夠吧？」

對於朵雅女士提出的問題，可潔小姐和莎潔小姐面面相覷。

看來就連這兩位也想不到怎麼解決這個問題。

「沒有什麼點子嗎？」

「佐藤，你應該想得到什麼吧？」

「這個嘛——」

以目前的設備，是不可能提升集聚度的。

如果我會詠唱，就可以操作更精密的空間魔法，那麼還有可以把集聚度提升到目前的一百倍左右。

我想想有沒有別的方法。

「應該可以準備強化外裝，把追加功能放在外裝上。」

「強化外裝？」

「對，就像交通工具或追加裝甲之類的。」

我想像同伴們穿著外露程度較多的盔甲飛在天上。

學生時代很受歡迎的科幻類輕小說或動畫出現過的強化類裝備。

對了，好像還有和機器人合體的機動要塞之類的東西。

「這樣體積也能增加，感覺應該不錯。」

「如果是追加裝備，還能根據不同用途來更換呢。」

可潔小姐和莎潔小姐立刻明白我的用意，然後點點頭。

不愧是研究了數億年的高手，真是「舉一反十」啊。

「──真是充實的時光啊。」

「可惜理論上沒辦法加裝拉拉其埃的天護光蓋。」

「多虧各位幫忙，應該可以解決很多問題。」

託可潔小姐、莎潔小姐、朵雅女士和精靈技師們陪我試錯到傍晚的福，試做方案幾乎要完成了。

我們試著將黃金鎧迴路稍微刪減規模，也試做了移植到別的盔甲上的白銀裝備和紅皮裝備，但是往後應該派不上用場，所以我打算當成同伴們的備用裝備。

我也試著設計了拋棄式堡壘防禦的方陣迴路，不過到真正使用還有許多問題要解決，這次就先擱置。

這次唯一成功安裝的是變聲功能。正確來說不是裝在黃金鎧的本體上，而是裝在盔甲裡面穿著的防護衣護頸上。我擔心往後可能要穿著黃金鎧拋頭露面，所以才裝上這個避免身分曝光。

「一天不夠用，至少要研究個百年才行。」

這是壽命超長的高等精靈才會有的意見。

「人類可活不了那麼久喔。」

「是這樣嗎？我都忘了佐藤是人類啊。」

可見她們有多麼接納我。

「不提這些了，我們來舉杯慶祝今天的研究成果吧。」

「就是啊。我從剛剛就一直聞到好味道，心癢癢的。」

「我也是。我大概已經有三百年沒喝過龍泉酒啦。」

我們用保存的龍泉酒乾杯後就解散，然後我化身為亞金多，去越後屋商會交付火爐魔法道具之類的商品。

「要先做什麼好呢──」

為了進行轉移，交完貨品後我彎進巷子裡，嘴裡同時喃喃自語。

接下要做的東西有：強化娜娜的堡壘機能，搭載有移動堡壘機能與城堡機能的強化裝甲；運用了前者技術，給露露使用的浮游砲臺；作為浮游篙船，給亞里沙或蜜雅使用的搭乘型魔法發動輔具；還有攻擊陣容使用的突擊裝甲等，各式各樣充滿夢想的浪漫裝備。

不過每項裝備都很難做，所以我打算先對娜娜與娜娜的裝備使用的魔法裝置與技術進行實際試驗。

如果過完年能完成一、兩項裝備就好了──不對，只要把睡眠時間壓縮到極限，或許過年前就能完工。

不禁苦笑自己真是個工作狂，發動「歸還轉移」去找在穆諾男爵領打獵的莉薩等人，準備帶她們回家。

◆

「妳們竟然敢吃眼珠啊……」

亞里沙看到獸人女孩們啃著巨大眼球，一臉厭惡地嘀咕。

「好吃～？」

「超好吃的喲？」

「是啊，圓滑之中帶有些許嚼勁的口感、黏糊的甜味之中帶有一點苦味，以及愈嚼愈香甜的——」

莉薩的美食心得好長。

不用說，這顆大眼珠就是莉薩她們白天打死的古皮蛇龍眼珠。

我去接同伴們的時候，莉薩她們已經掃蕩完當地的魔物，從數萬具魔物屍體上回收魔核，並解體完古皮蛇龍等數十隻魔物的肉和材料。

我用「理力之手」與儲倉回收屍體與材料，之後將都市核心的物理結界改變為一般的驅趕魔物結界，讓這個區域從都市核心的支配中解放。

這次討伐中獲得的材料，除了精靈們想要的物品外，其他應該都會放著長灰塵吧。

肉當然不在此列。

這之中波奇跟小玉超想吃的古皮蛇龍眼珠，已經拜託精靈廚師妮雅小姐她們先幫忙烹調過了。

至於我朝思暮想的瓠瓜乾，我只是很一般地用味醂、醬油與砂糖調出來的調味料煮一煮，就已經成功做出壽司捲了。

可惜除了我跟亞里沙之外，大家對瓠瓜壽司捲的評價都不高。

我做了很多壽司捲，所以下次經過迷宮都市時，打算提供給唯佳和班這些住在那裡的轉生者們。

總而言之，我難得吃到有瓠瓜乾的壽司捲，感到非常心滿意足。

「主人，蒲燒蛇龍很好吃，我這麼說道。」

我在享受壽司捲配熱茶的時候，八號——維兔來向我報告。

維兔雙手捧著超大塊的蒲燒蛇龍肉，儘管面無表情卻有喜孜孜的感覺。

「同意維兔，我這麼說道。」

「特麗雅也認為應該向世人大力推廣蒲燒蛇龍，我這麼主張道。」

其他姊妹們似乎也狼吞虎嚥吃著蒲燒蛇龍肉，一點也不輸獸人女孩和維兔。

精靈師父們的訓練想必很辛苦，但是師父們壽命很長，不會勉強操練，所以姊妹們還是能像往常一樣悠哉地吃飯。

今天用的蒲燒醬，是露露與妮雅小姐使用迷宮都市產的蟻蜜來代替砂糖所做出來的試做品，不過還挺好吃的。聽說這個新做出來的蒲燒醬，是為了給越後屋商會的攤販菜色使用才研發出來的。

「那麼解放都市還順利嗎？」

「好美味～」

「有好多的肉喲！」

亞里沙早知道小玉跟波奇會這麼說，於是充耳不聞，望向已經吃完眼珠的莉薩。

打算吃蒲燒蛇龍肉的莉薩停下手，讀取到我的意圖，說出解放都市的感想。

「有挺強的敵手，不過絕大多數都是等級不到二十的弱小魔物。」

「唉呀，那經驗值呢？」

「時間上比殲滅有魔物的領域來得有效率，但是跟迷宮的一個區域差不多。」

亞里沙問我，我看看莉薩在解放前後的經驗值量表，從量表變化說出自己的推測。

「希望賽利維拉的迷宮以外，也能有不錯的獵場啊。」

「反正賽利維拉以外還有別的迷宮，等王都的王國會議結束了，我們就去環遊世界，造訪各地的迷宮吧。」

我也想過要巡禮迷宮下層的名勝，畢竟迷宮之中也有很多觀光資源。

「主人，要暫別一陣子了。」

「妳們要好好聽師父們的話，小心不要受重傷了喔。」

老大愛汀代表姊妹們來道別，我這麼提醒她後，就離開波爾艾南森林。

當然，我們等到娜娜與姊妹們道別，並與雅潔小姐為首的其他波爾艾南森林的居民們道別過後才離開。

雖然還想再留一陣子，但是今天中午受邀參加立頓伯爵家的園遊會，不能不回去。

回程路過拉庫恩島時，我們也只把蛇龍肉和有趣的魔法道具送給蕾伊跟優妮亞姊妹倆，沒聊上太多話就告辭了。

我打算過年前再到波爾艾南森林探望娜娜的姊妹們，到時候再多待一陣子吧。

下次不要只在波爾艾南森林住一晚，住久一點好了？

因為我也想在地下研究所繼續研發新裝備啊。

園遊會

「我是佐藤。要說我參加過什麼園遊會，大概只有婚禮的花園派對吧。日本很少有人家的院子大到可以開花園派對，因此這或許也是在所難免。」

「我原本也想和希嘉八劍的每個人交手啊！」

我先到王都的穆諾男爵府接卡麗娜小姐時，她突然對我抱怨這件事。

「說這什麼話？妳需要訓練的，是如何在社交場合上不會丟臉啊！」

妮娜女士敲了敲卡麗娜小姐的後腦杓。

「我討厭園遊會。」

「妳這是說在屋裡學禮儀比較好的意思嗎？」

「這個嘛……」

卡麗娜小姐支吾其詞。

只要看到她苦惱的表情，就會讓我聯想到「前門拒虎，後門進狼」的光景。

「今天的活動也是訓練的一環。妳是去陪佐藤參加的，所以打起精神來吧。」

「我、我知道啦！」

我今天受邀參加立頓伯爵家的園遊會，由於沒有伴可以帶去，本來打算獨自參加；不過聽聞此事的妮娜女士，請我帶卡麗娜小姐同行。

「那麼，遲了也不好，我們差不多該出發了。」

收到邀請函的，是身為最低階貴族榮譽士爵的我，如果不早點去，會被人家說沒禮貌。但要是主辦人邀請得晚，就另當別論了。

「今天的馬車看不到風景對吧？」

「是啊，風吹亂卡麗娜大人的頭髮就不好了。」

今天搭的不是敞篷馬車，而是租了一輛貴族用的箱型馬車再配上車夫。

卡麗娜小姐無視車夫準備的踏臺，靠拉卡的力量輕盈地跳上廂型馬車。

回去肯定會被妮娜女士狠罵一頓。

「園遊會是個什麼樣的活動？」

「就是在庭院享受茶點與輕食，進行社交活動的地方。好像還有樂團演奏、小丑和藝人的表演節目之類的喔。」

根據迷宮都市賽利維拉太守夫人所說，大型園遊會甚至還會準備舞臺，請知名劇團表演戲劇。

「感覺挺愉快的呢。」

「是啊，很愉快。」

卡麗娜小姐稍微鬧脾氣，我微笑以對。

這次的主辦人是艾瑪．立頓伯爵夫人，她的好友太守夫人說她最喜歡氣派和好玩的事情，因此我有點期待見到她。

馬車緩慢地跑過滿是下級貴族宅邸的狹窄馬路上，等跑到大馬路上才加快速度，沒多久就抵達上級貴族住宅區。

「這附近的宅邸都好大啊。」

「畢竟住這裡的上級貴族，都是從建國開始就傳承至今的名門啊。」

每座宅邸都很大。雖然不知道原因，領主們即使住在同一個區域，也住在離城堡較遠的位置。

穆諾男爵預計要搬進去的前穆諾侯爵府也在這一區。

「好像抵達了喔。」

我們通過立頓伯爵家可以同時通過兩輛馬車的大門。

車夫一報上我的家號，還沒拿出邀請函就放行了。守門的人似乎有一份照姓名排列的賓客表，我想應該是看那個確認的吧。

馬車沒有開到正門的迎賓用圓環上，而是駕駛到稍遠的停車場方向去。我想圓環應該是給上級貴族用的。

證據就是這邊停車場附近的入口，進出的人員都是跟我一樣的榮譽士爵，或者看起來像商人的人們。

我看那些商人們帶著邀請函，他們應該也有受邀參加園遊會。

我們要送給主辦人立頓伯爵與伯爵夫人的禮物，交給入口處待命的管家保管，然後我就護送卡麗娜小姐前往園遊會的會場。雖然多次被緊張到腳打岔的卡麗娜小姐踢到腳，但是手臂上的幸福觸感讓我決定不多加抱怨。

「哎呀，兩位年輕人，幸會。」

一進入園遊會會場，就有商人注意到我們，並向我們搭話。

這個人不知為何用兜帽和薄紗遮著臉。

「哼，竟然向新來的榮譽士爵打招呼，沙北商會還真沒眼界啊。」

「嘻嘻嘻，我們區區亞人哪能比得上王都第一的果庫茲商會？人脈當然重要啦。」

說話招人厭惡的富商表情不悅地哼了一聲，跟身邊的商人們一起離開了。

其他商人們打量我一陣子後，也很快就沒了興趣，發足前往園遊會的方向。

「這裡盡是些口氣不好的傢伙，想必很不舒服吧？在下沙北商會的鼬人族會長，沙北氏族的霍米姆多利。」

——鼬人族？

AR顯示的種族確實是鼬人族。

聽他口條很正常，我都沒發現呢。

看來獸人就算聲帶結構不同，只要經過訓練，還是能說出清楚的人話。

「感謝您的體貼。在下穆諾男爵家臣，佐藤．潘德拉剛士爵。這位是主公的千金，卡麗娜．穆諾大人。」

「潘德拉剛？莫非正是當上祕銀探索家的潘德拉剛閣下？」

「這身分算不上什麼閣下，不過潘德拉剛正是在下我。」

「哪裡的話，既然是魔導王國拉拉基的酒侯大人，當然得稱呼閣下了。」

看來這個鼬人族商人很會收集情報。

「我沙北商會是從鼬帝國進口稀奇珍寶，請閣下務必要來光臨一趟。最近我們推出的『魔操肢核』訂單都排滿了，加上前陣子禁止進口，一時沒辦法販賣；不過我們進了不少『地吉麥島』夢幻迷宮裡找到的寶貝喔。」

地吉麥——這個名字讓我聯想到長崎的出島（註：日文發音為DEJIMA）。

會是轉生在鼬帝國的日本人取的名字嗎？

「前陣子，除了先前通知賽利維拉探索家公會的卷軸之外，我們還進了一些新的卷軸，所以——」

——我想起來了。

這個人就是透過迷宮都市的探索家公會，賣我「櫻吹雪」和「割草」這些卷軸的商人。

我記得他跟探索家公會說還有兩支卷軸想賣。

「那還真是令人期待耶。我這陣子就會去拜訪。」

我這麼回答，順便問問剛才讓我感到好奇的魔操肢核跟夢幻迷宮。

「『魔操肢核』是夢幻迷宮的珍品，用來製造魔法道具類的魔巨人。」

從他的話聽來，看來像是精靈們製造魔巨人所用的核心零件。

夢幻迷宮似乎經常出現「活甲冑」和魔巨人之類的建構類魔物，進入需要入國審查與入迷宮許可證，而且通常都要兩、三年才申請得下來。

聊著聊著，我還得知鼬帝國就像江戶幕府一樣正在鎖國，只有地吉麥島是對外國開放的交易區。待在希嘉王國的鼬人族，不是鎖國之前出國的國民後代，就是以地吉麥島為根據地做生意的商人。

「抱歉打擾兩位歡談。霍米姆多利先生，能否將這位貴公子介紹給我們認識？」

有個大陸西方的商人過來搭話，我們才得以跟東方小國群與中央小國群等地區的商人們交流。這些商人幾乎都是人族，但也有不少商人來自妖精族、獸人族和鱗族。

他們告訴我許多各個國家的名稱與名產，希望觀光路過時能當作參考。

◆

「佐藤。」

有人拉我袖子，我這才想起卡麗娜小姐還在。

回頭一看，與有點氣嘟嘟的卡麗娜小姐四目相接。

就算我聊得很開心，但是忘記自己要護花的對象，還真不配當個紳士。

「對不起，卡麗娜小姐。」

「——我口渴了。」

我安撫氣得可愛地撇過頭的卡麗娜小姐，接著向剛認識的商人們告辭，帶著卡麗娜小姐前往供應飲料與輕食的地點。

「看來挺好吃的呢。」

我們向先來到這裡、看起來像下級貴族的人們點頭致意，伸手要拿東西來吃。

由於向吃東西的人搭話很沒禮貌，我們還是先吃點東西再打招呼吧。

「真好吃，佐藤也快吃點吧。」

卡麗娜小姐催促著我，於是我吃下取來的食物。

輕食都是些開胃小菜與三明治之類的東西，看來就算是在異世界也沒什麼不同。要說不同大概就是沒有美乃滋，不過還是很好吃。

餐點裝飾成各種形式，百看不膩，我吃到一半突然發現周遭賓客的神色變得有些不安。

「粗鄙的鄉巴佬都是用手抓的啊？」

一群打扮花俏、顏值高的貴族少爺與大小姐，來找我跟卡麗娜小姐的麻煩。如果亞里沙在場，一定會大喊：「老套的來啦。」

我有一瞬間想到是不是該用刀叉來吃而感到擔憂，但是看到角落有洗手碗，就改變了想法。畢竟要是大家都得用刀叉來吃，一直注意著這一帶的侍者應該會馬上送上刀叉。

怕生的卡麗娜小姐被壞嘴貴族們嘲笑，微微縮起身子。

我移動腳步，不讓他們看著卡麗娜小姐。

「鄉下地方沒有刀叉啦。」

「討厭，真的假的？」

「再怎麼鄉下也不會這麼慘吧？」

「哪有，可難說了。」

壞嘴貴族們壞話一句接一句，看這態度我就懂了。

他們是一群小人，專門找理由嚇唬新人。

念國中的時候，那些愛欺負同學的壞小孩，就是這個感覺。

「怎麼？被我們說中就生氣啦？」

自尊心看起來暴肥的壞嘴貴族繼續放話，想看我們生氣或退縮。

我不想在這種地方打起來，但是讓這些蠢蛋害卡麗娜小姐受到心靈受創或產生恐慌，那也不好。

保險起見確認他們的身分地位，看我有沒有人脈可以應付。

「不會呀。」

我笑嘻嘻地這麼說，稍稍發動威迫技能。

要是把人嚇到心臟麻痺也不好，所以我控制在讓達米哥布林動彈不得的程度。

「喂……」

「不妙啊。」

壞嘴貴族們面露恐懼。看來效果很好。

「今、今天就放你們一馬。」

壞嘴貴族們一面虛張聲勢一面往後退開。

我是可以放他們開溜，但是壞嘴貴族們的眼神看起來就是在記仇，這種人要是不修理一頓，就會在社交圈中惡意散播謠言，或者伺機暗算。

「既然各位好心指正，能否清楚告知，我們是哪裡粗鄙了呢？」

我用瞬動來到他們面前這樣問。

「滾、滾開！」

壞嘴貴族用手上的手杖往我的側臉敲過來。

——真野蠻啊。

要閃是很簡單，但是我得讓群眾們知道是他們先施暴的，所以就站著讓他敲。

我當然沒有愈痛愈爽的奇怪性癖，所以瞬間針對打擊位置施展魔力鎧防衛。

同時還使用「鐵皮」技能，像顆大石頭定在原地不動。

>獲得技能「不動身」。

>獲得技能「金剛身」。

好像獲得技能了。

這個「金剛身」技能好像跟我之前獲得的「金剛殼」技能又不同。

先不管這個，壞嘴貴族打在我側臉上的手杖從手上鬆脫，他則是痛得壓著手臂。

我的身體突然變得又硬又重，所以他打我的力道全都反彈到自己身上了。

那肯定是一種「以為是打枕頭，結果是打到石頭」的感覺。

壞嘴貴族對我投來難以置信的眼神，但還是帶著一點仇恨。

雖然我不太喜歡這樣，還是再讓他挫折一點好了。

「請問怎麼了嗎？」

我針對他稍微提升威迫，壞嘴貴族嚇得跌坐在地。

「所以，是否可以請您說說我哪裡粗鄙了呢？」

我試著加上審問技能。

「……噫……」

「我沒聽見，可以請您嗓門大些嗎？」

「我、我們在玩！只要對配不上王都的鄉巴佬講些壞話，他們就會驚慌道歉，我們覺得這樣很好玩啦！」

多虧有審問技能，他馬上就招出自己的用意了。

圍觀的貴族之中，好像還有別人被他們整過，殺氣騰騰地瞪著他們。

要是結仇太深也不好，差不多該給他們臺階下，到此為止了。

「原來如此啊？我們鄉巴佬還擔心是不是冒犯了各位高尚的王都貴人們呢。」

我停止威迫技能，笑著對他們這麼說。

我想說雙方就這樣握手言和——可惜事情不會這麼順利。

「所以這位領主千金卡麗娜小姐，『儘管沒有犯下任何過錯』，但你們還是隨便找理由嘲笑人家對吧？」

有個美少女過來插嘴。

她輕輕一撥顯眼的粉色頭髮，對我使了個俏皮的眼色。

「梅、梅妮亞殿下！」

壞嘴貴族喊了美少女的名字。

「久違了，佐藤大人。」

「許久不見了，梅妮亞殿下。」

「哎呀，不是要你喊我梅妮亞就好了嗎？」

「殿下認識這批鄉巴佬嗎？」

梅妮亞完全不管錯愕的壞嘴貴族，給予卡麗娜小姐一個重逢的擁抱說：「好久不見了，卡麗娜姊姊。」兩人在公都關係就很好，卡麗娜小姐看到朋友現身看起來也鬆了口氣。

「這、這兩個是殿下的朋友？」

「不是沒沒無名的鄉下貴族嗎？」

壞嘴貴族們驚呼連連。

我不怕捱罵，就當沒聽到。

「『潘德拉剛』的各種事蹟也傳到王都來了喔。聽說你討伐了『樓層之主』，當上祕銀探索家啦？」

梅妮亞公主用周圍聽得見的音量說。

「祕銀探索家？」

「潘、潘德拉剛？就是那個『不見傷』？」

「我記得打倒迷賊王的女僕，就是潘德拉剛卿的傭人呢。」

「我還聽說他跟魔族決鬥了呢。」

不僅壞嘴貴族，其他看著這裡的貴族們也喧鬧起來。

「不過呢——」

梅妮亞公主看到眾人的反應後，接著說：

「士爵大人曾經與勇者大人攜手打退了折磨盧莫克王國的成龍，獲頒『歐尤果克公爵領退龍勳章』，當個祕銀探索家根本不算什麼對吧。」

公主就像女演員般萬眾矚目，大聲演說。

看來梅妮亞公主很有演戲的天分喔。

「龍退者？」

「他還認識勇者大人？」

「哇～原來佐藤認識勇者大人啊？」

——哎呀？

回頭一看，發現有個熟人。

「赫、赫密娜大人！」

「他還認識希嘉八劍？」

「而、而且那麼親暱！」

希嘉八劍一出場，壞嘴貴族一行人再次驚呼。

赫密娜小姐平常穿聖騎士盔甲很好看，但是現在以白藍兩色為基調的俐落禮服也很適合她。感覺美麗與威風相互融合，充分發揮了她的魅力。

我把ＡＲ顯示出來的禮服作者記錄下來。

「如果要說佐藤的功績，那就是跟我一起對抗下級魔族與中級魔族了吧？」

對了，赫密娜小姐本來都喊我「潘德拉剛卿」，但突然改稱「佐藤」，應該是要展現她跟我很好，來嚇唬嚇唬壞嘴貴族吧。

「中級魔族？」

「就是企圖毀滅列瑟烏伯爵領的魔族？」

「竟然能活著回來啊。」

話題重心轉到赫密娜小姐身上。

「他很強喔。連盔甲都沒穿，只拿一把劍就威風凜凜地擋在中級魔族面前呢。」

赫密娜小姐一臉得意地說。

但是卡麗娜小姐跟梅妮亞公主不知為何看起來不開心。

「赫密娜大人，這可是實話？」

壞嘴貴族詢問赫密娜小姐。

「呃——你哪位啊？我說的當然是實話啊。如果你要跟佐藤打一架，至少要帶上一支軍隊吧。」

「軍、軍隊？」

壞嘴貴族聽到赫密娜小姐誇張的形容，臉色鐵青。

「是啊。我是好心警告你，不過如果沒有個能跟中級魔族對決的武師幫忙，最好不要跟佐藤為敵喔。」

赫密娜小姐露出壞笑，直指壞嘴貴族的臉。

「佐藤不在乎地位與財產，如果他認定你是敵人，才不會想什麼自保，只會用壓倒性的武力揍扁你喔。」

「太、太誇張了吧……」

「哪有誇張，他可是跟葛延大人拿劍實戰打成平手的人喔。」

「跟希嘉八劍的葛延大人——」

壞嘴貴族哭喪著臉看向我。

「抱、抱歉了，潘德嘎啷卿。」

看來他連我的家號都記不清楚。

「我、我向你賠罪——」

「不必向我賠罪。」

壞嘴貴族無助地望著我。

我把躲在後面的卡麗娜小姐推出來說：「要就向她賠罪吧。」

「啊，呃——抱歉讓妳不舒服了，我以摩瑟．波南之名向妳賠罪。」

壞嘴貴族好像也不記得卡麗娜小姐的名字，只說了個「妳」。

波南這個家號好像在哪聽——對了，我想起來了。在迷宮都市私造魔人藥而被罷黜的索凱爾代理太守，他的家號就是波南。希望這傢伙跟索凱爾不是很熟。

「我、我接受你的皮罪。」

「這、這樣啊，感謝妳大人有大量了。」

壞嘴貴族們勉強擠出這句話，然後離開現場。

卡麗娜小姐被眾人盯著，頭暈眼花，最後還吃了螺絲，但是壞嘴貴族們似乎沒發現，周遭的貴族們也顯得很友善，所以應該沒問題。

由於赫密娜小姐剛才的一番話，使得眾家千金們看到我都有點恐懼，我想遲早大家會明白我很安全的。

「梅妮亞殿下，可以到那邊請教佐藤在公都的事蹟嗎？」

「可以呀，只要是赫密娜閣下的要求，不管什麼都沒問題。卡麗娜姊姊也一起來吧。也請妳說說佐藤大人在迷宮都市的事蹟。」

梅妮亞公主和赫密娜小姐帶著卡麗娜小姐，去到一座樹籬圍繞的涼亭底下。

我看起來好像小牛要被抓去市場賣，但希望她偶爾也能跟同年紀的女孩好好聊聊。社交活躍的梅妮亞公主，應該會好好幫忙卡麗娜小姐吧。

「初次見面您好，潘德拉剛卿。在下──」

有個年輕的下級貴族找我攀談，我也就此擴展了人脈。

我跟幾個貴族沒有交換名片──而是相互報上名號，用謠言加深彼此的交流。

「潘德拉剛卿可知道前些天的飛空艇之亂？」

「是，多少有聽說──」

有個年輕貴族聊起飛空艇迫降事件。

「比斯塔爾公爵也真是丟臉丟大了，竟然害王室睽違二十年新造的飛空艇墜落，不管多麼位高權重，王室都不會善罷干休啊。」

「聽說差點就摔進王都了不是？」

「聽說不是墜落，而是迫降喔。」

我偷偷修正。

「是這樣嗎？可是我聽朋友說，空力機關和推進器幾乎全毀了呀？」

雖然這是真的，不過空力機關的重要元件鰭片幾乎能回收再利用，所以不能說是全毀。

不過我也不能在這裡說出來就是了。

「可是把飛空艇搞爛的應該是駕駛員吧？怎麼能向乘客比斯塔爾公爵追究責任呢？」

「其實啊！」

拋出話題的年輕貴族先大聲吸引眾人的注意，然後壓低嗓門接著說：

「我聽說，是比斯塔爾公爵的長子為了暗殺公爵，才企圖擊落飛空艇的喔。」

「為什麼要打掉整艘飛空艇啊？」

「對方可是大領主啊，用普通手段是殺不死的。」

「這麼說也是……」

都市核心的事雖然沒有人知道，但大家似乎都知道領主有超乎常人的能力。

「倘若用許德拉毒或是戈貢咒毒，或許還能殺死；但只要沒一次殺死，就會遭到反擊。一旦被烙上叛徒的烙印，不是誅全族就是被打成奴隸啊。」

我想沒那麼厲害啦。

應該是領主們怕遭到背叛或暗殺，才會故意放出誇張的流言吧。

「但是為什麼要殺親爹呢？如果是長子，乖乖等著就能繼承領主的位子了啊。」

「雖然未經證實，不過聽說長子圖里葉大人快被廢嫡了。」

這是真的。看來他的消息很靈通。

「廢嫡？還真罕見耶。」

「你知道圖里葉大人為什麼會被廢嫡嗎？」

我對這點有點興趣，所以試著追問下去。

「為什麼呢？好像是大人在擔任太守的都市幹了什麼好事吧。」

「不是沒能控制住領地上的蠻族村落，導致領地村落出現重大傷亡嗎？」

看來他也不知道內情。

「蠻族就是在說獸人吧？圖里葉大人從以前就一直都很厭惡亞人，所以感覺很有可能是這個原因。」

——嗯？總覺得不太對勁。

可是我又說不出來哪裡不對。

「想不到那個『雙璧』的圖里葉大人會被廢嫡啊。他在王立學院時代可是跟『天破的魔女』琳格蘭蒂大人齊名的天才，實在可惜了。」

聽到有點懷念的名字了。

「真假？」

「直到琳格蘭蒂大人做出『火燕杖』之前，都是被這麼稱呼的啦。圖里葉大人畢業之後，琳格蘭蒂大人找回了失傳的爆裂魔法和破壞魔法，不過那已經是過去的事情了啦。」

「而且圖里葉大人曾經和聖騎士團一起在賽利維拉迷宮打敗『樓層之主』，如今可是救世勇者的隨從呢。」

「求學期間，圖里葉大人明明也曾與琳格蘭蒂大人一起向葛延大人學過劍術，可惜圖里葉大人沒有武藝的天分哪。」

「葛延大人，是希嘉八劍那位嗎？」

「當時他還是圖里葉閣下的護衛騎士啦。」

聽說圖里葉先生畢業之後，葛延先生就被招攬為希嘉八劍了。

我腦中閃過葛延先生煩惱的表情。

——他沒事吧？

這個人很豪爽，看起來正在煩惱該效忠比斯塔爾公爵，還是照顧徒弟圖里葉先生。

我這陣子打算找他喝酒，聽他吐苦水。面對我這種局外人應該比較好開口吧。

「不過你們不覺得最近的領主挺多災多難的嗎？」

「你是說領都被中級魔族毀掉的列瑟烏伯爵領嗎？」

「那裡可說是面臨危急存亡之秋啊。不僅兩個都市有一個毀掉，還有很多村落被魔族召集的魔物毀掉呢。」

「我有個表兄弟在當衛兵，他抱怨好多列瑟烏領的難民跑來呢。」

我去過一趟列瑟烏伯爵領，看來挺辛苦的。

雖說是前任領主自作孽，但一想到蒂法麗莎跟妮爾兩人的事情，就很難幫列瑟烏伯爵領背書。

領民似乎也挺辛苦的，如果下一任領主人不錯，我也不是不能大方投資啦。

「要打下那塊領地，繼任的年輕伯爵也真是辛苦。」

「聽說他跟公主殿下的婚約也泡湯了。」

「真的嗎？好吧，這下不必娶個老姑婆，也不錯啊。」

一位一手拿著紅酒、面色緋紅的中年貴族說出一句不太慎重的話。

「喂，這句話很不敬喔。就算閣下是『禁書庫主管』，怎麼能對王祖大人族譜上有名的大人物說出這種話？」

出言提醒的人用「王祖」當警告標準讓我有點在意，不過中年貴族說的「老姑婆」似乎真的很不妥，只見他的臉色由紅轉青，拜託眾人：「請、請各位多多包涵，當作沒聽見我剛才亂說話。」

「真是的……你想被流放到碧領去啊？」

失言貴族有個看起來像是他朋友的人把他帶走，還說：「我們去醒醒酒吧。」

「碧領？」

「王都西南方的流放地啦。」

從迷宮都市賽利維拉來看應該是西南西，大沙漠的南邊到東南邊一帶吧。

對了，我討論到迷賊刑罰的時候好像也曾聽說過。

記得那個地方是「魔物領域」，奴隸耗損率非常高。

「哦～咳咳。各位可有聽說，貧民窟有魔物出沒，每晚會出來吃人？」

有個貴族刻意清了清喉嚨，刻意地換了一個話題。

「王都有強力結界保護，竟然還有魔物？」

「不是墳場或鬼屋出現的不死生物嗎？」

——有不死生物會出現喔？

「各位消息太不靈通了。」

「沒錯，你們沒聽說大道慘案嗎？」

兩個貴族一臉得意地提起的事情，就是我跟葛延先生一起擊退魔王信仰集團所引發的魔族動亂那件事。

「那、那件案子我當然知道。」

「那當然，但我說的是另外一件事。」

先不管裝懂的貴族，第一個開話題的貴族表示他說的是別件事。

「所以，應該是可疑的魔王信徒，在老街上圖謀不軌吧？」

「這挺有可能的。」

我如此答腔，但是保險起見，還是用地圖搜索看看。

除了訓練師操控的從魔和魔巨人之外，王都地表並沒有魔物。

王都地底的下水道，倒是有不少低階的不死生物，不過那些似乎是盤踞下水道的死靈魔術士的手下。

在遊戲和漫畫裡，他們通常是開場的敵手，但是死靈魔術士跟部下不死生物們並沒有什麼罪名，應該沒必要特地去整治。

總之先把死靈魔術士做個標記吧。

「畢竟看過魔物的人沒有一個活著回來，是挺有可能的……」

「沒有目擊者嗎？」

「對呀，但是據說確實有案件發生。我那個當衛兵的表兄弟說啊，老街好幾次發現疑似被魔物吃剩的屍體喔。」

唔，下水道的不死生物都是些骷髏人，應該跟死靈魔術士無關吧。

「如果不是魔王信徒們召喚的可疑魔物，那就是野狗或大鼠幹的好事吧。」

「應該是吧。聽說那些魔王信徒都已經被勇者大人一網打盡了，就算真的有跟魔王信徒無關的魔物潛伏在王都之中，除夕那天也還有『驅魔禍儀式』，魔物什麼的全部都會夾著尾巴逃跑啦。」

我有點興趣，就問問什麼是「驅魔禍儀式」。

聽說每半年會用大聖杯或小聖杯舉行這個魔法儀式，效果是驅逐王都內外的魔物。

這次更是六年一度的大儀式，要聚集王室的大聖杯與公爵們的小聖杯來舉行。

比斯塔爾公爵么女索米葉娜小姐那件事提到的「小聖杯」，應該就是為了這個儀式才會從比斯塔爾公爵領被帶出來的吧。

「這個儀式可以參觀嗎？」

「除了舉行儀式的六神殿巫女與高階神官，只有王室成員、領主，以及上級貴族當家或代理當家可以觀禮。」

真可惜——等等，如果拜託穆諾男爵，或許可以用隨從的名目參觀。

回去就拜託看看吧。

「比起這件事！說到年底的大事，那就是拍賣了啊！」

「今年的亮點似乎不少喔。」

「因為潘德拉剛卿和莫撒多卿討伐了『樓層之主』啊。」

「聽說還會推出『魔操肢核』呢。」

——哦？這我就有興趣了。

我也想看看跟精靈式的魔巨人有什麼不同，如果價格合理就標下來吧。

用佐藤來投標可能不太好，找越後屋商會的掌櫃替我投標吧。

◆

「各位，那頭演奏好像開始了喔。」

聊著聊著，一位下級貴族提議要去聽演奏。

這麼說來，庭園裡不知何時響起音樂，而且愈來愈多看來地位很高的貴族。

小丑與吟遊詩人也展現拿手絕活招呼賓客。庭園角落還有射飛鏢、套圈圈之類的遊戲，也有一些人在玩像是結合槌球與保齡球的運動。

「好像是拉克史東樂團的演奏。」

「竟然聘請訂張票都要兩個月的當紅樂團……」

「不愧是立頓伯爵家的園遊會啊。」

「各位，聽說今天還有樂聖的獨奏喔。」

「那可真是期待了。」

我們邊聊邊走向搭建在會場的舞臺。

舞臺前的座位已經坐滿，我跟同行的貴族們一起站在後面聆聽。

我對節奏感沒什麼信心，但是聽得出來樂團工夫了得。音樂廳和戶外的音色有些不同，但是不輸在公都替歌星希莉露多雅小姐伴奏的樂團。

終於來到獨奏的部分。

——真厲害。

難以想像這樣的高手剛才還埋沒在樂團中合奏。

應該是以樂團整體性為優先的關係吧。

大概是因為獨奏的表現力很豐富，彷彿閉上眼睛聆聽，就能看見一幅光景。

獨奏結束，底下聽眾惋惜地嘆氣，演奏結束的同時，臺下響起如雷的掌聲。

「演奏很棒呢。」

「是啊，彷若心靈受到洗滌呢。」

我們跟身邊的貴族說著一樣的話。

當我們沉浸在美妙演奏的餘韻時，突然傳來不解風情的話語聲。

「潘德拉剛卿！與我一較高下！」

壞嘴貴族手上拿著看似很貴的樂器，帶了一批人走過來。

看來總算有人告訴他我叫什麼名字了。

「一較高下啊？」

「我師從樂聖凱斯特拉，要讓你見識見識我的厲害！」

看來他對音樂很有信心。

一定是被赫密娜小姐脅迫，心想武力跟權力都行不通，那就用藝術來挫我的銳氣了。

「哎呀？我有教過你什麼嗎？」

人潮那頭傳來響亮的男聲。

一名紳士穿過人群走了過來。

正是剛才表演獨奏的先生。

「凱斯特拉大人！這邊請！」

壞嘴貴族把紳士找來，對我露出得意的表情。

「哎呀？你不就是前些天在噴泉邊的年輕人嗎？」

不知為何，紳士向我搭話。

「樂聖凱斯特拉找人說話了！」

「那個黑髮少年是誰呀？」

我聽見周遭的貴族竊竊私語。

「前些天的合奏真開心，實在演奏得太好了。」

我想起來了。

他就是在王都觀光途中跟我們合奏的紳士。

「多謝誇獎——」

我還沒說會轉告蜜雅，紳士就東張西望，並且問我：

「今天那位小淑女沒有過來啊？」

「是呀，畢竟她年紀還小。」

「這樣啊。改天到音樂廳來玩一趟吧。」

紳士從胸前的口袋掏出一張票，在背面不知寫了些什麼之後交給我。

「那是拉克史東音樂廳的票！」

「而且是招待貴客用的貴賓席的票啊！」

「連上級貴族都很難弄到的票啊……」

消息靈通的貴族們眼巴巴地望著我，其他貴族們聽了也驚呼連連。

「只要拿這個出來，就可以進後臺。」

「多謝您的大方，我會帶她去玩的。」

我這麼說完，紳士滿意地點點頭。

「凱斯特拉師父！師父跟潘德拉剛是什麼關係啊！」

被晾在一邊的壞嘴貴族逼問紳士。

「我記得你是波南伯爵家的——少爺。」

看來紳士想不起壞嘴貴族的名字。

「你問我跟他什麼關係？」

紳士瞥了我一眼。

「我們在街上散步的時候碰巧遇見，來了一場美妙的合奏呢。」

看到紳士陶醉地瞇細眼睛，周遭的貴族們再次驚呼連連。

「師、師父竟然這麼賞識他的技巧……」

「不好意思，少爺，請不要再喊我師父了，我只讓徒弟們這樣喊。」

「可、可是您曾經到我家指導演奏——」

「我只是受邀去波南伯爵家，在當家的要求下聽你演奏，說一、兩句感想罷了。不論去到哪座府邸，都會這麼做。」

彷彿抓住救命稻草的壞嘴貴族，他的話被紳士斬釘截鐵地否定了。

原以為紳士為人和藹，但在藝術方面似乎很嚴格。

「那麼，我還有下一場公演，向艾瑪大人打過招呼後就該告辭啦。」

紳士瞥了一眼氣到發抖的壞嘴貴族，爽朗地向我招呼一聲，就瀟灑地離開了。

周遭貴族追著紳士離開的視線，再次回到我跟壞嘴貴族的方向。

我也想直接離開，但若是不處理好，壞嘴貴族可能會追到天涯海角。

「至於這個奏樂比試——」

「潘德拉剛，你少得意啊！」

我一開口，壞嘴貴族就低吟一聲、撂下狠話，然後就逃走了。

我本來想在樂器比試上慘敗，讓他吞下這口氣，結果反而補了他一刀。

◆

「抱歉打擾各位歡談了。」

解開了樂聖事件的誤會，我們又開始聊些貴族間的流行話題，突然有一位優雅的女僕前來搭話。

「請問您是潘德拉剛士爵大人吧？立頓伯爵夫人有請。」

我向貴族們告辭之後，跟著來叫我的女僕一起去找主辦人艾瑪．立頓伯爵夫人。

廣大庭園中央有套桌椅，一群身穿豪奢禮服的貴婦圍在桌邊。根據ＡＲ顯示，她們似乎是包含立頓伯爵夫人在內的上級貴族夫人。

桌邊堆滿了賓客贈送的禮品，我送的東西也堆在上面未拆封。裡面還有新鮮的甜點，希望她能儘快吃完。

「你就是蕾蒂爾看中的人吧？」

立頓伯爵夫人是個有品味且迷人的美女，看來年輕貌美，不敢相信已經四十左右。

立頓伯爵夫人說的蕾蒂爾，就是迷宮都市太守夫人的名字。

太守夫人說，立頓伯爵夫人在王都社交界有極大的影響力，要小心別惹她生氣了。

立頓伯爵夫人坐在座位上打量我，向我伸出戴著白手套的一隻手來。

「在下穆諾男爵家臣，佐藤・潘德拉剛榮譽士爵，還請多多指教。」

我介紹完自己之後，對貴婦們行傳統禮儀，在她們伸出的手留下若有似無的一記輕吻。

這道禮儀，我還是第一次在課堂以外嘗試，幸好有回想起來。

「哎呀，說是個探索家，還以為是個莽夫呢，原來也這麼懂禮貌啊。」

立頓伯爵夫人對我的評價似乎不錯，她打量我的眼神也和緩了些。

「聽說柏曼在迷宮都市受你關照了，我也要向你道個謝。如果在王都有什麼麻煩，我就幫你一回吧。」

「不敢當，算不上什麼關照，不過夫人的心意我就收下了。」

光看剛才的壞嘴貴族跟博物館的飆車貴族，王都似乎有很多自尊心過剩的頭痛貴族，認識這位在王都社交圈非常有影響力的貴婦，心裡也踏實點。

「不過，我都不知道柏曼大人和立頓家有這樣的關係呢。」

「我們沒有血緣關係。柏曼是我好朋友的兒子。不用看到那孩子哀聲嘆氣的模樣，事情就解決了，這點小事值得了。」

立頓伯爵夫人說完後，小聲嘀咕一句：「畢竟蕾蒂爾有派系考量，不能明著介入啊。」

原來如此，還有這樣的關聯啊。

這下我就知道為什麼柏曼不去找立頓伯爵夫人的好友太守夫人求救，同時又跟太守的三公子蓋利茲那麼熟了。

「潘德拉剛卿，方便借我看一下嗎？」

當我恍然大悟的時候，立頓伯爵夫人說想看我禮服的袖子——正確來說是看我袖子上的袖扣，於是我伸出手來。

「艾瑪新的小狼狗是黑頭髮啊？」

有個眼神看起來有些迷濛、充滿魅力氣息的美女走了過來。

她好像是立頓伯爵夫人的朋友。

「這是越後屋商會的符文光珠吧？」

迷濛美女看著我的袖扣這麼說。

立頓伯爵夫人露出含意深遠的微笑，嘀咕一句：「有點不一樣呢。」接著繼續說：

「這光石上刻的不是符文，而是潘德拉剛卿的家徽，而且外側也不是彩色玻璃，而是加工過的寶石吧？」

「——怎麼可能，又不是傳奇寶石魔法使裘葉爾的作品。」

「但是要將刻有家徽的光石埋進透明寶石裡面，只能用土魔法了不是嗎？」

「正是。」我回答立頓伯爵夫人的問題。

迷濛美女盯著我，她的眼神感覺多了些緊迫盯人的感覺。

「可以告訴我是怎麼加工的嗎？」

我是可以在這裡丟出亞金多的名字，但要是害得亞金多被人肉搜，會惹上很多麻煩，所以就像個日本人笑著裝傻。

「呵呵呵，拉優娜，也是有人不吃妳的美人計呢。」

「才不是呢，艾瑪，他只是被我迷得說不出話來了啦。不過也對——要是我拜託你，你會實現我的心願嗎？」

「做這件作品的寶石師父，人在頗遠的國家，如果女士不怕要花點時間等候，我可以幫忙問問。這位寶石師父脾氣古怪，不好接太多訂單……」

要是常常接單訂做也很麻煩，所以我做了這樣的設定來限制訂單。

「好，這我明白，艾瑪說對不對？」

「是呀，就當只有我們知道的小祕密吧。」

「那麼，這要花多少錢呢？」

我用市場行情技能確認自己袖扣的價值。

今天早上明明只值五枚金幣，但是到這裡被上級貴族看見，價格飛漲，已經是同尺寸「天淚之滴」的三倍左右。看來，貴族婦女真的很愛這種亮晶晶的東西。

「應該要按寶石大小來計算。可以刻上家徽之外的圖樣，但是下訂的同時必須提供圖案樣本給師父參考。」

寶石若是與袖釦的尺寸相同，那就訂定為同於市價的價格；若是鑲嵌於會被她們戴在身上的錢包或項鍊，則是乘上體積差異之後，再調高兩成左右。

「哎呀，想不到這麼便宜。」

「照這個價錢，潘德拉剛卿不就沒有仲介費可拿了嗎？給仲介的禮金那些也得另外加上去才行喔。」

迷濛美女瞪大眼睛，立頓伯爵夫人小訓了我一句。

一般來說仲介費是百分之五到百分之三十左右。

我感謝立頓伯爵夫人的好心，照建議又加了百分之五，接下立頓伯爵夫人她們的訂單。

對了──

「剛接下訂單，有點難以啟齒──」我這麼說，並請夫人打開我送的禮物。

「哎呀，會是什麼呢？」

立頓伯爵夫人吩咐在旁待命的侍女把我送的禮物拿來，親自開封確認內容物。

「哎呀！真是不得了了！」

立頓伯爵夫人拿起一條嵌著大顆「天淚之滴」的項鍊，大聲驚嘆。

「雷里先生說過，要送禮給立頓伯爵夫人，最好就送『天淚之滴』，於是我請認識的商人找來了一流的貨色。」

太守二公子雷里先生曾經對我說過這些，所以之前經過波爾艾南森林的時候，我就請精靈阿魯亞工匠替我做了這顆寶石。

這顆水滴型的「天淚之滴」像採用了明亮式切割的鑽石一樣反射著閃耀光芒的神奇寶石。雖說是寶石，但這並非從礦坑中挖掘出來，而是只有居住許多精靈的樹木汁液所做成，一般人不知道怎麼製作。

波爾艾南森林到處都是這種樹，所以常用來製作堅固的餐具和裝飾品。

「太令人驚嘆了！雷里大人曾帶來一顆伊修拉里埃王國產的一流『天淚之滴』，但這顆更加清透啊！」

「簡直就像童話故事裡面的『妖精水滴』呢。」

迷濛美女盯著我瞧，我提醒她：「這是碰巧弄到的，沒辦法再找到了。」

「要我獨享這麼好的東西，不會被蕾蒂爾眼紅嗎？」

「太守夫人不會為了這點小事眼紅的。」

阿魯亞工匠做的「天淚之滴」有三顆，我打算從兩顆中挑一顆送給太守夫人。最後一顆我原本打算送給卡麗娜小姐，讓她於初次受邀參加社交活動的時候使用，但是看到立頓伯爵夫人的反應，看來還是不要比較好。

要是嫉妒烈火燒到卡麗娜小姐身上，那可就本末倒置了。

「呵呵，真漂亮。潘德拉剛卿，往後我就喊你佐藤了，可以嗎？」

「榮幸之至，立頓伯爵夫人。」

「就准你喊我艾瑪吧。」

「多謝恩准，艾瑪大人。」

看來夫人很少答應別人喊她的名字，周遭的貴婦們個個目瞪口呆。我聽太守夫人說立頓伯爵夫人愛捉弄人，原本戒心很重，看來是我多心了。

在某種程度上相處融洽後，我們還品嘗跟寶石放在一起的甜點。

「這跟蕾蒂爾在信裡炫耀的卡斯特拉不太一樣吧？」

「是的，這個叫做蛋糕捲。」

「真好吃呢。」

「艾瑪！這個蛋糕捲放了草莓呢！」

迷濛美女像個小女孩般高聲驚呼。

看來好吃的東西會讓人重返童心。

我一邊享受好茶與點心，一邊請她們告訴我王都知名的化妝品工坊、裁縫坊、其他貴婦們推薦的裝飾品店，以及知名設計師的大名等。

我還拿到了介紹信，因此就再帶夥伴們和卡麗娜小姐去看看吧。

◆

「原來你在這裡啊，鄉下貴族！決鬥吧！」

我離開立頓伯爵夫人她們的席位，正要前往貴族們玩樂的地方，又被壞嘴貴族給纏上。

壞嘴貴族帶了一批人，得意洋洋地擋在我面前。

所有人腰上都配戴祕銀細劍或是精雕細琢的魔劍。

其中還有個拿著黃色長槍的聖騎士——之前在聖騎士團駐紮地敗給我跟莉薩的賈哥。

「潘、潘德拉剛？」

「哎呀，這麼巧？」

看來壞嘴貴族找賈哥討救兵，賈哥卻不知道要對抗的是我。

「上吧，賈哥先生！讓這個自以為蠻力過人的鄉巴佬，見識一下王都引以為傲的聖騎士有多強！」

「啊，喔……」

壞嘴貴族看起來洋洋得意，但是黃槍騎士賈哥的臉色不太好。

「這位賈哥大人可是希嘉八劍最有聲望的候選人！足以匹敵能夠打倒中級魔族的希嘉八劍啊！」

一定是因為赫密娜小姐那句「如果沒有個能跟中級魔族對決的武師幫忙」，所以他才找了符合條件的人，特地跑來逞威風的吧。

肯定也是因為這樣，他才又再喊我「鄉下貴族」了。

另一方面，黃槍騎士看到壞嘴貴族把他捧得很高，反而愁眉苦臉。

以成為希嘉八劍為目標的他，肯定不想在這個權貴雲集的園遊會上，打一場可能會輸的決鬥。

「來，決鬥吧！我的代理人就是賈哥先生！既然是園遊會，就看誰先打中對方一招，來一決勝負！」

壞嘴貴族擅自訂下規則。

要打贏賈哥很簡單，但是贏了又沒好處，而且感覺只會被賈哥記仇。

當我傷腦筋的時候，救星終於到了。

「不准你欺負我們的佐藤弟弟。」

「你是得到誰的批准，竟敢搞這種不解風情的決鬥？不准在我的園遊會上胡來。」

侍女領著迷濛美女與立頓伯爵夫人現身，兩人替我說話。

看來傭人發現我被找碴，才通報了立頓伯爵夫人她們。

「立、立頓伯爵夫人，樂活子爵夫人——我、我是為了保住貴族的名聲——」

壞嘴貴族語無倫次地說起藉口。

有種似曾相識的感覺啊。

開頭是梅妮亞公主與赫密娜小姐，再來是樂聖，這次是立頓伯爵夫人等人……就算是漫才的天婦羅蓋飯哏，也該收斂點了。

「還沒好嗎？多托慕卿，我今天是來見朋友的，麻煩快點啊。」

「拜託別那麼說。今天出場決鬥的人由賈哥大人代理，很快就結束了。」

人群那頭傳來熟悉的聲音。

「就、就這裡啊！」

「摩瑟你在這裡啊！我帶最棒的見證人來了喔！」

壞嘴貴族的同伴帶了個美男子過來。

美男子後面跟著一群夫人與千金，猛對男子拋媚眼。

「雷里，連你也加入了這場鬧劇啊？」

「這不是艾瑪大人和拉優娜大人嗎？兩位還是一樣貌美如仙呢。我只是來見個朋友，會趕快結束這場鬧劇——潘德拉剛卿！原來你在這裡啊！」

亞西念侯爵二公子雷里先生先向立頓伯爵夫人親暱地寒暄幾句，一看到我就笑逐顏開。

「雷、雷里閣下也認識他？」

「是啊，他是我的救命恩人，我擔任會長的筆槍龍商會老闆，也是我最好的朋友。」

聽雷里先生這麼說，壞嘴貴族跪倒在地。

雷里先生廣受王都貴婦們歡迎，壞嘴貴族應該是想，有雷里先生撐腰就不怕惹立頓伯爵夫人不開心了。

現在他的跟班以及黃槍騎士賈哥都偷偷逃離他身邊。

「聽說你到王都來，我馬上就來找你啦。」

「真是榮幸之至。這次航海這麼快就回來啦？」

我跟雷里先生一邊聊天，一邊護送來幫忙的立頓伯爵夫人們回座。

立頓伯爵夫人離去之前警告壞嘴貴族說：「你要是對佐藤動手，就是與立頓伯爵家為敵，記清楚了。」有了赫密娜小姐的「武力」警告，再加上「社交」警告，壞嘴貴族的玻璃心應該碎一地了。

為了平靜地逛王都，希望壞嘴貴族就此淡出啊。

幸好壞嘴貴族就此下臺一鞠躬，後來的園遊會沒有什麼大麻煩，活動順利結束。溝通能力低下的卡麗娜小姐，在交遊廣闊的梅妮亞公主，和粉絲眾多的赫密娜小姐支援之下，也跟不少千金們聊上話。

這天晚上，雷里先生邀我跟貴族青年們去夜遊。

「雷里閣下大力推薦是吧，那就有看頭了。」

「潘德拉剛卿！我大力推薦下一家店啊！」

截至目前逛到的店家──有主打裸露女舞者表演的酒吧、世界各國美女招待的高級酒家，以及女子上身赤裸招呼客人的音樂酒吧。想到還有更厲害的，就讓人更加期待。

雷里先生帶我們前往的，是一家位於暗巷的隱藏店家。

門外看來很樸素，但開門之後的裝潢相當高級。這家店是半地下室，我們走樓梯下去，盡頭又是一扇門，門內傳出優雅的音樂。

「哎呀，雷里大爺，這麼久沒來喔？」

雷里先生開門進去，有個虎背熊腰、一身汗毛的男大姊來招呼我們。

——這是怎樣？

公都的多爾瑪也是這樣，為什麼夜遊都選同志酒吧收尾呢？

我跟臉色鐵青的貴族青年們，度過了很有特色的一晚。

當然，我敢說我完全沒做那種會讓亞里沙興奮的糟糕行為。

比斯塔爾公爵府

「我是佐藤。有時候長官交辦太過離譜的工作，會用好處釣著我跑，但如果釣餌我完全不想要，就會深深體認到自己跟長官溝通不良。」

「怎麼啦？難得看你愁眉苦臉的——是信啊？」

「是啊，是比斯塔爾公爵寄的。」

抵達王都的第七天早晨，我收到比斯塔爾公爵寄來的信。

簡單來說，內容就是要為了飛空艇迫降的事情道謝，希望我去他府上一趟。

「現在才道謝？」

「應該是後續處理花太多時間了吧？」

「喔～那麼，你幾時要去啊？」

「今天中午過後。不好意思，原本說要看戲的，妳們就自己去吧。」

「你不是很想看嗎？今天大家會做自己喜歡的事情，看戲就改天再去吧。大家應該也沒異議吧？」

亞里沙這麼問，同伴們給予肯定的回答。

於是上午我跟同伴們在一起，中午包下一輛出租馬車前往比斯塔爾公爵府。

比斯塔爾公爵府離王城有點距離，從外牆與大門看來，相當氣派豪華。

之前當家才差點被暗殺，牆內外每隔一段距離就有武裝衛兵站崗，廣大的庭院裡還有好幾十組士兵帶著狗到處巡邏。

「抱歉，請出示您的貴族證。」

儘管車夫報上我的姓名與來意，大鬍子的門衛還是來找我本人確認。

我同時拿出貴族證與比斯塔爾公爵寄來的信給他過目。

門衛確認之後，不斷比對手中的文件與我的長相，才總算放行。

「——戒備真森嚴啊。」

這次跟立頓伯爵夫人的園遊會一樣，不是直接在正門下車，而是停車後走便門進入。

「刀劍武器請交到此處保管。」

「如您所見，我沒帶武器。」

便門前的士兵要我卸下武裝，於是我老實回答，但對方似乎不太相信，還搜查了我的身體跟隨身行李。

不過我基本上都收在儲倉裡，所以今天也沒有隨身行李。

檢查完之後走過便門，門的後方有個小廳，衛兵要我在這裡等人來接。

大概等了快一小時，有個身材苗條、長相肅穆的女僕來接我。

「潘德拉剛士爵大人對吧？我來為您帶路。」

女僕恭敬地向我確認，但是不等我點頭就轉身快步走開。

哎呀，還真是備受歡迎啊。

「今天是要辦晚會嗎？」

途中看到府邸大廳有許多雍容華貴的紳士與貴婦，於是我向她提問。

剛才的小廳普普通通，但這個大廳與王城相比也是雕梁畫棟。大概是為了展現比斯塔爾公爵的權勢，室內裝潢實在相當浮誇，可以想見傭人們維護起來有多辛苦。

「是的。」

女僕回答，但無關任何細節。

這大概是條捷徑吧，我們穿過中庭。

——嗯？

我聽到笛聲。

往聲音傳來的方向看去，中庭那頭有座尖塔，塔上窗戶裡有位眼熟的女士。

她是比斯塔爾公爵的一位夫人。在攻擊飛空艇的恐怖分子之中有個召喚鴿子自爆身亡的恐攻高官，那個人因為與夫人有一腿，因此我記得迫降之後她就被獨自隔離起來了。

她似乎被幽禁在高塔上，應該也是上次恐怖分子的一員吧。

「潘德拉剛卿，這邊請。」

女僕看我停下腳步，口氣有點煩躁地要我快走。

我稍稍道歉之後，跟著她離開。

「請在這房間稍等。要是輪到您了，會有專員請您過去。」

結果我連杯茶都沒得喝，就在這裡等了三小時，想說差不多該回去了，才總算等到「專員」前來。

好吧，我也趁等待的時候想了很多限制他人行動用的新魔法。

「潘德拉剛士爵，您自奸賊手中保護國家重鎮比斯塔爾公爵大人有功，應予嘉賞，賜禮如下。」

王都府邸的管家趾高氣昂地道謝，我一邊聽他說話一邊環視這個如王都揭見廳一般豪華的大廳。

這裡可能也用來開晚會，有四座體育場那麼大，挑高三層樓，圓拱狀的天花板鑲嵌許多玻璃，梁柱與牆壁也處處雕有精緻的雕刻。

管家後面有張豪華的椅子，上面坐著比斯塔爾公爵，但他只是一臉不悅地瞪著我，一句話也不說。

他身邊擺了一只莊嚴的銀杯，AR顯示告訴我那是小聖杯。

「士爵，領賞——」

管家命令僕傭送禮到我面前，禮物有一把劍，還有一個似乎裝了錢幣的布包。

「區區榮譽士爵竟然獲得陛下御賜的魔劍……」

一名公爵家臣小聲抱怨，被我用順風耳技能聽見。

聽他這麼說，我才發現這是我透過越後屋大量交貨給國王的鑄造魔劍之一。

當我接下禮賞，比斯塔爾公爵才總算開口說：

「這可是王都騎士們夢寐以求的寶劍『英傑劍』啊。」

我還是第一次聽到這個名號。

「這是陛下賞賜的寶劍，不能隨便賞給別人。若是你有心鎮壓對我造反的叛賊，我便上奏陛下，將這寶劍賞賜與你。」

看來打賞只有這個小布包——結果裡面裝的不是錢幣，而是寶石——而鑄造魔劍是引誘我加入叛亂鎮壓軍隊的餌。

「這就是知名的『英傑劍』啊——」

比斯塔爾公爵似乎在等我回答，所以我觀察周圍，同時開口說：

「沒錯，無論多少錢都買不到的稀世寶劍。」

聽你這麼誇獎我會不好意思啦。千萬不能說我每分鐘可以做好幾把。

「是啊，還沒拔劍就能感受到。我這區區探索家實在擔待不起這樣的武器。」

比斯塔爾公爵聽了我的回答，用力皺眉，蒼白的臉頰氣得漲紅起來。

「叛賊顛覆希嘉王國太平盛世，你竟然不想從軍討伐？」

「在下乃穆諾男爵家臣。沒有得到男爵大人的許可，怎麼好插手比斯塔爾公爵領土內的問題呢？」

明明是自己領地上的問題，比斯塔爾公爵卻說得好像整個希嘉王國的大事，我提醒他一句然後繼續說：

「而且在下並無從軍經驗，加入精銳輩出的比斯塔爾公爵領軍，恐怕只會扯後腿吧。」

而且我最不想跟人類打仗了。

要是我受命去殺那些被徵召的民兵，可能會引發創傷後壓力症候群。

「在下認為這『英傑劍』只有領軍騎士才配得上啊。」

我毫不猶豫地退還鑄造魔劍餌，比斯塔爾公爵失望地說：「懦夫，快給我離開！」既然他這麼乾脆地讓我走，我也就離開這間大廳，還得小心別露出開心的表情。

「想不到花這麼多時間啊……」

我用選單裡的ＡＲ顯示確認現在的時間，一心想著今天的晚餐。

「——呀啊！」

聽到小小的尖叫聲，我轉頭看去，發現有位小淑女半個人卡在樹籬裡面掙扎。她應該是想從樹籬上面的窗戶逃走，結果卻失敗了吧。

「妳沒事吧？」

我看她靠自己出不來，就上前幫忙。

看到臉我才發現，這女童就是比斯塔爾公爵的么女，索米葉娜小姐。

「謝謝——啊！你就是飛空艇上的人！」

「在下佐藤・潘德拉剛榮譽士爵。」

她似乎也想起了我，於是我報上名號。

「索米葉娜大人，您打算去哪裡冒險呢？」

「這個嘛……」

對於我的疑問，索米葉娜小姐說話支支吾吾。

「……對了！就讓你當我的僕從吧！」

索米葉娜小姐眼神燦爛，一臉像是想要說：「我想到好主意了！」

這種高高在上、毫不考慮對方是否方便的態度，跟她父親比斯塔爾公爵一個樣。

要是認真拒絕她又太可憐了，所以我用「榮幸之至」這樣的場面話敷衍過去。

但是小朋友當然聽不懂場面話──

「那就跟我走吧！」

索米葉娜小姐這麼說。

「我要去送信給哥哥！」

「送信啊？」

「對啊！信裡寫著要哥哥別跟父親吵架，兩人要重修舊好，不然葉娜就會討厭哥哥！」

九歲──小學三年級左右的女童，天真的發言讓我會心一笑。

不過要是真的把她帶到圖里葉先生所在的公爵領，應該會天下大亂。

「潘德拉剛卿。」

有人從我剛才過來的走道上喊了一聲。

「赫密娜大人好啊。」

向我搭話的貴婦，就是希嘉八劍的槍客赫密娜小姐。

今天沒有武裝，跟園遊會那天又是另一套不同的華貴禮服。

赫密娜小姐太搶眼，我差點沒發現旁邊就是希嘉八劍的首席哲夫·祖雷堡先生，他也穿著禮服。

「祖雷堡大人，先前日子受您關照了。」

「那天打得很好，隨時歡迎你再來打——呃，練功。」

我向祖雷堡先生稍微寒暄後，他這麼回覆我。

「這麼說來，上次被葛延搶了機會，還沒能跟你打一場呢。」

祖雷堡先生說得好像現在就要開打一樣。

「對了，潘德拉剛卿也要來參加晚會嗎？你的護花小姐也太稚嫩了吧。」

赫密娜小姐盯著我身邊的索米葉娜小姐這麼說。

「啊，其實——」

「不能告訴陌生人！」

我正想隨便找個藉口敷衍，索米葉娜小姐就用力拉扯我的手臂阻止我。

赫密娜小姐看了笑嘻嘻。

「第一小隊！趕去靈廟！預備第五小隊補上第一小隊位置！」

樂陶陶的氣氛，突然被殺氣騰騰的喊聲，以及武裝衛兵盔甲發出的鏗鏘聲給打壞。

「好像發生什麼事了。」

「應該是。」

我聽赫密娜小姐與祖雷堡先生這麼說，打開地圖。

士兵們提到的靈廟，接連出現許多下級不死生物，其中有武裝骷髏人和殭屍等。

不死生物的等級很低，光靠前往現場的士兵們就足以消滅。

雖然我姑且確認過了，但跟之前發現的死靈魔術士應該無關。

「要去看看嗎？」

「不需要。那應該是個幌子。」

祖雷堡先生猜得沒錯，已經有內奸帶著熟練的刺客闖進後門。

看來這次又要被捲入比斯塔爾公爵的家族紛爭了。

公爵府遇襲

「我是佐藤。遊戲也就算了，我可不想在現實世界裡跟人類自相殘殺。就算來到異世界又天生神力，我也還是不改初衷。」

「奸賊的目標是公爵吧。」

祖雷堡先生脫去上衣，對赫密娜小姐使眼色。

「祖雷堡大人。」

「嗯。」

赫密娜小姐打開道具箱，從裡面拿出長槍交給祖雷堡先生，另一手則接下他的禮服上衣收進道具箱裡。

真是老夫老妻等級的默契啊。

「我等要去找公爵。潘德拉剛卿，你就將這位小淑女送回房去吧。」

「明白。」

我拍了拍公爵么女索米葉娜小姐的窄小肩頭，答應祖雷堡先生。

有兩位希嘉八劍過去，應該沒人能傷得了公爵吧。

「我、我也要去找父親！」

「不行，那樣太危險了。要是妳真的過去，妳父親就要撥人力來保護妳啦。」

肩上扛著白色火槍的赫密娜小說服女童。

——嗯？

遠處傳來刺耳的聲響。

「是王都防空隊的警笛聲？」

「對，也能聽見外牆塔上的看守敲響的警鐘。」

祖雷堡先生與赫密娜小姐豎起耳朵。

我正要打開地圖，發現雷達圈內有個紅色光點以猛烈的速度靠近，同時察覺危機技能也有了反應。

抬頭一看，發現有隻魔物抱著大木桶那麼大的岩石向下俯衝。

「趴下！」

我護著女童，警告兩位希嘉八劍。

我看到長得像花金龜的甲蟲類魔物，拋出懷裡的岩石。

從彈道來看，岩石會打中公爵所在的正館大廳。

這樣一來，不只公爵大人，連附近的女僕和賓客們也會受傷。

我的掌上出現青銅釘，將魔力灌注其中，形成魔刃長槍。

「破——水蝶槍！」

我還沒拋出長槍，赫密娜小姐就已經把肩上火槍對準射擊。她的動作還真快。

不過，岩石是打碎了，卻沒能消除大質量的慣性。

我趁大家看不見的時候，解除失去魔刃的長槍，進行下一個動作。

我伸出時常發動的魔力型超能動力「理力之手」，鎖定大碎石抵銷慣性。

——不行。

碎石數量太多，沒辦法全部擋住。

第一波小碎石命中正館外牆，化為沙塵與瓦礫。

當第二波小碎石打中、沙塵飛揚擋住大石塊的瞬間，我將碎石收進儲倉降低傷害。

其他碎石也用這招收起來，不過還是沒辦法完全消除傷害。

幸好從地圖資訊來看，剛才的岩石轟炸並沒有打死人。

我又趁沙塵落定之前，把大小石塊丟在正館前面。

「上吧，赫密娜。」

「是，祖雷堡大人！」

公爵府到處都是慘叫與怒吼，兩位希嘉八劍衝了出去。

「祖雷堡大人，走這裡比較快！」

「帶路！」

兩人走的似乎不是一般的迴廊，而是在有骷髏出沒的靈廟附近的那一條捷徑。

「——找到了！是公爵千金！」

兩位希嘉八劍才剛走，就有遮臉的黑衣人從沙塵中現身。

這些是內奸剛才從後門帶進來的刺客，總計三人，似乎都是等級二十好幾的熟手。

「呀啊啊啊啊啊啊！」

不巧有個女僕路過，看到可疑的黑衣人放聲尖叫。

「見到的都殺！」

一名刺客向女僕拋出飛刀。

——我不准喔。

我從指尖拋出一顆石子，打掉飛刀。

「怎麼可能！」

「對方是個能手，用魔人藥！」

我還來不及阻止，三名男刺客就喝下藥水，一身環繞著暗紅色的氣場。

賽利維拉迷宮的迷賊們也用過魔人藥，喝了會變得異常強壯，害我不好控制力道。

「呼嘻嘻嘻嘻嘻，爽啊！」

「對，我們天下無敵！」

「別大意了！用黑殺陣收拾他！」

「「「是！」」」

刺客們好像要使出什麼合體技，我可沒空奉陪。

我迅速衝了進去，一掌打碎防禦屏障，直接打中心窩，解決掉一人。其他刺客則是被我踢碎下巴，打暈在地。

「我、我等黑殺黨竟然三兩下就被——」

我第一個打倒的首領還有意識，被我補一招打暈。

如果他們醒了，應該可以扯斷鐵鐐，所以我用術理魔法「搶奪魔力」奪走他們的魔力，然後拿出針對魔力技能人士的拘束道具「魔封藤」，把他們給捆起來。

「我看看啊——」

我打開地圖確認狀況。

從光點動態來看，公爵府內的士兵和僕傭們都在東跑西竄。由於剛才那個嚇人的岩石轟炸，更讓大家無所適從。

「索米葉娜大人，我們走吧。」

我想帶她去找公爵。

從剛才刺客的發言看來，她即使沒帶小聖杯也依然是目標，如果帶到公爵身邊，就有很多保護公爵跟小聖杯的騎士。

祖雷堡先生與赫密娜小姐應該已經跟公爵會合了吧。

「等等，我還是擔心父親！」

大概是我的解釋不足，索米葉娜小姐誤會了。

「所以——」

「找到了！是公爵千金！」

我話說到一半，剛才索米葉娜小姐逃出來的窗戶，又竄出別的黑衣人。

「——我要送小姐去公爵身邊啊。」

我這麼對索米葉娜小姐說，然後用剛才的方式解決後來出現的黑衣人。

我把索米葉娜小姐扛在腰間，奔向公爵所在的大廳。我跑步的速度符合常理，同時為了安全起見，偷偷對她施加「附加物理防禦」和「附加魔法防禦」。

「打鬥聲？」

府邸四處都傳來打鬥聲，應該是衛兵們在交戰。

這次的襲擊基本上是家族內鬥，衛兵之中想必也有背叛者吧。

由於不知道哪一邊才是公爵的人，我不管這些內鬨的士兵，直奔公爵所在的正館。

我穿過靈廟旁邊抄捷徑。

靈廟附近散落著人骨，應該是骷髏人的殘骸。

另外還有三具黑甲騎士與銀甲騎士的屍體。

看來闖進這裡的不只有骷髏人。

——嗯？

地面上的人骨之中，有個閃亮的東西。

我對這個別具匠心用八支劍交疊在一起做成的環有印象。

——劍環證。

國王頒給希嘉八劍的證明。

應該是祖雷堡先生或赫密娜小姐經過這裡的時候落下的吧。

◆

「喔，危險。」

來到通往正館大廳的門前，我發現雷達有動靜，連忙停住。

有個黑漆漆的東西撞破眼前的牆壁衝了出來。

「呀啊啊啊啊！」

我扛在腰間的索米葉娜小姐發出尖叫。

來者是個一身黑盔甲的騎士，連全罩頭盔都是黑的。

從牆上撞破的大洞看過去，兩位希嘉八劍和「紅色貴公子」傑利爾先生正在一起抵抗賊人，其他的公爵家騎士則守著抱著小聖杯的公爵。

對抗的敵人也是騎士。

不知道對方是怕誤傷同伴，還是怕闖進來會曝光身分，盔甲和斗篷都是黑色。

剛才破牆而出的應該就是敵方對手。

——儘管如此……

黑騎士們的身手真靈活。

他們的等級只有三十級到三十五級，卻沒有被高出十多級的兩名希嘉八劍或傑利爾先生秒殺，持續不斷抗戰。

看這個戰況，他們並不像剛才的刺客一樣有喝魔人藥。

他們的胸甲縫隙透出暗紅色的光芒。

那應該就是祕密所在吧。ＡＲ顯示黑騎士們的盔甲都很普通，八成是胸口藏了什麼魔法道具。

「嗚嗚……」

腳下的黑騎士快醒了，我踹了這人的下巴讓他再度失去意識。

這傢伙的胸甲之中也透出暗紅光芒，但是在暈厥的同時便黯淡下去了。

看來這個人也有裝上那種魔法道具，我就先來揭開真相吧。

「失禮啦。」

我一把扯開胸甲，背面沒看到什麼魔法迴路，底下穿的鎖子甲和內衣也很普通。

我用指尖做出魔刃，切開鎖子甲和內衣。

——唔哇。

我看到肉體被機械侵蝕融合的噁爛光景，噁爛到我不敢去看騎士腋下兩側被擠開的平坦雙峰。

「呀啊！」

在旁邊偷看的女童發出尖叫，躲到我背後。

嗯，這不太好讓小朋友看。

「好像在哪裡看過——」

AR顯示「魔人心臟」四個字，讓我想起這個問題的答案。

當時在飛空艇上搞恐攻的人，就裝了這個無法拆除的咒具。

我伸手去摸脈動得很詭異的魔人心臟，想試著用術理魔法「搶奪魔力」來奪取魔力，但是魔人心臟立刻從宿體身上補充魔力。

——不妙。

魔人心臟的一部分，突然變成飛空艇恐攻當時看過的觸手。

看來胡亂抽取魔人心臟的魔力，可能會讓它失控。

我往牆上的破洞裡面看，看還有沒有閒工夫多作調查。

「裡面——應該還行。」

黑騎士們人多勢眾，打了就退，相當棘手；但是赫密娜小姐能夠進行長距離攻擊，確實製造傷害，應該不需要我插手。

傑利爾先生也大顯神威，與赫密娜小姐聯手打倒黑騎士。

希嘉八劍首席祖雷堡先生更是不在話下，他們三個已經打倒了一半的黑騎士。

我放下心，開始研究是否可以拆除魔人心臟。

具體上，我先用術理魔法「透視」來觀察……

——無法拆除。

這可不是隨便說說的。

魔人心臟長出許多觸鬚，纏住了心臟、粗大的血管和肺臟。

要是硬拆，肯定會喪命。

如果使用萬靈藥，或許可以硬拆之後重生回來，但是當下黑騎士並沒有生命危險，也沒必要讓人家賭上這條命吧。

我用黑騎士小姐的斗篷蓋住她的胸口，然後把她五花大綁丟在地上。

「我們該走了。」

室內的黑騎士被殲滅到只剩兩人，所以我決定把索米葉娜小姐帶到公爵身邊。

有一把像是黑騎士持有的祕銀單手劍掉在我腳邊，我撿起來，另一手抱著索米葉娜小姐走進屋內。

「潘德拉剛卿！」

赫密娜小姐一看到我們走進大廳，就立刻對我笑。

看她滿頭大汗，看來打得不是很從容。

我將索米葉娜小姐送到比斯塔爾公爵所在的安全地帶。

「父親！」

「索米葉娜！」

公爵聽了索米葉娜小姐的聲音，立刻回應。

他看到心愛的女兒相當擔心，但是看到我就怒火中燒。

「你這蠢貨！竟然把我心愛的索米葉娜帶到這麼危險的地方來！」

「等等，父親！這個人是聽從了我的要求，才帶我過來的。」

比斯塔爾公爵罵我罵得口沫橫飛，索米葉娜小姐連忙替我說話。

我還以為公爵擔心小聖杯多過女兒，看樣子他還是很珍惜索米葉娜小姐。

「歹徒攻擊了小姐的房間，我判斷在那裡守不住小姐，於是將小姐帶了過來。」

「唔、嗯嗯嗯。」

看來比斯塔爾公爵是接受了。

「話說，到底是從哪裡出現這麼多賊人的啊？」

我問守在公爵附近的赫密娜小姐。

「看來是趁巨石轟炸造成的混亂，走骷髏人的路線闖進來的。」

原來如此，當時一群骷髏人的紅色光點裡，從後方混雜了黑騎士啊……難怪我沒發現。

——咦？

雷達上有幾個紅色光點靠近。

這我剛才就注意到了，但是其中有兩個光點應該已經出現在大廳內的位置才對。我把地圖切換成立體圖。

——劈啪！

順風耳技能聽到一道細小的聲音。

「赫密娜小姐！頭上！」

天花板的玻璃窗碎裂，兩名黑衣刺客跳了下來。

「……■　氣鎚。」

「……■　氣牆。」

刺客們在空中使用風魔法。

「王都聖靈啊，守護臣下吧！■　守護結界。」

公爵大喊一聲，冒出類似術理魔法「防禦牆」的透明防禦屏障。這應該是藉由都市核心發動的能力吧。

這個守護結界輕易地擋下風魔法，保住了公爵等人。

赫密娜小姐擊發的魔法槍擊彈頭射破氣牆，在空中射穿兩名刺客。

刺客的身體以些微差距落下，穿過氣牆撞上守護結界，接著掉在不遠處。從我這個方向看來，位在公爵等人的正對面。

「呼，感謝聖靈保佑。」

公爵這麼說完，守護結界就消失了。

明明一直開著會比較安全卻不這麼做，看來有什麼限制。

「多謝警告，得救啦——」

「還沒完！」

刺客們的體力量表還沒歸零。

刺客們彈起身，全身冒出暗紅色氣場，撲向公爵與赫密娜小姐。

「騙人，魔法槍都命中了啊！」

赫密娜小姐掏出迎戰用的魔法槍對準刺客，公爵的護衛騎士們擺出密集陣形，做出一道障壁擋在公爵與刺客之間。

我一時沒決定該介入哪一邊，局勢突然生變。

其中一名刺客用滑行的方式穿過組成人牆的護衛騎士胯下，另一名刺客使出詠唱較短的「強風」，對赫密娜小姐吹出某種粉末。

赫密娜小姐用單手擋住口鼻。嗯，真不愧是她。

「王都聖靈啊，守護臣——」

公爵的詠唱來不及。

我用瞬動趕到公爵面前。

連同刺客的前臂將刺向公爵眼前的黑色短劍踢開。

「唔啊啊啊啊啊啊！」

刺客的身體向後仰，護衛騎士們接連上前補刀，要了他的命。

刺客死前射出一根紅針，我用手中的祕銀劍身擋開。

擋住的瞬間，紅針化為拳頭大的火球飛走。看來這種針是用火石做成的暗殺魔法道具。

「哼！沒用的傢伙！竟然被奸賊耍弄，還配當我比斯塔爾公爵領的騎士嗎！」

公爵得救了卻不道謝，反而責罵手下。

有人拉了拉我的褲腳。

「謝謝。」

「哪裡，小事一樁。」

索米葉娜小姐比她父親更懂禮節，我摸了摸她的頭。

◆

「——又來了！」

「傑利爾，擋住！」

背後傳來祖雷堡先生和傑利爾先生的喊叫。

「斬魔旋劍！」

回頭一看，傑利爾先生正對一名黑衣壯漢使出斬擊類的必殺技。

壯漢輕鬆揮舞比自己更巨大的斧頭，打算正面迎戰傑利爾先生的必殺技。

壯漢的黑色斧頭發出暗紅色的光芒，比傑利爾先生晚一步發動技能。

「魔斬鋼烈刃！」

兩人的必殺技撞在一起劃出一道紅色弧線。

刺眼的閃光渲染了周遭，而刺耳的金屬音與衝擊波伴隨掀開地面的爆炸聲，發出震耳欲聾的聲響。

那是——

那招我看過兩次。

兩次都在王都看過。

ＡＲ顯示中，壯漢旁邊標示著他的真實身分。

但是現在根本不必確認。

他就是——

「別小看祕銀探索家啊！」

傑利爾先生敵不過對方，嘔著血的同時腳步踉蹌，但仍使出了極快的突刺。

那應該是單手劍用的必殺技「貫魔穿劍」。

儘管這一記突刺沒能刺中黑衣壯漢，卻扯開遮在壯漢臉上的布條。

「葛、葛延！」

我身後的公爵，錯愕地喊了壯漢的名字。

「你怎麼會在這裡！」

「不會吧……」

祖雷堡先生與赫密娜小姐看到自己的同事，也都脫口驚呼。

黑衣壯漢——葛延先生不發一語地衝了過來。

赫密娜小姐不斷射擊魔法槍，想要擋住葛延先生的衝撞。

然而，葛延先生並沒有停下。

槍彈擦破他的外衣，打得鮮血直流，但他還是直往公爵逼近。

破洞外衣的縫隙中透出暗紅色的光芒。

就跟剛才的黑騎士們一樣。

看來葛延先生也被安裝了無法拆除的咒具——魔人心臟。

我想起葛延先生秀出妻女畫像時，那爽朗的笑容。

他知道裝了魔人心臟的人，都活不過半個月嗎……

「休想！」

正當我還沉浸在無謂的煩惱中，祖雷堡先生的叫聲喚回了我的思緒。

祖雷堡先生跳到葛延先生面前，使出凶猛的連刺。

「——嘖！」

就連葛延先生也無法忽視這樣的攻擊，他用巨斧抵擋住祖雷堡先生的突刺。

他沒有像剛才那樣使用必殺技。

畢竟破綻太大了。

每當雙方一來一往打得火熱，魔刃紅光便會四散，其碎片會燒灼兩人的身體。

祖雷堡先生占下風。

不過這也是難免。

光是魔人藥，就能將戰力提升十個等級左右。

魔人心臟的效果就又更高。

兩人原本實力旗鼓相當。

葛延先生用魔人心臟強化基本戰力，當然會占上風了。

「光輪鎧沒了！」

祖雷堡先生身上的光芒消失了。

他身上原有光魔法的防禦屏障護身，不過應該是遭到葛延先生猛攻而碎裂了吧。

用魔法槍支援的赫密娜小姐開始詠唱光輪鎧。

少了赫密娜小姐的牽制火力，祖雷堡先生只能防守。

——總覺得不太對勁。

儘管不是很明顯，每當祖雷堡先生閃過葛延先生的攻擊，動作就會變得遲鈍些。

「我來幫忙。」

我原先在公爵等人面前待命，打算當最後防線，但是這樣下去祖雷堡先生就要輸了。

「是佐藤啊！」

開口的不是氣喘吁吁的祖雷堡先生，而是葛延先生。

葛延先生猛力揮斧阻止我靠近。

——怎麼了？

斧頭貼近的時候，我突然感到一陣寒氣竄上背脊。

V抵抗了「搶奪魔力」。

V抵抗了「搶奪生命」。

我一看紀錄，就出現了這樣的內容。

——我想起來了。

那把斧頭就是在博物館看過的詛咒武器。

記得說明上面有寫，被砍到的人會被奪取魔力與生命力。

看來不必真的砍到，光是掠過身邊也會發動附加效果。

單就ＡＲ顯示來確認祖雷堡先生的各項量表，就會發現他每次被奪走的魔力與生命力並不多；但是對上旗鼓相當的對手打得平分秋色，就不能小看這個差異。

我跟祖雷堡先生換手，擋住葛延先生。

「繼續這樣跟我打肉搏戰好嗎？」

「我知道那把斧頭的效果。」

葛延先生的攻擊很沉。

除了斧頭的質量很大之外，還有魔人心臟的加持，使得每一招都跟必殺技一樣沉。

雖然沒有黑色的上級魔族那麼強，不過遠超過我在迷宮都市對抗的魔族魯達曼。

我們交手一陣子後，葛延先生開始說起閒話。

「小子，你果然保留實力啊。」

「哪裡，只是生死關頭，激發潛力罷了。」

「胡扯！」

我發現葛延先生的步法有變，他想鑽過我跟祖雷堡先生之間的縫隙，找時機攻擊公爵。

「好耐打啊。」

祖雷堡先生立刻從葛延先生的死角刺出一槍。

從長槍上的迴旋魔刃光芒來看，肯定是槍類必殺技「螺旋槍擊」。

「嘖——魔斬鋼烈刃！」

葛延先生咂嘴一聲，使出必殺技。

與往常不同，他這次改成橫劈來牽制我的進攻，再趁勢扭身迎擊祖雷堡先生的必殺技。

兩人的必殺技相互撞在一起，衝擊波把地上昂貴的地毯扯出放射狀的裂痕。

護衛騎士們舉盾組成人牆守護公爵等人。

——嗯？

多了一個紅色光點。

我邊對抗葛延先生邊用眼角一瞥，有個呈現半透明狀態的黑騎士，正從公爵等人後面偷偷靠近。

那副模樣，看起來是源自於光魔法的幻影或透明斗篷的效果吧。

「赫密娜小姐！後方有賊人！」

我從懷中取出投擲用細短劍，朝賊人射去。

黑騎士用力一閃，現出形體。

黑騎士拿著眼熟的黃色長槍。

「賈哥！你也有分？」

赫密娜小姐悲愴地逼問，用魔法槍對準賈哥。

「我不是什麼高風亮節的好騎士賈哥！我是——」

黃槍騎士像丑角一樣狡辯，赫密娜小姐不等他說完就開槍。

「打不中！」

黃槍騎士用瞬動閃開槍彈，貼近赫密娜小姐。

難以想像被我跟莉薩整慘的對手，動作居然這麼靈活。

「別分心啊！」

全身血淋淋的祖雷堡先生飛到我這邊來。

眼前的葛延先生準備使出魔斬鋼烈刃。

我別無選擇。要是閃過祖雷堡先生，還沒還擊回去，葛延先生就會使出絕招把祖雷堡先生劈成兩半。

我接住祖雷堡先生，就這樣直接跳往後方——拉開戰鬥距離。

「就知道你會躲！」

葛延先生先瞬動再使出魔斬鋼烈刃，從祖雷堡先生背後逼近。

——幸好不出我所料。

我一個翻身，跟祖雷堡先生前後交換，一轉身就用祕銀劍強行迎擊魔斬鋼烈刃。

一聲巨響，我手中的祕銀劍從中間斷開，跟紅光一同飛散。

我沒有像平常一樣架開攻擊，只用祕銀劍配薄薄的魔刃，從正面抵擋葛延先生的巨斧必殺技，不過看來還是太勉強了。

巨斧打斷祕銀劍還不斷逼近。

但是攻勢慢下來了。我用局部施展魔力鎧的膝蓋，頂開巨斧的側面，閃過那招必殺技的攻擊。

葛延先生不管我們，直衝向公爵。

我仰天倒下，放開祖雷堡先生，在貼近地面的瞬間翻身，踏地一腳追了上去。

「潘德拉剛，別礙事！」

黃槍騎士擋在我面前。

剛才跟他對峙的赫密娜小姐，額頭流著血，舉起魔法槍對準葛延先生。

我撿起腳下的鐵劍對抗黃槍騎士。

「擋路！」

用魔人心臟強化過的黃槍騎士，發揮出足以匹敵希嘉八劍的體能，但不可能對付得了不會手下留情的我。

黃槍騎士被我一招打飛，又滾又撞地摔到大廳盡頭去。

回頭一看，葛延先生閃開了赫密娜小姐的槍彈，一斧砍向她。

幸好赫密娜小姐用魔法槍擋住，沒受到致命傷，但是肩頭鮮血直流，被打得飛到原先保護的公爵等人後方去。

儘管保護公爵的護衛騎士們組成一道障壁，但是連希嘉八劍都抵擋不住的敵手，他們更是束手無策。

護衛騎士們撐不了幾秒鐘就被擺平了。

公爵像剛才一樣，用都市核心展開守護結界。

「魔斬鋼烈刃！」

葛延先生於極近距離發動必殺技，一招就毀了守護結界。

魔刃紅光與形成守護結界的淡藍光碎片飛散。

現在還來得及擋。

「別想過啊啊啊啊啊啊啊！」

我正要發動瞬動，血淋淋的黃槍騎士便飛撲到我面前。

用了魔人藥的人會異常耐打，看來用了魔人心臟效果更強。

我比剛才更用力，一招打倒黃槍騎士。這個手感不太妙，我擔心是不是殺了他，幸好還活著。

「住、住手，住手啊啊啊啊！」

公爵伸長手臂慘叫，想阻止葛延先生逼近。

「恕臣不忠。」

葛延先生對公爵揮下巨斧。

斧頭突然停住了。

「別殺我父親！」

索米葉娜小姐張開雙手，護著公爵。

巨大的斧頭就停在她眼前。

「抱歉。」

葛延先生苦著臉推開索米葉娜小姐，對著一臉絕望的公爵劈下去——

「——是佐藤啊。」

葛延先生發現斧頭被我的劍擋住，狠狠瞪我。

此時飛來紅色光彈。

那是祖雷堡先生的魔刃砲。

「還是這麼逞強啊。」

葛延先生用巨斧擋開魔刃砲，對著血流如注的祖雷堡先生嘀咕一聲。

看來剛才那招已經用盡全力，祖雷堡先生倒在血泊之中，昏了過去。

「佐藤，你有何打算？少了祖雷堡大人和赫密娜的支援，你還要跟我打嗎？」

「你說呢？」

原先我打算支援希嘉八劍，讓他們來打贏葛延先生；如今兩位已經下臺一鞠躬，已經沒辦法再這樣下去了。

如果我獨自打倒用魔人心臟強化過能力的希嘉八劍，就等於主動要求拿掉希嘉八劍候選人的「候選人」三個字。

「再說我也沒有欠比斯塔爾公爵什麼恩情。」

我稍微使個壞心眼，用餘光偷瞥公爵一眼這麼回答。

其實為了索米葉娜小姐，我是不會真的見死不救啦。

「說、說這什麼話！只要替我打退葛延，你榮華富貴享用不盡啊！快替我打退葛延！」

公爵把我說的話當真，死命大喊。

我是希望他能趁現在重新打開守護結界，但或許他親眼看到結界被葛延先生打破，一點都不想展開。

話說回來，既然能在王都使用都市核心的能力，為什麼不用轉移逃走呢？真奇怪。

或許在自己支配的領地之外，能使用的能力有限吧。

「他是這麼說的——不過，你沒了愛劍，靠一把普通的鐵劍，可打不過我的魔斧喔。」

「倒也不一定。」

我舉起鐵劍。

隨手撿來的劍只有外觀像樣，實際上則是破銅爛鐵，才接下巨斧一招，劍身就從中間扭曲了。

我在劍上包覆魔刃。

「鐵劍上魔刃？你真是荒謬啊。」

「我對魔力操作有信心。」

接下來的方針，就是把他帶離公爵身邊，丟魔法藥給受重傷的兩位希嘉八劍以及傑利爾先生。等他們痊癒重上戰場，我就趁機下臺，變成勇者那那西重新現身，這樣應該就行了。

「倒是你應該先調好氣再繼續打吧？」

「穿幫了嗎——接招！」

葛延先生氣沖沖地打過來。

交手了幾個回合，我發現局勢不妙。

鐵劍上的魔刃很快就被打散，轉眼間劍就快斷了。

我的魔刃會這麼快碎裂，或許不只是因為鐵劍很爛。還有葛延先生手上那柄巨斧的能力影響吧。好棘手的斧頭啊。

我向前壓低身軀閃開直取脖子的斧頭，撿起掉落在腳邊，不知是誰的劍並由下而上，如撈起東西一般地斬擊。

——呃，失手了。

兩隻手掌被我同時砍斷，手腕鮮血直噴。

被砍斷的手掌「與巨斧一起」掉在我身後。

「斷劍也是圈套嗎——真厲害，佐藤！」

葛延先生失去雙手，往後一跳拉開距離。

對不起，只是碰巧的。

◆

「沒辦法啦。」

葛延先生語氣中夾雜著心死，仰頭望天。

歡迎投降喔。

「■■　閃礫。」

我以為他要詠唱治療魔法，結果卻是對天花板施放閃光。

「是撤退的信號嗎？」

我從懷中掏出魔法藥，接連丟向祖雷堡先生、赫密娜小姐與傑利爾先生，並這麼問葛延先生。

刺客與黑騎士們已經全軍覆沒，但是自相殘殺的衛兵們還有很多。

「錯，是要人命的信號。」

葛延先生說出一句危險的話。

要是有自殺炸彈客也不好，我便搜尋看看，但沒有人持有爆裂物。

「咳噗！」

伴隨著聲音，葛延突然咳出血來。

緊接著，保護葛延先生胸口的皮甲從裡面爆開，衝出許多鐵灰色的細長觸手，轉眼間就包覆他的全身。

「這——！」

這科幻生物般的行為嚇我一跳，只見觸手彼此結合，化為鐵灰色的全身鎧甲。

葛延先生的額頭到右臉一帶，長出一個如人面瘡的紋樣。

從手腕延伸出來的觸手回收巨斧，然後返回原處。觸手形成的護手長出手指，並用那個手指握住巨斧。

「抱歉，佐藤，我借用了魔笛的力量啦。」

每當葛延先生說話，盔甲跟人面瘡的嘴巴就像生物一樣蠕動。

他的魔人心臟呈現失控狀態。

不知道為什麼，跟飛空艇當時觸手亂舞的狀態不一樣。

他說了什麼「魔笛的力量」，但是他並沒有拿著魔笛，而且我的順風耳技能也沒有聽到什麼笛聲。

這時候用地圖搜尋「魔笛」最可靠，但是在這種狀況下開地圖搜尋會擋住視野，所以我也不太想使用。

——聽到笛聲喲。

腦中閃過小玉的身影。

當時是飛空艇發生觸手亂舞的前一刻。

『亞里沙——』

我用空間魔法「遠話」呼叫亞里沙。

『來了、來了，我是你的甜心，小亞里沙喔～』

『帶小玉跟波奇到比斯塔爾公爵府來。』

『ＯＫ～包在我身——』

亞里沙說到一半，就被奇怪的聲音打斷。

「潘德拉剛啊啊啊啊啊啊啊啊啊啊！」

剛才被我揍飛的黃槍騎士，跟葛延先生一樣穿著鐵灰色的觸手盔甲，往我衝過來。

速度莫名地快。就算施加身體強化技能搭配瞬動，也不會這麼快。

我用劍抵擋黃槍騎士的一槍，用另一隻手出拳打他的盔甲。

我這才發現，黃槍騎士頭上也長了個像人面瘡的東西。

「沒用！」

正常來說吃我這拳肯定會昏倒，但是黃槍騎士反擊回來。

真是比普通魔人心臟使用者更耐打啊。

攻擊也很沉重，至少在場除了我之外沒人可以頂得住。

幸好完全失去意識的人不會陷入失控狀態，所以裝了魔人心臟還發動觸手盔甲的人，只有葛延先生跟黃槍騎士兩人。

「賈哥！頂住佐藤！」

「頂住？笑話！大爺我現在最強。潘德拉剛算啥！」

不妙。

我從懷中拿出卷軸打開，在葛延先生跟公爵之間發動「爆縮」魔法。

這招魔法應該可以用爆炸氣浪擋住葛延先生十秒鐘。

我假裝輸給黃槍騎士的突擊，被摔到靠中庭的牆面上，就這樣撞碎牆壁滾到外面。

「在這裡啊！潘德拉剛！」

黃槍騎士不斷對著暈倒在地的「潘德拉剛士爵」刺殺他的身體。

「哈哈哈哈哈哈，怎麼啦，潘德拉剛，還手啊！」

黃槍騎士像發瘋一樣，不斷用長槍突刺血淋淋、動彈不得的身體。

不用說，黃槍騎士攻擊的屍體不是我本人，而是我套在達米哥布林騎士屍體上的幻影。

在偽裝穿幫之前動手吧。

我用透明斗篷隱身，靠著快速更衣技能的幫助，變身為勇者那那西。

「你們要搞多久？」

我用縮地悄悄來到黃槍騎士背後，揪住黃槍騎士的手臂與領子。

「是、是誰——」

我不給黃槍騎士時間回頭看是誰，就抓住他發動閃驅，瞬間飛到大廳天花板上。

只見觸手盔甲葛延先生突破爆縮引發的火焰與氣浪，直逼公爵面前。

我在天花板破洞之上放開黃槍騎士，再次用閃驅落在葛延先生面前。

「唔喔——是誰！」

「勇者那那西。」

我回的話很少，從儲倉裡拿出聖劍光之劍，抵擋他的巨斧。

還是順手的武器用起來比較輕鬆。

「勇者那那西？就是打倒豬王跟狗頭的那個？」

我點頭回應葛延先生的疑問。

黃槍騎士從天花板上栽下來，撞進地板裡。

「投降吧。」

我斜眼看著這一切，勸對方投降。

「抱歉，辦不到。」

「為啥？」

我想知道原因。

「抱歉，不能說。說了，會失去殺害主君的意義。」

看來就是故鄉妻女被當人質的模式了。

「喔。」

「明理就好。」

——DZEEEEAMONZHEAAAARYT。

人面瘡發出噁心的咆哮，葛延先生的觸手盔甲周遭冒出一層黑霧。

AR顯示，這層黑霧跟葛延先生的斧頭有相同效果。

「讓我試試看，墮落至魔道的這股力量，對勇者有幾分效果。」

「好吧。」

我點頭接受葛延先生的挑戰。

「唔喔喔喔喔喔喔喔喔！」

我站在原地不動，只用單手就擋下他所有怒濤之勢的攻擊。

這不是我瞧不起對方，而是想讓對方知道實力差距，希望他能投降。

「——魔斬鋼烈刃！」

葛延先生從小招接絕招，自我腳下往腦袋上面砍。

一道紅弧光芒劈來，對他來說是必殺的戰距，我卻輕鬆閃過。

「什麼！」

「縮地。」

我說出閃過他必殺技的招數名稱。

這不像瞬動，完全沒有準備動作，第一次看到的人絕對看不穿。

『主人，我們來啦。』

亞里沙她們的光點出現在公爵府附近。

『好像挺嚴重的喔。』

『叫波奇跟小玉去追笛聲，儘量搶到笛子，不然就打壞。』

『ＯＫ～』

不封住會讓葛延先生與黃槍騎士的魔人心臟失控的魔笛，會讓其他寄宿魔人心臟的人都變成觸手盔甲。

我叫亞里沙她們來就是要避免這件事。

『我改接戰術輪話，你好下指令。然後我給她們兩個穿了有妨礙認知功能的忍者裝備，保證不會穿幫喔。』

亞里沙細心又周到，真可靠。

「該放棄了吧？」

「還早！」

——DZEEEEEAMONZHEAAAARYT。

葛延先生頭盔上的人面瘡發出噁心的咆哮，觸手盔甲周遭的黑霧全都集中到巨斧上。

巨斧發出嘎吱聲響開始變形。

「哦～第二階段？」

「應該吧。我也是第一次見到。」

葛延先生也不知道啊？

AR顯示攻擊力與銳利度變成兩倍。

「陪我最後掙扎一回吧。」

葛延先生放棄防禦，揮舞黑亮的巨斧發動連續攻擊。

我有「預判：對人戰」技能支援與多種技能，可以輕易閃過，但正常來說應該很難打。

「——魔斬旋亂刃。」

透過魔斬鋼烈刃的動作施展出來的必殺技，在過程中不斷變化，水平斬、縱斬、斜面斬，千變萬化地襲來。

順帶一提，巨斧在施展招式的過程中，甚至還不斷地在改變攻擊的距離。

我穿上魔力鎧，搭配虛身與縮地躲過葛延先生的必殺技。

但是我們腳下的地板，被必殺技的威力砍得破破爛爛。

「潘德拉岡啊啊啊啊啊啊啊啊啊啊！」

黃槍騎士發出黑色光芒，對我使出螺旋槍擊。

我一時以為穿幫了，但是看黃槍騎士眼神帶著瘋狂，就知道他根本認不得人。

在我對付他的時候，要是葛延先生宰了公爵可就麻煩了。

雖然手法有點粗暴，我砍斷了黃槍騎士的雙手雙腳，讓他無法行動。

我使出「理力之手」，在半空中將他的黃色長槍和雙手雙腳收進儲倉。

之後我會用上級魔法藥幫你接回去，你就忍耐一下吧。

我還用下級治療魔法癒合他的傷口，避免他失血過多而死。

「勇、勇者，快救我！」

我聽到公爵喊叫。

不出我所料，在我應付黃槍騎士的短短空檔內，葛延先生就去殺公爵。

公爵重新展開守護結界，但也不能因此就丟著他不管。

我用縮地移動到公爵面前，砍掉葛延先生的觸手手掌，然後對他的胸口狠踹一腳。

用「理力之手」抓住巨斧收進儲倉，然後用魔刃砲燒掉在地板上掙扎的觸手。

「潘德拉岡啊啊啊啊啊啊啊啊啊啊！」

黃槍騎士的觸手盔甲長出觸手，他就用那觸手採匍匐前進的模樣迅速朝我逼近。

大概是觸手數量不夠，觸手盔甲的頭盔散開，黃槍騎士露出臉的模樣看起來超乎現實。

突然兩發光彈打中黃槍騎士的腦袋，他的腦袋碎裂，像西瓜一樣炸爛開來。

「祖雷堡大人他們重回戰線了啊……」

葛延先生低聲呢喃。

如同他說的一樣，剛才殺死黃槍騎士的，就是祖雷堡先生的魔刃砲，以及赫密娜小姐的魔法槍彈。

「■■ 閃礫。」

葛延先生放出閃光。

——察覺危機。

技能發出警訊，我立刻衝上前要阻止葛延先生的行動。

但是我趕到的時候已經結束了。

觸手手臂伸到他頭盔的額頭上。

觸手抓著一隻紅色長角——那是能把人類變成魔族的咒具。

包住葛延先生身體的觸手鎧甲開始跳動、膨脹、變大。

『找到笛子人了～？』

『傷腦筋喲。不給笛子喲。』

『讓他無法吹就好了。用安眠藥吧。』

我對不知道該怎麼辦的小玉跟波奇下指示，同時用「理力之手」將傷兵和無法戰鬥的人員送到大廳外。

『亞里沙，把我搬出去的人送到安全的地方。』

『ＯＫ～』

可以自力行走的公爵和小姐就由護衛騎士護送逃脫，其他人則交給亞里沙支援。

「我來幫忙。」

「在下也要盡棉薄之力。」

祖雷堡先生與赫密娜小姐說要幫忙，我對他們搖頭。

「不必，你們就——」

我指著正要逃往大廳外的公爵等人。

「去那邊。」

雖然祖雷堡先生似乎有些猶豫，立刻下定決心，帶著赫密娜小姐趕去。

◆

「DZEEEEAMONZ——」

葛延先生化為魔族，仰天長嘯。

或許他已經不是葛延先生了，AR顯示已經沒有他的本名，種族也變為魔族。原本等級五十一，現在則升到六十級了。

長角原本應該是把人變成中級魔族，但是葛延先生本來等級就很高，這下等級可比擬上級魔族了。

身體也變得龐大，身高將近原來的三倍，有六公尺高。

原本像盔甲一樣的表面，現在變得像生物，覆蓋在頭盔內部的部分也變成了一張稀巴爛的臉，但是勉強能看出葛延先生的模樣。

這麼說來，頭盔上的人面瘡突然不見了。

『魔笛回收完畢。小玉跟波奇已經把賊人打暈綁住，去引導非戰鬥人員避難了。』

『綁綁綁，繞圈圈～？』

『波奇是打旗帶路的專家喲。』

看來那邊可以交給她們。

「公爵，逃吾，了嗎？」

葛延先生咆哮完，低頭看我。

看來他化為魔族之後還保有自己的意識。

「就算變成魔族，也要殺了他？」

「對，只能翁，這樣昂。」

葛延先生說話支離破碎，還會摻雜怪聲，聽不太懂。

意思是只有這樣才能救妻女啊……

「我去救她們，這樣也不行？」

「不，能賭嗚。」

不敢賭一把啊——

他不知道我的本領，也難怪會這麼想。

「反正，這條命翁，也不嗚，長昂。」

宰相也說過，人類裝了魔人心臟就活不過半個月。

看來他明明知道，卻還是要用自己的命換妻女的命。

「上，啦啊啊啊啊啊！」

葛延先生的手扭曲變形，變出一把像生物的巨斧。

現在的威力又比觸手盔甲狀態更強，一砸就砸碎大廳地板，衝擊波吹翻大廳牆壁。

我釋放出六枚術理魔法的「自在盾」，擋下衝擊波與飛來的碎石後，並用天驅移動到他的視線中，好將他的目標轉移到我身上。

我用光之劍與自在盾架開可匹敵黑色上級魔族的攻擊。

變成魔族的葛延先生的斧擊，每三到五招就會打破一面自在盾。每招威力大概是迷宮裡邪龍噴息的兩到三成。

但是不管攻擊威力多強，打不中就沒意義。

我運用閃驅、縮地、虛身與迴避等技能，耍弄葛延先生。

有好多次都出現機會可以打倒他，但是想到他現出妻女袖珍畫像那時的爽朗笑容，我就實在下不了手。

「怎麼痾，勇，者痾！」

——DZEEEEAMONZHEAAARYT。

葛延先生發出怒吼，口中噴出黑色光束般的噴息。

這招將公爵府裡一座尖塔斜劈成兩段，還毀掉附近一座貴族的府邸。

「這場仗再繼續拖下去，只會增加損害啊……」

我鐵了心，衝進葛延先生懷裡。

「總算暗，肯動手歐，了吧啊——魔斬鋼烈刃！」

巨斧從十公尺左右的高度劈下來，我在聖劍光之劍上灌滿魔力，變出巨劍還擊。

巨斧一被劈成兩半，就像生物般噴出黑血。

我反擊的這一劍，從他的肩頭斜劈到心臟——

我忍不住遲疑了一下，葛延先生抓準機會，用巨大的手臂把我打飛。

——不妙。

我發現葛延先生衝到破碎牆壁的那一頭，噴出黑色光束狀的噴息。

雖然看不到他的身影，但是從雷達顯示的光點來看，就知道公爵等人在那裡。

我為了保護他們而發動閃驅——

「不准喔，我這麼說道。」

我才剛衝出牆壁，就發現有個黃金騎士替公爵等人擋住黑色光束。那個人是娜娜。

「嚴禁對幼生體施暴，我這麼警告道。」

「閃安、開啊！」

化為魔族的葛延先生用力衝撞，但是被施展堡壘防禦的娜娜給擋住。

我剛在黃金鎧上面安裝了變聲器功能，所以聽不出那是娜娜的聲音；但是聽到那很有特色的說話方式，熟人應該馬上就看穿了。

「哼、嗯！」

葛延先生的右手掌變回觸手，繞過娜娜的防禦想去攻擊公爵，結果遠方飛來藍色光彈打穿了所有觸手。

——是露露。

看來是從附近的水道橋上狙擊的。

『主人對不起，我怕出事，擅自把其他人都叫來了。』

亞里沙用戰術輪話向我道歉。

『不會，幫了我一把喔。』

差點就因為我的遲疑，害死公爵等人了。

『擬態精靈？』

『蜜雅，對不起，用了精靈就肯定會穿幫啦。』

『唔。』

蜜雅似乎在露露身邊護衛。

「魔斬旋亂刃！」

葛延先生又把手臂變成斧頭，使出必殺技當幌子，想繞過娜娜身邊。

「魔槍龍退擊！」

突然飛來一道紅光，像砲彈般迅速打中葛延先生。

——是莉薩。

兩大絕招對撞，迸出鮮紅與暗紅色的刺眼閃光。

使用龍槍的莉薩在對峙中占上風，葛延先生的斧頭碎裂，在衝擊下，兩人被捲到了庭園的另一頭。

「這裡交給我們，快去避難吧。」

祖雷堡先生舉起長槍要參戰，我請他後退，就去追趕莉薩。

雖然祖雷堡先似乎有些猶豫，決定先去保護公爵等人。

「這群恩、該死的痾、勇者隨從翁！」

來到庭園另一頭，葛延先生正在用噴息驅逐莉薩。

我跳到葛延先生面前，就像剛才在大廳裡一樣，以超近距離開始戰鬥。

『謝啦，莉薩。再來就交給我。』

我透過戰術輪話對莉薩這麼說。

『恕我冒犯，還請主人讓我來收拾他。』

看來我剛才的窩囊樣被她看到了。

『替主人做骯髒事，是我這奴隸的使命。』

莉薩真誠地看著我。

『不行，這樣不行。』

把自己不想做的事情推給自己照顧的人，這樣不對。

『可是……』

『好，停！』

此時亞里沙插嘴。

『沒結果的爭執就到此為止吧。』

『是的，亞里沙。推薦考慮殺害以外讓他停手的方法。』

『嗯，換想法。』

『轉咕嚕～』

『翻一圈喲！』

同伴們接連提出意見。

看來大家都很擔心我。

『看是要把角折斷，還是把製造觸手人的——魔人心臟是吧？那個可以拆掉嗎？』

『主人，在飛空艇上的時候，觸手變成失控狀態不就可以壓制了嗎？』

大概是聽到亞里沙說的話想起什麼，露露提出這樣的意見。

『不行，在化為魔族之前就已經是失控狀態了。』

『現在跟飛空艇當時有哪裡不一樣嗎？』

『聲音。』

『聲音？』

蜜雅回答亞里沙的疑問。

『嗯，風聲，節奏亂。』

聲音。

風的聲音。

我聽不到的魔笛聲。

『對了，就是這個！小玉、波奇，把剛才的笛子拿來！』

他們進入失控狀態的關鍵就是魔笛。

「不把我喔、放眼裡一、是吧啊！」

眼前突然一陣昏花，我整個人撞進樹叢裡。

看來我太專心交談，沒能躲開葛延先生的攻擊。

挺痛的。我看看視野角落顯示的體力量表數值，受到了幾點傷害。

只不過我在看的同時，就用自我回復技能把體力補滿了。

我不喜歡痛，所以就好好專心吧。

「笛子～」

「拿來了喲！」

身穿忍者裝備的小玉和波奇就在樹叢裡。

兩人沒有穿黃金鎧，所以在這裡觀戰的樣子。

我向兩人道謝，接過魔笛，回到莉薩正在奮戰的戰場上。

『莉薩，幫我爭取點時間。露露、亞里沙，掩護我。』

『遵命！』

『是！進行狙擊！』

『ＯＫ～糟糕的攻擊就交給小亞里沙啦。』

聽到大家可靠的回答，我點頭，啣住魔笛。

我不知道要怎麼吹才能引發失控狀態，所以試著重現夫人之前用魔笛吹出的旋律。

還是聽不到聲音。

「魔笛？混帳昂，你、怎麼會有歐！」

『喵～』

『呀嗯的喲！』

先不管驚慌的葛延先生，躲在樹叢裡的小玉跟波奇，不知為何突然摀著耳朵開始翻滾。

沒有節奏感的我繼續吹下去，葛延先生發出慘叫。

「唔喔喔喔喔——喔喔喔喔喔、喔喔喔！」

——ＤＺＥＥＥＥＡＭＯＮＺＨＥＡＡＡＲＹＴ。

他的皮膚凹凸鼓動，部分皮膚就像解開繃帶一樣剝落搖擺。

——咦？

在那一瞬間，我看到鬆弛的鐵灰色皮膚下出現古銅色的肌膚。

而且AR顯示也給了我答案。眼前同時顯示人名「葛延」以及一個空白的姓名欄。

這麼說來，我記得宰相曾經說過。

魔人心臟裡面包含了「結晶化的魔族心臟」。

失控狀態，就是「結晶化的魔族心臟」掙脫了束縛。

搞不好眼前的魔族並不是葛延本人，而是化為盔甲的魔人心臟，再透過長角的力量化為魔族？

眼前這人的意識確實是葛延先生。

葛延先生也可能因為魔人心臟的關係，化為魔族。

——但是呢。

「值得試試！」

我用聖劍光之劍，瞬間砍斷葛延先生的雙手雙腳。

手腳瞬間變回觸手狀，像蛇一樣朝我襲來。

『主人，請交給我。』

『麻煩了！』

鐵灰色觸手就交給莉薩解決。

「咕、喔喔。」

——DZZZZEAMONZ。

我不管葛延先生的哀號，將他壓制在地面上。

用「理力之手」操作魔笛，同時用空出來的雙手發動「聖光鎧」技能，發出藍光。

我曾經用這招穿透綠魔族的擬體，直接攻擊本體。

——要成功啊。

我衷心祈求，對他的心臟使出藍光一掌。

「唔喔喔——喔喔喔、喔喔喔。」

——DZEEEEAMONZHEAAAARYT。

他發出慘叫與咆哮。

藍光布滿他鐵灰色的身體表面，鐵灰色觸手從他身上脫落下來。

但是觸手很快又想聚集到他身上去。

——我不准喔？

我刻意忽略肉陷入的手感，一把從葛延先生胸口扯出魔人心臟。

『亞里沙！』

『來啦！』

我倆心有靈犀，亞里沙立刻將葛延先生的身軀轉移到不遠處的草地上。

不愧是亞里沙，我們沒有事先說好，她卻完全明白我的意圖。

『莉薩，拜託了。』

『遵命！』

魔人心臟打算單獨化為人形，我把它交給剛應付完觸手的莉薩。

我用縮地來到葛延先生身邊，他的胸口開了個大洞。

「咳噗！」

葛延先生口吐鮮血，面露死相。

——我不會讓你死。

這也是為了他的妻女。

我從儲倉裡拿出下級萬靈藥，灌進他失去心臟的胸腔裡。

心臟迅速重生回來，破爛的肺臟也慢慢修復。

葛延先生這樣應該就得救了。

『主人──』

莉薩開口，我回頭一看，魔人心臟沒有順利化為人形，伸出觸手打算吞噬莉薩。

看來沒有個人類當核心，魔人心臟無法單獨成為魔族。

『好像寄生生物喔。』

『就是說啊。』

我同意亞里沙的話，用縮地來到莉薩身邊。

『謝啦，莉薩。再來就交給我。』

魔人心臟撲向我，想要吸收我。

我立刻發動「聖光鎧」技能覆蓋全身。

──ＤＺＺＺＥＡＭＯＮＺ。

魔人心臟慌張地想逃，卻被我逮住。

我緊抓著魔人心臟，在雙手之間發動魔法。

——火焰爐。

這招中級火魔法曾經在公都地底，把魔王「黃金豬王」燒成灰燼。

——DZZzz。

雖說用長角化成魔族，也頂不住足以燒毀魔王的火焰，魔人心臟瞬間就燒焦，化為黑霧與鐵色灰燼。

『主人，這邊的觸手亂舞，已經被兩位希嘉八劍收拾掉了。』

亞里沙向我報告。

看來剛才躺平在走廊的女性黑騎士，她的魔人心臟也因為剛才的魔笛演奏而失控了。

◆

「葛延！」

我揹著渾身無力的葛延先生回來，赫密娜小姐一看到他便大喊出聲。

同伴們則是先被亞里沙用空間魔法帶回去了。

「他還活著嗎？」

「嗯，對啊。只是暫時動不了了。」

我回答祖雷堡先生的問題，同時把葛延先生放倒在地。

「竟然還活著？」

跌坐在地面的公爵氣得站起身。

「殺了他！這蠢材背叛主公，還用上汙穢的咒具墮落至魔道，就算給他死罪都太便宜了他！給我以叛逆罪誅全族！」

公爵氣得臉紅脖子粗，喊得口沫橫飛。

「大人，我就任您處置，但是還請饒過大公子和我家裡的人……」

葛延先生抬起頭，懇求公爵。

反叛的大公子，竟然比他的妻女還優先，這個價值觀我可不敢苟同。

「不成！背叛領主可是十惡不赦的大罪！」

「父親！求求您不要殺了葛延跟大哥啊！」

索米葉娜小姐哭著抱住公爵，苦苦哀求。

「不、不成啊，索米葉娜，不成啊……」

眼見最愛的么女懇求，公爵也說不出話。

「我也拜託一下，不要死刑啦——」

我不想看到葛延先生見不到妻女的未來。

倒是可以判個無期徒刑或發落奴隸來贖罪啦。

「你是什麼東西！」

「咦？我沒說嗎？我是希嘉王國的勇者那那西。」

我沒對公爵報過名號嗎？

「勇者那那西？那不就是王——」

「不是喔。」

看來他被國王或宰相催眠，打算說些多餘的話，於是我狠狠地打斷他。

「你的救命恩人都開口拜託了，能不能照辦啊？」

「唔唔，不得已……我就答應您不殺葛延吧。但是我不敢保證會留下對希嘉王國造反的圖里葉一命。」

公爵變得這麼客氣，總感覺很奇怪。

「父親……」

「索米葉娜，這是國法啊。」

既然是法律，我再繼續多嘴就不好了。

「好吧。但是儘量想想辦法救你大兒子一條命吧。」

「遵命。」

想不到他竟然答應了。

「謝謝父親！」

索米葉娜小姐開心地抱住公爵。

然後又維持這樣的姿勢，回頭笑著向我道謝：「也謝謝勇者大人！」

「那麼，後續就交給你們啦。」

我用「強風」魔法捲起旋風遮蔽視線，然後拜託亞里沙用空間魔法把我轉移到公爵府的角落。

我用透明斗篷隱身，回到先前佐藤離場的地方。

至於被公爵府的瓦礫給壓住的人們，我就先用「理力之手」把人救出來了。

我自己先窩在瓦礫之中，等赫密娜小姐來找我，再假裝推開瓦礫爬出來，所以應該沒有人會把我當成勇者那那西才對。

倒是赫密娜小姐不知為何，看到我就目瞪口呆地嘀咕說：「『不見傷』的潘德拉剛果真是名不虛傳啊。」

對喔，發生太多事情，都忘記要假裝受傷了。

「畢竟這是我唯一的長處啊。」

「呵呵，肯定還有別的吧？」

赫密娜小姐拋了個媚眼。

感覺有點不像我的作風。

「好吧，下次我送點酒菜去探班。」

「謝謝潘德拉剛卿啊。」

為了安慰故作堅強的赫密娜小姐，我就下廚露幾手吧。

尾聲

「我是佐藤。有人曾經說過：任何事情都是開頭容易收尾難。看來這一點即使在異世界也說得通……」

「主人，有信？」

「對，赫密娜大人寄來的。」

我在書房裡確認信件內容，精心打扮的亞里沙和蜜雅來了。

我把希嘉八劍赫密娜小姐寄來的信，拿給她們看看。

「花心？」

「不是啦。是在談先前公爵府遇襲的事情。」

蜜雅因為誤會，鼓起她的臉頰。我戳戳她的臉皮，把內容說給兩人聽。

聽說葛延先生被拔除希嘉八劍頭銜、打為犯罪奴隸後，決定發落到由王都犯罪奴隸構成的紫隊，在那裡以長官的身分，送去碧領進行墾荒任務。

領主們與司法圈的貴族們主張要依叛亂罪處死，但也有不少人惋惜他的軍功，而且被攻擊的比斯塔爾公爵本人也向國王要求減刑，所以最後決定這樣判決。

「流放？那造反公子一幫人不會去把他搶回來嗎？主人之前不是講過了？只要支配都市核心，就能強制解除奴隸契約吧？」

「對啊，所以要等比斯塔爾公爵領的事情解決掉，才會執行流放。」

我聽亞里沙說完，點頭告訴她是多心了。

王國有一座專門用來監禁高等級貴人的離宮，葛延先生就被幽禁在那裡。

如我所料，他的妻女被當作人質，才會企圖殺害比斯塔爾公爵，所以我在事發當天就化身庫羅，帶回她的老婆和女兒們，然後丟給宰相處理。目前他們一家人應該都在離宮裡。

「首席先生呢？要辭職吧？」

「沒有，好像躲過這一劫了。」

有人說祖雷堡先生應該負責辭職，但是祖雷堡先生功績顯赫，又有國王與軍政重鎮凱爾登侯爵支持，最後決定減薪，以及剝奪他所爭取到的指名權。

王都才發生魔族作亂的事件，祖雷堡先生又兼具武功與實務能力，所以支持他續任的勢力獲勝。

「喔～如果是在日本啊，會被輿論跟媒體打成落水狗，肯定要先辦謝罪記者會再辭職負責啦。」

對於亞里沙這麼說，我露出苦笑。

「這個。」

蜜雅指著一只高貴的燙金信封。

「這是比斯塔爾公爵寄來的信啦。」

「比斯公寄的？要為上次的事情道謝嗎？」

「那是其次，重點還是要我參戰啦。」

看來比斯塔爾公爵領的叛軍討伐隊，今天就要從王都出發。

信上寫說從軍討伐叛軍，只要功績顯赫，至少能升為榮譽準男爵，甚至還有可能晉升榮譽男爵。這真是好大一張空頭支票，而且我對升官也沒興趣。

「軍隊編列得好快啊。」

亞里沙看到信上說軍隊今天就要出發，脫口驚呼。

「好像借用了王國常備軍吧。」

聽說派出兩個王都騎士團擔任先遣部隊，步兵和重裝部隊隨後跟上。

騎士團有人持有大容量道具箱和「魔法背包」，負責運輸短期內的糧食和飲水。

「喔～那謝禮怎麼樣？」

亞里沙伸手出來，我把公爵的信拿給她看。

「唔？」

在亞里沙旁邊偷看的蜜雅皺起眉頭。

「勳章？」

「感覺就是打仗要花錢，所以用榮譽解決吧。」

我不太想要比斯塔爾公爵領的勳章，但要是拒收，公爵就會顏面掃地，那也不好。畢竟那等於是在找碴啊。

即使收下了，屆時被公爵要求參戰就麻煩了。

不過就算他開口，我也還是會拒絕啦。

◆

「軍隊～？」

「是遊行喲！」

我們搭著敞篷馬車，小玉跟波奇攀在馬車前方的護欄上，指著前面的馬路。

「那個騎士團，是要前往比斯塔爾公爵領鎮壓叛亂的吧？從旗幟來看，應該是第三騎士團吧。」

我們請來的車夫，告訴我們走在大道上的軍隊是什麼來路。

我們「潘德拉剛」小隊，受國王陛下之命正要前往王城。

由於討伐「樓層之主」有功，要接受國王的表揚。

根據之前拿到的行程表，在大殿晉見國王的時間很短，之後由軍務大臣凱爾登侯爵給我們每人頒發勳章，然後前往王城餐廳吃一頓豪華午餐，最後則是照往例參加舞會。

等軍隊通過之後，我們也穿過大門，進入上級貴族區。

「到這一帶，就能看清楚城堡旁邊的大樹啦。」

亞里沙抬頭看著像是緊捱在王城主城的巨大櫻花樹「王櫻」。

可惜今年開花比較晚，如果王櫻盛開，搭上白色的王城，肯定很壯觀。聽說最晚過完年就會開，現在可以好好期待了。

「什麼樹啊～？」

「嗯，櫻花。」

蜜雅回答。

我們剛到王都也聊過這棵樹，看來小玉跟波奇都不記得了。

「櫻花好吃嗎？」

「櫻桃，好吃。」

「那就要期待喲。」

「咪～兔～？」

小玉跟波奇滿心期待地仰望王櫻。

「櫻樹可以長這麼大啊？」

「根據飛在附近的鳥人兵體型來推算，應該有一百公尺以上，我這麼報告道。」

聊著聊著，我們就來到了王城大門前。

「從底下看上去好壯觀喔。」

「是啊，感覺像雄偉的大自然呢。」

莉薩點頭同意亞里沙說的話。

「唔，世界樹。」

「拿這個沒得比吧？」

「沒錯，跟世界樹或巨人之村的山樹比起來是很小，但是這棵樹也足以讓人類心生敬畏，不是嗎？」

「唔唔。」

莉薩難得為了肉跟打鬥之外的事情爭執；而蜜雅看著世界樹這棵高達衛星軌道級的大樹

長大，她似乎不太能理解。

在「搖籃」長大的娜娜似乎也跟蜜雅一樣無法理解，維持一貫的表情歪著頭。

「莉薩的故鄉有那麼大的樹嗎？」

「沒有那麼大，不過故鄉中央有棵很大的『恩惠大樹』，樹根會湧出泉水。」

莉薩回答露露的問題，眼中帶著淡淡的鄉愁。

原來是因為這樣，才會這麼狂熱地為王櫻說話。

「哦哦！有兩個帥騎士！」

亞里沙看到城門左右兩邊的騎士雕像，大聲喊道。

兩座騎士像高二十公尺，似乎跟鎮守迷宮都市東門的石像一樣，都是種魔巨人。

只不過，這兩尊特別的魔巨人不會走動作戰，而是像稻草人一樣，兼具監視與固定砲臺的功能。

我靠近大門的時候，感覺到類似術理魔法「探知」的探測波。

同伴裡面只有我跟小玉有發現，這代表探測波很微弱，不然就是偽裝成不會被人發現的樣子吧。

「長得好像少女漫畫『甜尼×勇』裡面的『零失分雙璧』搭檔，勞爾跟斯蘭喔。」

亞里沙看著騎士像的臉這麼說。

「搞不好王祖大和也是女扮男裝喔。」

「亞里沙，妳講這個會犯不敬罪，出去就別跟外人說了。」

車夫似乎當作沒聽見，等等多給些小費吧。

「看來『甜尼×勇』的魅力也傳到異世界來啦。」

「亞里沙也喜歡看嗎？」

「嗯，挺喜歡的。主人也知道嗎？」

「知道啊，公司的後進常常在看。」

搞不好在公司失蹤的後進，也到異世界來了——

「難道是女生？」

「怎麼突然問這個？」

「快說。」

亞里沙跟蜜雅用恐怖的眼神逼問我。

「不必擔心，他是愛看少女漫畫的男生啦。」

「安全。」

「嗯，無罪。」

亞里沙和蜜雅又恢復笑容，我摸摸她們的頭。

——一郎。

穿過王都大門的時候，好像有人喊了我的本名。

我以為是在狗頭戰出現的那個神祕跟蹤狂女童而環顧四周，可惜沒有看到她的身影。

「主人，怎麼了嗎？」

「啊，沒什麼。」

亞里沙擔心我，我拍拍她的背，笑著要她放心。

「鴿子～？」

「咕嚕呼的喲。」

小玉跟波奇抬頭看，有鴿子從騎士像頭頂飛上天。

「鴿子不是咕嚕呼地叫嗎？我這麼問道。」

「唔，咕呼呼。」

「是咕嚕呼的喲？」

「不對～？咕呼～？」

看著同伴們學鴿子叫，我的內心受到了滋潤。

這陣子騷動接連不斷，真想進入和平的王都觀光行程啊。

希望等過完年之後再來天崩地裂喔。

希嘉王國遙遠的東北方，將希嘉王國分為東西兩邊的靈峰上，有一座巨大的神殿。

「蜜特，妳在這裡啊。」

「小天。」

有個銀色長髮留到腳跟的美女，喊了一個穿得像村姑的黑髮女孩。

銀髮美女眼神機靈，背後有一對蝙蝠般的銀色翅膀。

「看來妳換身完成啦。」

「嗯，幾百年沒換了，身體感覺好怪喔。」

銀髮美女動動手腳，掌握感覺，然後望向蜜特。

「那麼，妳想好從哪裡開始找了嗎？」

「還沒，還在想。」

「沒頭沒腦地就要找一個人族？希嘉王國很大喔？」

「我想沒問題吧。」

蜜特俯瞰眼前的雲海回答。

「目前沒線索，但是神尊有說過啊。」

「蜜特世界裡面的女神——『天之水花比賣』是吧？」

「對，我們那邊的神社供奉的神尊。我從人工冬眠醒過來時，神尊說我們能重逢。」

「神的預言不會有誤。」

「……嗯。」

銀髮美女鼓勵蜜特，她有點害羞地點點頭。

「——鴿子？」

看著雲海方向的銀髮美女嘀咕一聲。

兩人所在的神殿，比雲更高。

普通的鴿子飛不了這麼高。

「對，鴿子。」

蜜特笑著注視那隻鴿子。

「來吧——」

蜜特張開雙臂，寶貝地接下那隻鴿子。

她抱緊咕咕叫的鴿子，確認牠的翅膀。

「不會錯。這是我裝在『勞爾與斯蘭』身上的通報術式。」

「蜜特？」

「小天，我們去王都吧。」

蜜特的口氣很開心。

「我知道了。要騎在我背上嗎？」

「帶我到山腳下就好，我會拜託野生走龍從那裡載我去。」

「可是我比較快耶。」銀髮美女聽到這個提議，嫉妒起走龍。

「哎喲，我知道小天比誰都快啦。」

蜜特笑盈盈地望向王都。

「等我喔，一郎哥。」

後記

各位好，我是愛七ひろ。

由衷感謝各位讀者能夠閱讀《爆肝工程師的異世界狂想曲》第十六集！

多虧了各位讀者的支持，我才能夠這樣一集接著一集出版。

往後我會繼續撰寫更好看的作品，希望各位往後也能繼續給予支持。

好啦，為了先看後記再決定要不要買的讀者朋友，我們來說說這集的亮點吧。

度過驚滔駭浪的旅程之後，佐藤等人抵達王都。

在年初的王國會議之前想悠哉地欣賞王都風光——可惜這個算盤，被上一集尾聲出場的希嘉八劍首席祖雷堡先生給打亂了。

很多看過網路版的朋友，看到跟祖雷堡先生對打的人從佐藤變成了莉薩，應該都感到很驚訝吧。

不過請各位放心。

莉薩最威風的那個場面還是保留著喔。

當然在那個場面之前的內容全都是新寫的，看過網路版的朋友應該也會喜歡。

小說版的佐藤在希嘉八劍面前展露些許實力，大放無雙，還請各位好好期待。如果會反覆看個兩、三次，第二次用各角色看著佐藤的心情來閱讀，又是完全不同的趣味，請各位讀者試試看。

老樣子，網路版跟小說版還是有很多不同，比方說希嘉八劍有個殉職的中年男槍客，小說裡面被換成赫密娜小姐；而日本刀客「風刃」包延，也被別的角色取代，而且還是個肌肉棒子。我自認寫了個很迷人的肌肉──角色，希望各位能夠看得開心。

然後在第二集分開的那些女孩們，也回來重逢了。

連作者我也沒想到，要相隔十多集才能重逢。

她們重逢之後有了什麼名字、跟佐藤等人又是怎麼交流、有什麼樣的新目標，都請各位在內文中好好享受。

大概就是這種感覺，這次加筆的內容比較多，看過網路版的朋友就當看一篇新故事吧。

我想本集亮點就介紹到這裡，但是好像聽到有人罵說：「彩頁第一張的女童是誰！」所以我稍微提一下。

蝴蝶結是她的個人商標，彩頁第一張的女童就是比斯塔爾公爵家的小女兒──索米葉娜小姐。

原本只是參觀飛空艇內部構造的契機角色，結果在本集戲分變多，最後還搶到彩頁第一張的篇幅。

插畫家ｓｈｒｉ老師畫的索米葉娜小姐給了我靈感，讓我稍微改寫最後的高潮場面。繪畫的力量真大啊～

如果破太多哏，看內文的樂趣就會少了，所以第十六集的內容就介紹到這裡吧。

在致謝之前先通知一件事。

あやめぐむ老師負責作畫的漫畫版《爆肝工程師的異世界狂想曲》第八集（註：此為日文版發行狀況），應該也同時發行了。

漫畫版終於輪到卡麗娜小姐出場了！

無論是不是卡麗娜的粉絲，都希望各位務必讀讀看。原作的卡麗娜很棒，但漫畫版的卡麗娜也很可愛喔。

那就照例來致謝吧！

責任編輯Ａ與責任編輯Ｉ兩位，我不論怎麼感謝也感謝不夠。多虧兩位給我精準的指摘與改稿建議，還會準確找出作者沒看出來的盲點與漏寫的部分來輔助我，真是幫了我非常大的忙。希望兩位日後也能繼續指導並鞭策小弟。

插畫家shri老師用極具魅力的插圖，給爆肝世界帶來鮮豔的色彩，我怎麼道謝都道謝不完。往後也拜託您繼續扛起爆肝世界的視覺效果。

然後要感謝角川BOOKS編輯部的各位朋友，以及本書出版、通路、銷售、宣傳、跨媒體等各方面的所有朋友。

最後，對各位讀者致上最大謝意！

感謝您閱讀本書到最後！

那麼，我們下集王都動亂篇見了！

愛七ひろ

爆肝工程師的
異世界狂想曲

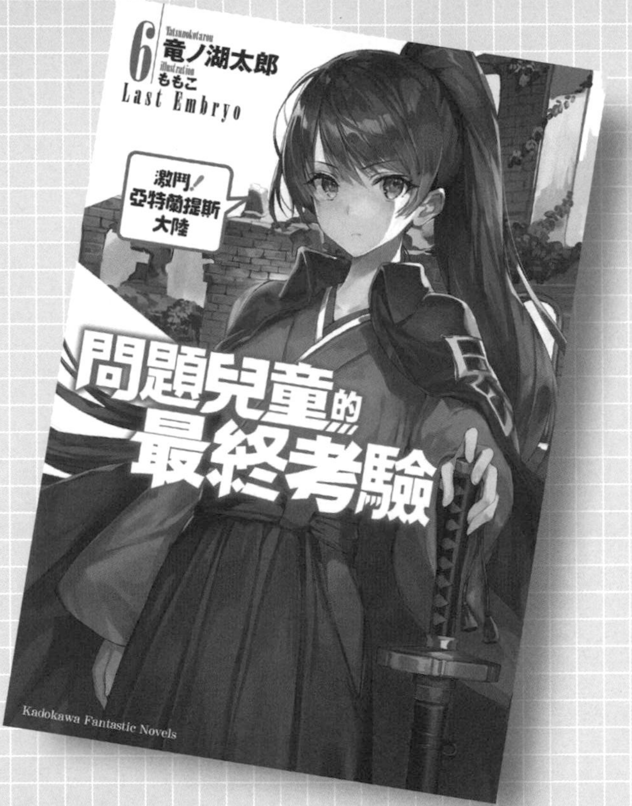

問題兒童的最終考驗 1~6 待續

Kadokawa Fantastic Novels

作者：竜ノ湖太郎　插畫：ももこ

大陸之謎越發深邃☆金翅之焰展翼翱翔！
地上發生異變的時候，耀在最底層遭遇到的存在又是什麼──

　　問題兒童們和黑兔與御門釋天等人會合後，一行人強制因戰鬥而耗損的逆迴十六夜安靜休息，同時繼續研究亞特蘭提斯大陸的謎題。而後，舞台轉移到地下迷宮。單獨先行前往最底層的春日部耀與負責尋找石碑的其他人卻因為火山突然爆發而導致事態丕變！

各 **NT$180~220/HK$55~75**

關於我轉生變成史萊姆這檔事 1~13.5 待續

Kadokawa Fantastic Novels

作者：伏瀨　插畫：みっつばー

不斷擴大的《轉生史萊姆》世界！
超人氣魔物轉生幻想曲官方資料設定集第二彈上市！

《轉生史萊姆》官方資料設定集第二彈堂堂登場！本集詳盡解說第九集之後的故事、登場角色、世界觀等，同時收錄限定版短篇以及伏瀨老師特別撰寫的加筆短篇「紅染湖畔事變」！此外還有插畫みっつばー老師和岡霧硝老師的特別對談！書迷絕不容錯過！

各 **NT$250~320/HK$75~107**

國家圖書館出版品預行編目資料

爆肝工程師的異世界狂想曲 / 愛七ひろ作 ; 李漢庭譯 . -- 初版 . -- 臺北市 : 臺灣角川 , 2020.05-
冊 ; 公分 . -- (Kadokawa fantastic novels)
譯自 : デスマーチからはじまる異世界狂想曲
ISBN 978-957-743-748-8(第 15 冊 : 平裝). --
ISBN 978-986-524-029-5(第 16 冊 : 平裝)

861.57 109003317

Kadokawa
Fantastic
Novels

爆肝工程師的異世界狂想曲 16

（原著名：デスマーチからはじまる異世界狂想曲 16）

2020年10月19日　初版第1刷發行

作　　者：愛七ひろ
插　　畫：shri
譯　　者：李漢庭

發 行 人：岩崎剛人
總 編 輯：蔡佩芬
編　　輯：彭曉凡
美術設計：李思穎
印　　務：李明修（主任）、張加恩（主任）、張凱棋

發 行 所：台灣角川股份有限公司
地　　址：105台北市光復北路11巷44號5樓
電　　話：（02）2747-2433
傳　　真：（02）2747-2558
網　　址：http://www.kadokawa.com.tw
劃撥帳戶：台灣角川股份有限公司
劃撥帳號：19487412
法律顧問：有澤法律事務所
製　　版：巨茂科技印刷有限公司
ＩＳＢＮ：978-986-524-029-5